葡萄的秘密

散文集

郭忠华 著

陕西新华出版
太白文艺出版社·西安

图书在版编目(CIP)数据

葡萄的秘密 / 郭忠华著. -- 西安：太白文艺出版社, 2025.4. -- ISBN 978-7-5513-2913-2
Ⅰ. I267

中国国家版本馆 CIP 数据核字第 2025GQ9921 号

葡萄的秘密
PUTAO DE MIMI

作　　者	郭忠华
责任编辑	张丽敏
封面设计	玉娇龙　韩　静
版式设计	玉娇龙　韩　静
出版发行	太白文艺出版社
经　　销	新华书店
印　　刷	武汉怡皓佳印务有限公司
开　　本	880mm×1230mm　1/32
字　　数	195 千字
印　　张	8
版　　次	2025 年 4 月第 1 版
印　　次	2025 年 4 月第 1 次印刷
书　　号	ISBN 978-7-5513-2913-2
定　　价	88.00 元

版权所有　翻印必究
如有印装质量问题，可寄出版社印制部调换
联系电话：029-81206800
出版社地址：西安市曲江新区登高路 1388 号(邮编：710061)
营销中心电话：029-87277748　029-87217872

目录
Contents

壹 简单的幸福

过年	003
走过诗歌	009
简单的幸福	013
山的流连	016
云中麦浪	021
读书入境	026
和孩子一起成长	030
一碗豆花面	033
清水一地	036
楼上千树	039
一碗水的宽广	042
你的陪伴	045
这月的凌晨一点	048
一树海棠	052
在远方	057

贰
葡萄的秘密

安之怡然	063
一路生花	066
路过的风景	070
开学季	075
雍锦于心	079
铁门关前	084
胡杨千年	090
一路雪白	096
葡萄的秘密	099
新鲜牛奶	103
蜘蛛	106
见龙在田	109
羊汤玉米	115
味道	118
我们的祝福	121
我回来了	124

㊂ 驿站

我是谁	129
天下太平	132
你不来，船不开	136
山高	139
凤凰寻城	142
桥上少年	145
君行早	149
哦扣扣	152
云淡风轻	156
驿站里的小师傅	162
清运	167
青李	171
红柳如意	175
驿站姑娘	180
木簪心事	184

肆 人生幸运

别一番心境	189
童年的风筝	192
邓老师	197
微言大义	201
遇见李巧红	204
餐厅里的旧报纸	211
愿程多艰	214
第一品牌	217
窗外,有番茄正安静生长	221
人生幸运	224
落叶不扫	228
那个美丽的女子	231
路境	234
远山	238
两个果冻橙	243

壹

简单的幸福

那时草青水绿,初升的太阳在青蓝色的天空中红得无与伦比,草尖露珠晶莹。

过年

大姐

过年是什么？是家和万事兴，是一个又一个家人带着喜悦在相近的时间里分别回家，陆陆续续地感受拥挤和热闹。这拥挤也是欢乐的，沙发周围是要添加一些椅凳才够坐的。起坐之间，平常的话语、欢快的笑声就是团圆的全部意义，家的内涵就在此时凸显出来了。

大姐、二姐家在乌市，每年回库尔勒家中过年的一般会是二姐一家，大姐一家如果要回来，大约会在初二。初二是女婿拜年的日子，这是老辈的习惯。

今年的春节不一样，年前是父亲八十岁生日，这是必须要重视的。于是，我们的年提前了，喜悦之中就多了些急切的感觉。

大姐回来得出奇地早，且是独自一人，这时间离父亲生日还有些日子。

我猜想她是与姐夫拌嘴了，两天后，大家都这样想。

家里人却不直接劝她，因为她是极有主意的一个人。即使有人劝说，也多半是在父亲开启了劝大姐回家的话头之后接上两句，而且只说两句。

在我眼里，大姐生气的时候是美丽的。大姐生气的时候脸上总带着笑意，往往用轻快的几句话就结束了他人的劝说。所以这次我没有劝，只是看儿子在爷爷奶奶的目光中与大姑聊天。

没两天，大姐回乌市了。

又两天,大姐一家、二姐一家及大哥一家整整齐齐地回来给父亲祝寿。父亲喝了酒,很幸福地红了脸,母亲就更开心了,不时地要认真插进祝寿的氛围中讲上两句。

第二天,大姐一家又回了乌市,这时已接近年关了。

年初八,大姐和二姐搭便车回来,陪父母亲住了些日子,还给家里包了很多饺子冻在冰箱,说想吃了随时可以煮,不用太费心。

饺子是彩色的,每一种颜色代表了不同的馅料和口味。

二姐

二姐是多愁善感的,也很顾家。

大前年回家过年,二姐和大姐一道找了家政把家中里里外外收拾了一番;前年她自己穿上围裙把家里每一个角落都擦拭干净,并找到了下水道常堵的症结所在;去年,她依旧是收拾了一遍家里。今年她说要去公婆家过年,便在年前把家里收拾利落了方才回乌市。

只要大姐也回家过年,她和二姐收拾完家里之后会陪父母上街,采买些我们兄弟几个没有计划周全的过年物品,然后就在笑语中等候新年。

二姐有两个女儿,平时操劳多,心思比较细腻。八年前过完年,我们送二姐一家回乌市,与父母挥手告别后,车只开出几里地,送别的笑意还挂在我们的脸上,二姐却落泪了,她哽咽着说:"爸妈一天比一天显老了。"车中一片寂静,只听得见二姐的声音:"你们住得离爸妈近,平时多操些心。"

前年母亲生了一场大病,二姐一定落泪不少,到年前我依旧能感受到她对大病初愈的母亲的关切。

去年过年,二姐开始对我们讲自己大女儿棠棠的感情上的事——女儿找了男朋友,自己不满意;自己给女儿介绍的,女儿又不满意。于是关于这几个小辈感情的话题从二姐始,大姐接着讲,父亲听后讲与我、大哥和二哥,最后话题又回到二姐这里,并且没有停下来的意思。

最后,二姐赌气地搁下一句:"你的事我以后不管了。"

我对棠棠讲:"可怜天下父母心,他们也是希望你以后能过得幸福。"

今年过年,二姐偶尔提到女儿的事,已是放心了。

于是,今年过年的气氛就分外和谐了。

大哥

大哥若穿一身正装,端正身姿,不言不笑,便神似周润发。倘使讲起过往,又或是在沙发上放松了身体,这时我的大哥就恢复了本色——一个典型的乡村邻家大哥形象,和气又有些随意。

父亲惯常是要批评指点大哥的,多年来他一直这样,即使过年也是如此。

大哥也早已习惯,我猜想他已把父亲的批评认真地升华成了父爱,而专心地听就是在尽他的孝道了。

于是年年过年相聚之时,大哥与父亲的交流就成了家中一个必不可少的环节,话题基本不离家的历史或者这一年的经历,只是没有了沉重,只有家人们的欢笑。

大前年过年,父亲对大哥讲:"你也该存一些钱了。"

前年过年父亲加上了一项内容:"你该成个家了,要看看自己的条件,别老挑别人。"大哥是离异的。

去年父亲又增添了两项内容:一是不同意我们这些弟弟妹妹提的出资让大哥陪父母亲一起外出旅游的建议,理由无非是担心大哥自己不努力;二是大哥现在找的这个女伴不错,让他别糊涂。

今年过年却是极和谐的内容,父亲不止一次对大哥宣布:"等天暖和了,一起去旅游,旅行团的所有费用我和你妈出,零花钱你们自己准备。"

父亲像是在说豪言壮语,而大哥只是平静和顺地听着,母亲在笑,我们心知大哥今年该退休了。

父亲不讲话时,大哥的话是极多的,但多数讲的是当年,有豪情也有曾经风流倜傥的影子。

有大哥在,年是多一些快乐的。

二哥

大前年过年,家里买了电动麻将桌,二哥耐心地教父亲如何使用,父亲淡淡地笑了。家中的热闹和拥挤又多了几分,而这热闹和拥挤却是幸福和平凡的。

前些年二哥的日子稍拮据,大哥在乌市打工,逢年一家人如果不是在父母的旧居中团聚,就是把二老接到二哥家中,兄弟几家和父母一起过年。大哥买的房在乌市,库尔勒这边二哥为长,于是以二哥为主角,哥仨协力办事,年也是快乐的,也多了些中国敬长的文化意味,还有几分努力改善生活的希冀在里头。

这几年二哥的日子一年比一年好,再过年则是在父母亲的楼房里团聚。房是大姐出资买的,装修由二哥操持,经常和父母亲在一起做饭吃的也是二哥一家。年饭二哥是要上灶的,但只要大哥在,二哥便会把围裙给大哥系上,说大哥做得好,大哥自然会笑着说"胡司令"偷懒。

"胡司令"是二哥从小就叫得极响的别名,而且是左邻右舍公认合适并一致看好的别名,言下之意是说他与样板戏名角胡传魁司令神形相似,只是没有见他摆手唱出那一句"老子的队伍才开张,拢共才有十几个人、七八条枪。"

在二哥家过年是少不了麻将的,与寻常意义的打牌不同,年三十打麻将是一种喜庆的娱乐方式,欢声笑语是必不可少的。每年的年三十,牌桌上只要我赢了,我都会把赢的喜钱推给父亲或是大哥,二哥有时也如此。二哥若想赢是没人能挡得住的,但他总是输赢随意,在牌桌的热闹声中过年就是家和事和人和了。

母亲

我一直认为,母亲是家最好的注脚,是家的深情所在,即使你有一颗流浪的心,也一定会被母亲所包容。这个世界上有很多表达美好的词汇,母亲这个词却将所有的美好融于平凡和不经意间,如果你想回家,母亲就是最好的归宿。

前年母亲大病一场,医生提出了做开颅手术和保守治疗两个方案。夜色沉寂,医院的走廊上,灯光昏黄,我甚至听见了自己咬牙的声音,八十岁的母亲就躺在病房里,这是个艰难的抉择,但我必须做出决定。在煎熬中我抬头望向窗外的天空,微弱的星光中,我仿佛看见了小时候母亲拉着我走在田野上的样子。最后,我选择了保守治疗,母亲不久后便出了院,只是记性大不如前。

母亲病后的第一个年,全家都聚齐了,母亲分外高兴,不停地讲,医生说了,她的病能好是个奇迹。说"奇迹"两字时,母亲是抬手指了指天的。

那时,母亲已可以独自出门了,并在高兴之余,唱起了父亲所说的老调小曲,父亲还说母亲唱的是老一套。

去年过年,母亲是说了三羊开泰这样的文词的。

今年过年,母亲讲的都是六七十年前的老故事。在讲的间隙,大姐、二姐不约而同地说:"老妈一看到儿子就高兴。"母亲就更幸福了。

年三十的家宴上,母亲是急红了脸的,大伙却都笑了起来。

母亲经常在过年时说起一件事:从前的一个邻居,两个女儿一贫一富,过年给压岁钱,这人竟给富裕女儿的孩子两元,给贫困女儿的孩子两毛。母亲抱不平,说这是嫌贫爱富。

正吃着饭,父亲给孙辈压岁钱,母亲突然问:"给晶晶了没有?"晶晶是二哥的女儿。父亲笑着对母亲讲:"郭译庄给了,晶晶没给。"郭译庄是我的儿子。母亲的声音突然大了很多,涨红了脸冲父亲说:"不能嫌贫爱富,不给晶晶就不行!"母亲还激烈地讲起了从前邻居的例子,并有了吵架的倾向。大家都笑,笑过,大哥告诉母亲都给了,并强调给的一样多,母亲方平静,并平静地分析了从前邻居的不是,母亲的意思是要平等地对待每一个孩子。

每年过年,妻子都坚持要做上两个拿手的菜品带到家宴上,母亲说好。

父亲

我的儿子说:"爷爷是模范爷爷。"

父母亲相濡以沫六十多年。年轻时家务活母亲承担得多,到了老年,如果只有老两口在家中,诸如做饭、洗衣、打扫、采买之类的事,便是父亲在负责了。

大前年过年,父亲指着桌上的苹果说:"你妈每天要吃两个苹果,一星期要买一次。"我问母亲吃了吗,母亲开玩笑地指着父亲,说:"都叫你爸吃了。"我告诉儿子,他奶奶现在有一个非常好听的名字叫"赛西施"。母亲作势打我,全家人都高兴地笑了起来,年味就越发地浓了。

前年过年,父亲讲该计划计划带母亲回河南老家看看,母亲微笑点头表示了赞同。母亲告诉每一个儿女:"现在你们的老爸是模范丈夫,是好老头。"

去年过年,父亲领着儿孙们一起下楼放烟花,在烟花中父亲笑得很是畅快。畅快过后,父亲也没忘记关心已近六十的我的大哥的生活和婚姻。

今年过年,大哥领了女伴回来,父亲对她很认可,于是没再关心大哥,而是主动提出一起去旅游,让大哥他们帮着照顾母亲。

父亲讲他现在很知足,因为孩子们都平安幸福。父亲讲时,我想起了童年的一幕:父亲带着我要跨过一条齐腰深的灌渠,不慎脚一滑,父亲落入水中,却将我高高举过头顶。那时草青水绿,初升的太阳在青蓝色的天空中红得无与伦比,草尖露珠晶莹。

走过诗歌

偶然点开微信，朋友圈有朋友转发的一条信息，题目简单——《朋友圈已刷屏！怀念我们的青春》，往下看，是许巍的新单曲《生活不止眼前的苟且》，并且有评论，评论有一个主题词——诗歌，其中还有两句打动人心的话：诗与歌不该分离；我们太久没有因为一首诗、一首歌而感怀不已。

我上网查了一下：什么是诗歌？网上有各种回答，多数是关于诗歌作为一种抒情文体的定义。有一个回答是关于诗的，有些唯美，它这样讲：诗学关于诗，就像美学关于美一样，很难有一个公认的定义。如果你去问一位诗学家什么是诗，就像去问一位美学家什么是美一样，是难以得到满意的回答的。回答的最后，是诗一样的结尾——诗之所以难以定义，大概因为它是属于精神世界的，太缥缈了。我觉得诗更像是一种情怀，是这个世界不可或缺的存在。

多年前在一个集中授课的场合，一位学者型教授不无忧虑地在讲台上感慨，他叹息现代人急功近利，忘记了生活和家园的美，丧失了表达美的能力。他用一个例子来佐证他的失望：唐代诗人王勃年轻时赋出名句——"落霞与孤鹜齐飞，秋水共长天一色"，而现代人，无论什么年龄，看到任何一处足以动人心魄的景致，也只会左一个"哇"右一个"噻"，凑一句"哇噻"了事。

我认为这位教授更想证明的是文学的式微，诗歌只是代表之一罢了。

我们对诗歌应该是不陌生的，或者说诗歌见证了我们的历史发展。

中学时流行的那首《在水一方》深深地打动了我的少年之心，于是所有有水的美好情景都令我向往，美好的情景中自然有一位美丽的女子，那是蓝天之下绿草之上纤尘不染的女子，是非诗无以表达的境界。于是我感叹琼瑶写出如此美的歌词："绿草苍苍，白雾茫茫。有位佳人，在水一方……"

后来读《诗经》，才知道琼瑶的歌词是由此改编："蒹葭苍苍，白露为霜。所谓伊人，在水一方。溯洄从之，道阻且长。溯游从之，宛在水中央……"

中国最早的诗歌总集应是《诗经》，屈原的《离骚》进一步奠定了中国诗歌的基石；然后到汉乐府，再到近体诗，最终成就了唐诗无可比拟的高度；接下来宋词、元曲，以至到现代诗歌和歌曲。

一个没有诗歌的大唐盛世是难以想象的，诗在大唐成为一颗璀璨的明珠，也让国人可以经世引以为豪。当我们的孩子在蹒跚学步后就能背诵"欲穷千里目，更上一层楼"时，唐诗是从历史深处走进中国人的心灵的。

讲诗就要说词，宋词是代表，其实宋词在宋朝那个年代是一种相对于古体诗的新体诗歌之一，其句子有长有短，是合乐的歌词。词是有词牌的，词牌的来源之一就是乐曲的名称，跟今天的歌有些相近，有词有曲，易于传唱。

所以中国诗歌是包括词和曲的。

我粗略地翻了一下历史资料，中国诗歌是独秀于世界的，传承脉络非常清晰，特征也明显。当年世人向往的不仅是大唐的繁荣，更向往其辉煌的文明，唐诗中蕴含了人们的情怀和理想，以及对于美好生活的追求。

人是不可以没有情怀的，情怀的根本是理想和信仰。诗歌是微言大义的，其中承载着人们的梦想。

宋朝的灭亡是悲壮的,尤其最后一幕。近十几万人集体投海殉国,在文天祥那里凝成一句诗:"人生自古谁无死,留取丹心照汗青。"

到了清末,谭嗣同就义前慷慨而歌:"我自横刀向天笑,去留肝胆两昆仑。"他们把情怀融进了国家大义之中,令后世景仰,他们不约而同地选择了诗这种形式表达最后的梦想和情怀,只因诗是最好的表达方式,诗歌可以直达人心。

毛主席的诗词是颇具革命浪漫主义色彩的,从"指点江山,激扬文字,粪土当年万户侯"到"山,快马加鞭未下鞍,惊回首,离天三尺三",再到"红军不怕远征难,万水千山只等闲",到《沁园春·雪》时已是东方既白,胜利在望了,这些诗连起来就是一部中国革命史。当中的信仰和情怀叫人感怀莫名,这是属于这个国家的境界。

近代的百年屈辱中有一篇文章激励了无数仁人志士,它那诗一般的语言至今仍鼓舞着国人,那便是《少年中国说》。《少年中国说》中言:"故今日之责任,不在他人,而全在少年。少年智则国智,少年富则国富,少年强则国强,少年独立则国独立……美哉我中国少年,与天不老;壮哉我中国少年,于国无疆。"

诗歌是我们悠久文明的一部分,是理想,是境界,是情怀,是梦想,不可以被遗失、被忘怀。

回望青春时光,诗歌曾伴我们成长。

席慕蓉的《七里香》里"在绿树白花的篱前,曾那样轻易地挥手道别",让我年少的心有了些许惆怅。

而吟咏海子的诗《面朝大海,春暖花开》,让曾经青春的我突然就泪流满面,并一遍又一遍地在心底涌动想要张开双臂拥抱蔚蓝的冲动,"面朝大海,春暖花开"。

舒婷的《致橡树》写得浓郁抒情,直抵少男少女的心灵,于是他们憧憬爱情和责任,男孩的肩膀一夜之间便宽阔了,女孩的裙裾在春风中就有了婉约的意味。

汪国真的诗加深了青春时信仰的力量，"没有比人更高的山峰，没有比脚更长的路"，"人"字的格局也更大了，因为"人，不一定能使人伟大，但一定可以使自己崇高"。

致青春，徐志摩的《再别康桥》"轻轻的我走了，正如我轻轻的来"，是青春在不停地传唱；"那河畔的金柳，是夕阳中的新娘"，是我们的爱情；"但我不能放歌，悄悄是别离的笙箫；夏虫也为我沉默，沉默是今晚的康桥"，是我们无法言说又难以忘怀的美好光阴。

戴望舒的《雨巷》让丁香一样的姑娘在我们心头青春永驻，让我们的情怀和对爱情的向往在悠长又寂寥的雨巷独自伴着油纸伞彷徨。

我认为，每个人的青春记忆里都应该有诗，有诗是幸福的，如果诗在青春之后依然伴随国人，那是国人的幸福，是不灭的梦想，生活的气息里也就有了情怀和信仰。

2016年3月16日，我与同事吃过午餐后，路过书摊，购得《纳兰词全鉴》，欣喜异常。第二天，组织上宣布我离开铁克其乡。

3月17日，我离开铁克其，与同事们告别，竟是诗意与湿意并行。

简单的幸福

母亲自从突发性脑溢血恢复后,记性就大不如前了,但幸福却是依旧。

母亲的幸福是简单的,她的笑意里有淡淡的质朴和乡间绿植的芬芳,皱纹里满是慈祥。

母亲是最希望子女回家的,虽然她很少讲。回家,其实是天底下最简单生动的事,仿佛童年时仰望田埂上父亲如山的背影,注视伙房里母亲添柴煮饭,让炊烟在黄昏里成诗。成家后,带着妻儿回家看望父母,彼此聊聊家长里短,叙叙街巷旧事,说说风起雨落,家就有了温暖和愉悦的氛围。

回家真好,无论是台阶下、小区院里,还是健身的小广场中,母亲只要望见我,眼神、动作和语气都会出奇地一致,先是满眼惊喜,然后绽放幸福的笑容,紧接着朝我快步赶来,赶路的样子像年轻时赶场,神似的是动作、神情和步态,只是变成了慢动作。母亲拉住我的手,就仿佛拉住调皮想跑的幼儿,八十四岁的母亲和四十五岁的我似乎又回到了四十年前。母亲照例说一句"我儿子回来了",便带我朝家的方向缓步走去。这一句中的"我"字,母亲讲得别有韵味,有明显的自豪和欢乐,在高亢的尾音处有淡淡的乡音流淌。

如果我敲门,正好是母亲开门,母亲的笑意一定特别不一般,还会微眯了眼问我:"你谁呀?好像是五儿!"我轻抚母亲的手,拉着她在沙发上坐下,笑着说母亲开我玩笑,母亲的微笑就更多了，有草原上蓝天纯净、白云悠悠的感觉。父亲也笑，抛过来一句“又老糊涂了”。

倘使我敲门，是父亲开的门，父亲会扭头朝母亲的方向喊上一句“五儿回来了”，母亲往往很认真地回父亲：“我看到了，在窗户上。”母亲这句话是诗意的表达，有哲学的意味在里面，母亲总能望得见儿子。

母亲聊天时常讲到六七十年前的事，她记得格外清楚，讲得特别有兴致。父亲总会加上一句“又是陈年旧事”。我笑笑，认真听母亲讲，母亲没有停下。每次母亲讲完，都会在意犹未尽的情绪里加上一点遗憾，她说：“过去的事都记得，眼前的却忘了。”

父亲偶尔会给我们讲他与母亲的争吵，母亲对此是不回应的，她总表现出记不住的样子。一般父亲讲完，母亲会笑着接上一句：“老头只要一吵我，我就不出声。我脑子不好，忘记了。”她尽量小声，偏又朝着父亲的方向讲，至于想不想让父亲听见，只能我们自己猜度了。母亲讲“忘记了”时，脸上带着特别的笑，像是重回青春光阴豆蔻年华。

一日回家，我问母亲最近干什么呢，我是想开启与母亲聊天的序幕，母亲的回答简洁生动：“我最近很忙。”母亲是极其平静认真地讲这句话的。父亲惊奇地摆摆手，调笑着说：“饭我做，地我扫，碗我洗，还有衣服也是我洗的，你说你忙得很！你忙什么？”平静的母亲笑了，坚持说她就是很忙，并环手一指，意思是你们想吧。大伙全笑了，母亲笑得就更久了。我从笑声里真切地感受到了母亲的爱。

母亲病好后，家中的大小事务就由父亲承担了，与从前颠倒了过来。儿子讲爷爷是模范爷爷，妻子笑着要儿子鼓励我向爷爷学习。

每次离开时，儿子会认真地向爷爷奶奶道再见。父亲的身体好，一般会将我们送到楼下，再跟我们挥手告别，父亲喜欢讲“我们都好，放心吧”，并嘱咐我慢点开车。母亲病后行动不便，我们一般不让母亲下楼,母亲会将我们送到门口并说"下次来玩呀",笑容依旧,在笑容的末尾一定是"慢些开车"。

人生有一种幸福叫回家,父母在哪儿家就在哪儿;儿女有一种幸福叫父母身体健康。大姐常讲:"母亲脑溢血恢复后,父亲最辛苦,如果不是父亲身体好,我们这些做儿女的至少有一人要放下自己的工作和生活。"这是简单的幸福,是平常人家的感恩。

母亲喜欢讲故事,讲自己的经历。在母亲的讲述里,过往的一切都值得回味,都有幸福在里面,哪怕是曾经的坎坷。我以为母亲的故事有些是带有浪漫主义色彩的,否则你无法理解那笑容。母亲的讲述还有总结历史的深度,我常常会在母亲的表达里读到宽容、感恩、不抱怨、往前走的人生智慧。其实母亲大字不识,没读过一天书。

好友老刘讲,一天他开车路过一路口,行人在犹豫是否要过马路,他刹车并挥手示意让行人先过,对方以灿烂的笑容回馈他,他说这一天好幸福。这是简单的事,这样简单的事我也常做,每次我都能清楚地感受到被让者向我传递过来的幸福,简单而又真切。我常想,为什么我会这样做,最后我归结到了母亲。母亲始终在牵着我们的手往前走,就像春风化雨,润物无声。老刘的母亲也一定是这样的。中国的母亲大约也都是这样的。

母亲的幸福是简单的,是容易满足的。

母亲的幸福又是不简单的,因为有生命、生活以及爱的传承在其中奔涌流淌,最终流成了一条大河。

山的流连

小时候写理想,望向远山是最好的神情,仿佛山的那边就是理想,这样的情结一直延伸到我的青春岁月,山成了理想的象征。

外省份的人来新疆,看到新疆的山会感到惊讶。我的伯父就是最好的例子,他坐车走南疆,沿山公路仿佛没有尽头似的不断往前方延伸,他吃惊于山竟然可以不见一株草木,他用"龇牙咧嘴"来形容这群山。而深入进去,山上绵延不绝的草原和美丽的花海才逐渐映入眼帘。待到有机会去到巴音布鲁克草原看天鹅在九曲十八弯中伸颈振翅,或是到那拉提仰视沉浸在太阳里的空中草原,又或是在高山的南坡凝望高耸入云的雪岭云杉,青翠的山谷让所有的颜料失去了颜色,那是一个令人叹为观止的面朝山川、鲜花盛开的梦幻世界。

家在库尔勒市,炎热的夏天里,远山最深处的巴音布鲁克、那拉提或是巩乃斯林场是最好的避暑休闲场所。唯一的遗憾是路阻且长,要想尽兴游玩非得有三天或更长的时间不可,距离带来了不便和辛劳,山就更令人神往了。于是我常想,近处的山中有类似的空中草原或林海该是件多么好的事啊!

好友老刘提供了一个这样的去处,他曾经服役的大山中有一山谷风景如画,进山不多远就能到,可当天来回。老刘喜欢与人交谈,讲美食时更有特点,基本上能把人的口水讲出来,但真要跟他去吃,味道却没他讲得那样好。他讲那山谷的风景不比巩乃斯和巴音布鲁克差,我是有些不信的。

然而真去后,我呆住了,久久沉醉其间,震惊不已,忘却了时间,只剩下莫名的专注,看那花开。

这是一个无名的山谷,无名并不仅仅在于不为外界所知,还在于这近在眼前却有如仙境般美丽的存在,令人难以用语言来描绘。这是一个有边防军守卫的山谷,谷口很窄,谷口的小桥叫"红卫桥",桥头是庄严的哨所和哨兵,谷中军营飘扬的国旗肃穆庄严。这是一个别有洞天的山谷,从不宽的谷口一路前行,山的间隙越来越宽广,尽头处如诗一样美丽。这是一个极静的山谷,无论行车还是徒步,寂静都一路追随着你,就好像天地唯你在此。这是一个至纯的山谷,草美,树高,山远,林深,花好,水静,一切都恍如隔世,自然天成,你无法想象这谷外就是裸露的大山、焦虑的城市。这是一个桃花源一般的所在,漫步其中,你会忘了今夕何夕,此地何地,在弯腰和起身间,南山的悠然就从脚下一直蜿蜒到天际。这是一个令人肃然起敬的山谷,一群年轻的战士将自己的青春奉献给这里,他们坚守的是"高筑墙、深挖洞、广集粮"的国家战略。这是一个似乎没有故事的山谷,却有一个叫"榴莲"的姑娘永远地留在了这里,听老兵讲她简单的故事时,我脑海中涌现出一幅画面:你的花季,山的流连。

你见过牧羊犬朝陌生人欢喜狂奔吗?这山中就有。山谷属于部队,但在山美水美的单独区域还有四户牧民,牧民们是纯粹的游牧状态,牛、羊、马、犬以及牧人悠然在天地山水之间,这是平常人家难以想象的生活。牧羊犬应是凶猛的,这是我们一贯的想法,这家的牧羊犬发现我们后吠叫着狂奔而来,同行的女士惊得花容失色,慌忙躲避,几个男人当然得横在前面,心里还是多少有些担心的,却未想到这狗到了我们跟前仿佛是见到了主人一般,撒着欢儿围着我们雀跃,有大胆的朋友伸出手去抚摸狗儿,它们就更乖了,还伸出舌头舔我们的裤管,你明显能感受到狗是满心欢喜的,真有归家的感觉。同行的老兵叶磊解释说,它们很难得能见到几个人,太寂寞了吧。它们狂奔而来是欣喜于我们的出现,而非其他。我抬头望山,心跟着山一起静下来,天和地与我们似乎成了一体。

这天唯一见到的一对蒙古族牧民夫妻是极纯朴的,他们送给我们一株硕大清美的雪莲花,这是他们刚从雪线上采摘下来的。雪莲花的花瓣大而晶莹剔透,花蕊饱满,在绿茎绿叶的映衬下如山中的白雪仙子。长在雪线上开在山石中的花啊,你的姿态让人仰望,洁净至纯,山因为有你们而更加高远和宽广。我把雪莲花捧在胸前,就像捧起一束圣光,人的胸襟也因此而更加宽广。人与雪莲花合而为一,应该是最理想的境界吧。

战士们始终如一地坚守着哨所,见到我们,他们脸上除了坚毅还有腼腆,敬礼或是与我们握手时多少有些稚气的样子,其实他们多数年龄也就二十岁左右。山谷中没有手机信号,也没有互联网——现在这样的环境是极少见的。他们基本上一年才回一次家——那是出山的日子,剩下的时光就是坚守军营。战士们多数是外省兵,当兵后就离开了家,没见到大漠,穿过戈壁就进了大山,初见如仙境般的山谷,非常震惊,那震惊在后来的时光中慢慢被磨成了平静,成了司空见惯的轻风与寂寞。

迎接我们的老兵叶磊是新疆大学毕业的,专业是计算机,他在旁边一个山谷中的军营里坚守了十一年后来到这个山谷,很快又是两年的坚守。在战士们面前,他是严肃的领导和可亲的大哥,与我们单独在一起总是乐呵呵的样子。他十三年的军旅生涯,都在山中带兵,父母在河南,妻儿在父母身边,他把对亲人的爱放在了对祖国的大爱之中。我在心中叫他老兵,他比我们年轻,却显老得多。老兵讲话有些快,眼镜片下是红红的脸。他最大的感慨是这儿与外界交流太少,多数当兵的来时直接坐火车再简单转车就进了山谷,复员时又简单坐车再转火车离开了山谷,有些战士直到复员都几乎没正式跟当地人交流过,他们对新疆的记忆基本只有这山谷。

我邀请老兵跟我到库尔勒坐坐,见他不说话,我又再三邀请,老兵说了一句话,让我眼前的群山瞬间模糊了。老兵讲:"站在库尔勒的街头,看到那么多的人,我有些心慌。"他们习惯了山谷中的寂静,城市既令人向往也让人感到压抑,面对外界时,他们更有长时间没融入社会的陌生感,他们的职责是在山谷里静静地坚守岗位。听了老兵一番话,再看这山时,我望见了山外的空虚,心中升起了对山里的敬意。

作为新疆人,我以前常听人讲天山中的蘑菇圈,那是令人无限神往的地方。每次进天山,去有水有草的地方找蘑菇是我必定要做的事,但很少有收获,偶尔发现一两株便异常兴奋,我非要高声呼朋唤友一起来采摘。在这个山谷里,我终于明白了什么是饕餮盛宴,也彻底知晓了前人为什么会用"圈"这个字眼来讲蘑菇。那一片片的蘑菇啊,真像一圈圈的涟漪,就在你的心尖和脚下荡漾,你飞快地采摘,忘了呼朋唤友。稍有可惜的是,牧人的牛儿总会先我们一步到达,这儿的牛竟是吃蘑菇长大的。

行车路过一条小溪,一块大而齐整的柱石吸引了我,我忙叫停车。大伙随我来到石前,发现这竟是一块硅化木,这经历亿万年才形成的树木化石让这山更加神奇,大伙都觉得不凡,并用到了"缘分"和"等待"这样的词来表述心境,感慨真是不虚此行。离开时,众人都回头齐望那变成石头的大树,直到再也看不见。

从此我们每年都要来这山谷。

而这一次却更不同,这山谷彻底地打动了我,因为一个姑娘,一个正值花季的姑娘,她的名字叫陈榴莲。

只要进山,季节又合适,我们一定会采一些野韭菜带上。这次,老兵带我们到了一个新的地方,陪我们一起采摘,偶尔会抬头望向山谷的高处,他开始给我讲故事。

他说,战士们给这山谷起了个名字,叫"榴莲谷"。他抬手指了指远处。

他说,当年有一位老主任——这里的最高领导,他的女儿名叫陈榴莲,十几岁的时候来部队看望父亲,却因一次意外,姑娘从架子上掉了下来。老主任万分悲痛,但他没有把女儿带回家乡,而是和战士们一起把女儿埋在了这座山岗上。

他说,老主任经常到山岗上去看望女儿。后来老主任转业了,女儿就留在了山里。

他说,姑娘如果没出意外,现在该是三十多岁的样子。说这话时,老兵一脸惋惜。

他说,前些日子战士们又到山岗上去,认真地描了石碑。每一个在这里当过兵的战士都知道榴莲谷。

我接了一句,榴莲姑娘把花季永远地留在了这里,花在开放,从未走开。

在战士们心中,无名而美丽的山谷中有一座山岗,榴莲姑娘在那里,山谷于是有了名字,那名字始终在山间如花般绽放,你的花季,山的流连。

一个少女把花季永远地留在了这里,这是一个静静的山谷,不为人知。

云中麦浪

一天看杂志，读到二十四节气，我感叹着现代人与传统的疏离，不禁生出淡淡的愁绪。细细品味，我深切感受到二十四节气对中国历史的意义，对中国文化的贡献，对中国人的影响，而现代化似乎已使这类文化远离了我们的生活。

二十四节气单看名字就充满诗情画意，很有中国写意山水的味道，越细细品读，越能感受到传统文化的意蕴深远。你看，在二十四节气中有小暑、大暑，也有小寒、大寒，更有小雪、大雪，但当你试图在小满的后面寻找大满时，你会发现了无踪迹。小暑、大暑、小寒、大寒、小雪和大雪这六幅水墨画中，自然景观的内容偏重些，而"满"这种表述应该多指人心吧，于是只有小满，而把大满放在了心外。这就是我们中国人内心的喜悦，生动而耐人寻味，就像中国画的留白，更有"一阴一阳之谓道"的深意在里面。

那么小满是什么时节？小满是公历 5 月 20 ~ 22 日之间，《月令七十二候集解》中讲："四月中，小满者，物至于此小得盈满。"这时节是中国北方的夏熟作物如小麦开始灌浆的时候，籽粒逐渐饱满，但还没有成熟，是为小满。作为农耕文明的代表，准备了一冬，劳作了一春的农人在这样的时日，在挥汗中望向正慢慢饱满的小麦，正如望见不久后的收获，心中一定有小小的满足，亦为小满。

小满之后呢？是没有大满的，月满则亏，水满则溢，更何况人心呢，过犹不及是有道理的。

从小满这时节的美丽韵味中我们能找到一些中国文化的孕育历程，这历程里有一代代农耕文明的传承者汗滴禾下土的劳作，这劳作最好的背景是风中摇曳的麦浪，麦香自然在留白处。

妻子说，这趟去乌市，可以顺道去江布拉克。

我问，江布拉克不是在伊犁吗？

妻子回我，以前也以为在伊犁，可后来才知道是在奇台，离乌市不远的，听说很美。

我上网查了一下"江布拉克"，原来这是哈萨克语，意为"圣水之源"，是古丝绸北道重要的景区之一。景区由天山怪坡、万亩麦田、汉疏勒城、木栈道、黑涝坝等五区十八景构成，是国家级森林公园。

万亩麦田这四个字深深地吸引了我。麦田到处都有，作为主要的粮食作物，全国种植面积何止亿亩，但要成为人人向往的景区，想来一定与众不同。我念叨着高山森林里的无垠麦田，心中突然微风轻拂，云中麦浪似乎就横现在眼前。

同行的杨女士建议我们先到平顶山观赏万亩旱田，然后去看野马、泡古海温泉，最后去江布拉克。我欣然赞同。

平顶山在与奇台县相邻的木垒哈萨克自治县境内。车在未硬化的山乡公路上左绕右突，在不经意间，8月的暑热被远远地抛在了山下，一阵阵凉爽从里到外愉悦着车上众人。

平顶山景区坐落在宜农的高山牧区，用"未加雕饰"这样的字眼来表述它的朴拙似乎都有些词不达意。在这里，你几乎看不到几个人影，如果不是有齐整的麦田在身侧，说这里是自然天成也不为过。万亩良田是依山就势而成的山中麦田，这麦田如此的不一般，不似平地上整齐的田畴，没有平原麦浪无边的炎热，更不似普通麦田有乡村密密匝匝地围绕着。这里不见农事，亦无灌溉，一切都仿佛自然天成，似乎这麦田不是人工劳作的产物，而是神仙随意挥洒在山间的笔墨。我想，在这麦田间劳作所感受到的喜悦，应当也不同于一般种植与收获的喜悦，这喜悦是超凡的，是脱俗的，是在麦穗籽粒灌浆时，农人们脚踏高山登高望远时才可意会的。

我是学水利的，我告诉大伙，旱田就是靠天吃饭，高山上雨水充足，所以没有人工灌溉，不用平田，依山就势种下希望，这是前人的智慧。这智慧让丰收成为高山之上可以触摸的云中守望，很有中国文化的意境美——群山、麦田和大片大片留白一样的湛蓝天空，空气极其地好，没有一丝杂质，倘使你想抚天，手扶麦浪即可。

杨女士讲到了小时候和父母亲一起割麦子的辛劳，这话题让我们共同回到了那个年代，简单的田野，质朴的父辈，朴素的心境和年少的欢乐，当然还有全家捡拾麦穗时的小小喜悦。尤其是用火烤过的麦穗从手掌开始被轻轻搓起，跳跃着被递入口中，在唇齿间留下麦香，让年少的梦想里有了关于劳动和收获的内容，我的心就如轻风一样欢喜向前了，于是，笑声在麦田里随风而起。

平顶山的麦浪有一句非常好的宣传语——万亩旱田犹如一张张黄绿错综的巨型魔毯横空出世。在这里，风中的麦浪有从山脚连绵到山巅的广袤气势，而这气势又是极平和的，无论你开车还是徒步，这里的每一条路都是山的脉络，每一根脉络两边都是起伏绵延的麦田，而这脉络就是无垠麦田最好的向导。当你从山下向上望，山就是麦田，麦田就是山；而到了半山腰，麦田里成万上亿的小麦互碰的私语就是最动人的歌声；快到山顶时，被山路劈开的除了麦田，还有澄碧的天空和我们心中的悸动；最后在山巅，我们就像是无边的云中麦浪这张巨大魔毯上的孩子，在天地间随着麦浪的起伏，动容、沉醉。

到江布拉克已是第二天了。

如果说平顶山的万亩麦田是小家碧玉，江布拉克的群山麦浪就是大家闺秀，平顶山的麦田似魔毯，江布拉克的麦田更宽更远更险更陡，恰似遮盖群山的无边云霞。江布拉克和平顶山都很美，但前者美得更大气，更分明，更气势恢宏，而且历史久远，更有人文情怀。

纵向望去，江布拉克的麦田以山谷和山峰为一个波浪的低点和高点，又从下一个山谷和山峰接续，麦浪便形成连绵不绝的滚滚波涛，以排山倒海之势向上奔涌，挟清风以自成，伴波涛而不绝。在波涛的空白处，一片片高山草原，一丛丛草甸花海恰似波涛中翻涌出的朵朵涟漪，在波涛的留白处写下山的感叹。波涛的奔涌无风自起，以厚积薄发的气势不断向远处奔跑，但在极高处仿佛找到了归宿一般，以温柔的姿态平静了下来，平静在雪岭云杉林海的胸怀里。再往远处，就是被长城一样的雪岭云杉林簇拥着的雪山，雪山之巅是冰川凝成的皇冠。

横看呢？横向的江布拉克，麦田是绝对的主角。一座座平阔的山顶，小麦成片成片地从顶端倾泻而下，又从底部蜂拥而上，或许是不同品种的小麦的缘故，也或许是播种时间或早或晚的原因，小麦们竟也在同一底色下显现出深浅不一的颜色差异，加之在极险极陡处留下的草甸和花海，群山就在天空下显出层次分明的色彩，而且界线极其明显，尤其是春播时农人们有意无意让播种机开出的平行线条，在麦浪中分外突出，仿佛是一支巨大的画笔曾在这里描绘过，让群山成为图画。这时，我方恍然大悟，天成与人为在这里竟没了分别。极远处的山脚下就是看不真切的村庄与市镇了，这麦田竟是长在远离村镇的群山之巅，是云中麦浪。这是离天最近的小麦吧，是天风吹拂的麦群，风中的麦浪在这儿有了仙境一般的况味。

中午，我们找了一个山上的牧家小坐，他们的毡房和小屋很是精致，离毡房不远是铁丝网构成的栅栏，里面应是这家的草场和他们看护的雪岭云杉林。我对主人说想翻过去看看，主人同意了，主人家七八岁的孩子悄悄吓唬我说，千万别进去，林里有豹子，会吃人的。孩子是认真的表情，他是在捍卫他家的草场。栅栏外的草地上，蘑菇一朵一朵地生长着，仿佛在展示这片草场的滋润。这家人一定是山上众多麦田画师之一吧，他们用辛勤的劳作和对大自然的守护，让江布拉克可以一直美丽下去。

无意间翻看旅游导览，我竟找到了这里关于一群中国人的英勇历史的记载。江布拉克景区的古疏勒城，又叫石城子，在东汉永平十八年，即公元75年，曾爆发过著名的石城子保卫战，这是可以媲美温泉关战役的保卫战，汉将耿恭率领数百将士与数百倍于己的匈奴人在石城子对峙一年多，历经无数战斗，以不屈与坚持，最终创造了历史上以少胜多的兵家典范。你能想象麦浪之上的激烈保卫战吗？那时的云中麦浪虽然承受着铁蹄踏过的冰冷，但它们凭借倒地不屈、春风又起的韧性再次站了起来，这是属于小麦的血性。

江布拉克既有连绵的群山，又有鲜活的历史，在群山之上，高山草甸与万亩麦田、片片花海交相辉映，雪岭云杉就在麦田的前方引路，一直延伸到冰川的脚下。就自然景观而言，江布拉克涵盖了山地所有的美丽元素——雪山、花海、草原、森林，那么人文呢？江布拉克的历史、传说和真实的故事也足以打动你，那些遍布山岭的麦浪，说它自然也可，人文亦可，从历史深处走来的这金灿灿的粮食啊，承载的何止是风景那么简单！

环顾四野，倾听麦声，细读麦语，深闻麦香，我又想起了二十四节气中的小满，那是一种怎样的心境呀！

站在山巅，看风扬麦涌，云起云落，天地无碍，我心中突然有了小小的喜悦，与好友、书法家赵浩渊的交往和曾经的阅历，变成了一行行草书在无边麦浪中泼墨挥洒，这麦浪与我所知的儒释道的道理互相印证：儒家——拿得起，即国人所谓"修齐治平"，以至于问心无愧；佛家——放得下，问心无愧之后能看到人群的笑脸，所以从容不迫，平静于心；道家——看得开，平静于心，因此云中麦浪，天高云阔，海纳百川。

读书入境

我最近读到两句话,是总书记讲的,一句是"不论时代发生多大变化,不论生活格局发生多大变化,我们都要重视家庭建设,注重家庭、注重家教、注重家风。"一句是"家风是社会风气的重要组成部分。"

由家风我想到了教育以及我们的耕读传统。

家风的教育意义无须多言,而耕读传统却是家风的精神底蕴。

以"耕读传家"为读书人的来处和归宿,这种价值取向中有深厚的家风印记,所谓"耕读传家久,诗书济世长"就有这种意思在里面。耕,是劳动与实践,也是立命的基础;读,是读书,然后知礼知耻,修身养性以立德。而"耕读传家"就是修齐治平的起点。

现代家庭较之从前,格局上简单得多,多为三口之家,不复从前的大家族。然而,家风的意义却越发明显,因为只要一个孩子教育不好,便是这一家都不好了,就谈不上传承,更遑论家风。

现代人教育孩子,虽未有意识地往家风上走,却实实在在地从骨子里和做法上往家风上靠,只是不自知罢了。比如想让孩子将来生活得好,有个好工作,其实就是在引导孩子如何立命。又如希望孩子长大后出人头地,受人尊重,于是拼命让孩子把书读好,也是在不自觉地秉持着"耕读"的传统。

所以上学、读书就成了当今家庭树立好的家风的一个很重要的点,读书对每一个家庭和每一个人便越发重要。

以前我有看电视的习惯,妻子常说我是电视虫子,孩子出生后及至他上小学三年级前,电视内容经常是我们父子最好的谈资。

随着孩子的长大,有了学习的压力,我告诉孩子要认真学习,好好读书,给他买了很多我认为他该读和他想读的书。我在脑海中为我们的家画了一幅美好的图画:我在客厅看电视,儿子在书房读书成长,妻子是贤妻良母。

然而事与愿违,孩子总是会以各种借口出现在客厅里,无论你告诉他的关于读书重要的道理是高深还是浅显。我问自己,孩子为什么会对电视的兴趣比学习大,更不要说读书了?

妻说老子英雄儿好汉。

于是我尝试改变,关掉电视,拿起书。

慢慢地,家里安静了,儿子也不再浮躁。书越买越多,日子久了,我们竟忘了电视的存在,偶尔打开也了无兴致。

变化最大的是孩子,他不再提电视,而是开始读我买给他的书,他自己也买书,还常常翻看我读的书。

书香在家中流动。我开始明白家风是需要潜移默化,以身作则的。

当孩子主动读完我正在读的摞起来足有两尺高的文史类图书时,我明显感觉孩子长大了,思想有了深度,这深度是读书的静与身为校篮球队队员的动相结合的张弛有度。

前些日子,已是高中生的孩子应老师之邀去和初中的低年级同学交流,有家长告诉我说,他大方得体,并有了"粉丝"。老师在家长群里评价他是"暖男"一个。

我与孩子交流,问他最近在读什么书?他说读了古龙的《小李飞刀》。我说:"书中最经典的话是八个字,头四个是'小李飞刀',后四个是什么?"孩子笑着看我。我说:"小李飞刀,例无虚发"。孩子大笑,佩服我读书读得认真。我告诉他这是我二十多年前读的书。

后来他推荐我读两本书,一本《魔鬼经济学》,一本《世界简史》,他说不错。

我读过后,觉得果真不错。

隔周,我在茶几上看到了一套《明朝那些事儿》,孩子平静地望着我,说:"我正在看。"

妻子又按我们给的书目网购了一批书,说书已上路。

我知道读书已在我们家里扎下了根,我们正走在"耕读传家"的路上。

一日掩卷,我望向窗外,想起大学时赴蜀中的火车上,在硬座车厢,我独自看书竟入了迷,忘了周围,及至抬头,对面一漂亮女生正望着我。我们没有过多的交流,却互相留了地址,她在信中说我读书的样子是她在火车上唯一的记忆。后来大学一师弟讲,在返校的火车上,遇到了一个女孩,女孩漂亮极了,安静极了。我问女孩的样子,他说女孩独自一人在看书,仿佛仙子。当时我想起了徐志摩的诗:"你我相逢在黑夜的海上,你有你的,我有我的,方向;你记得也好,最好你忘掉,在这交会时互放的光亮!"而我们在火车上的相逢,是关于青春的美丽记忆,读书是那一刹那最美的光亮。

现在,我更喜欢读书,读书让我找到了那让生活不经意间掩藏的初心,读书也让我们家里的三个人有了更多的共同语言,有了可以从我们身上传承到孩子那儿的家风,这是生生不息的力量。

有朋友对我讲,你的文章越写越好。我知道这是因为我一直在读书。

站在华山中学音乐厅偌大的舞台中央,面对台下的上千位家长,我讲家风和教育,讲完时台下的人们报以热烈的掌声。我知道我读过的每一本书都在我的身边支撑着我——这是读书带给我的从容。

我喜欢读书,也常常想象这样读书的场景:

坐在山巅,手捧书卷,清风徐来,心随天蓝;
湖中泛舟,耳畔雨浓,书香人物,随波而兴;
夜阑临窗,侧脸离书,天上人间,万厦灯火;
独立草原,执书望远,流水潺潺,云动草低;
林中小憩,雾落书页,低头寻苔,举首树天。

和孩子一起成长

随着孩子一天天长大,尤其是到了中学,有一天我们突然发现孩子跟我们之间的话越来越少,且越来越程式化,你不问他,他不开口,你若问他:在学校怎么样?今天考得如何?和老师交流了吗?如此等等,他一句"还不错"就打发过去了,很少多说。

孩子仿佛一夜之间长大了,跟父母亲有了距离,他在自己的世界里到底什么样?这是一个始终萦绕在父母心头的问题,放不下,在心间,做父母的心里就多少有点堵,不知该如何走进孩子的世界,那望子成龙的心就有了焦虑、失落和不安。

妻子对于网购、外卖这类新事物开始时是抱了抵触的心理的,日子久了,见得多了,不免有些动心,就生发了试一试的念头,便给我说,你教教我。我朝孩子的卧室望了一眼,告诉妻子,孩子应当精通的。

现在的孩子,对于与电脑和网络有关的应用知识基本是无师自通的。

于是孩子和母亲开始了关于如何网购和如何点外卖的操作学习,我们家里也随之热闹起来,孩子从总是回复我们"还不错"的状态,转变为认真地、手把手地教母亲每一个步骤。

这个过程又有些不平静,有时甚至是叮叮当当的,当然是属于"恨铁不成钢"的模式,孩子质问母亲怎么这么笨,都讲了几遍了还不会!母亲会责怪孩子对妈妈为什么这么没耐心!等心平气和之后,孩子又开始教,母亲又开始学,再从平静到不平静,复又平静,从头再来。声音也是有高有低,有时甚至很高;情绪也是有好有坏,却没有更坏。家仿佛又回到了孩子上小学时的模样,充斥着热闹、欢乐且温暖的感觉。

母亲终于学会了,孩子也放心了。

仅仅几天后的一个周末的晚上,孩子突然带着一丝狡黠的笑容跳到我们的床上,说今晚全家人聊天。我和妻子有睡前看书的习惯,惊喜之余,我们同时放下了手中的书,一人扯过一块被角盖住了跳到我们床上的大男孩。

孩子两岁时就和我们分床了,现在一家三口又躺在了一起,一种属于家的爱的情愫在我们心头悄悄流动。这一天,我们聊了很多,我们一家三口靠在床头,床的前方似乎有满天星斗,这是幸福的味道,是一家人手牵手追梦的感觉。

后来我反思,孩子为什么会在几次教母亲操作手机后态度发生了变化?我以为根本原因就在于沟通语言的变化,以及沟通方式的转变。以前我们习惯于居高临下用我们熟悉的语言和沟通方式以向他灌输的态势与他交流,得到的是他"还不错"的敷衍。而这一次,我们无意中改变了,沟通的语言是他最熟悉的网络语言,交流的方式是向他请教,在这个过程中他获得了相当大的成就感,自尊心得到了满足,在他心中潜藏的"我长大了"的愿望在某种程度上悄悄实现了。于是"长大了"的孩子又回到了父母的身旁。

这时我恍然大悟,跟正在长大的孩子交流有一个方法是可取的——用孩子擅长的语言跟孩子沟通,这种语言会让我们用平视的态度对待孩子,孩子的自尊心会得到满足,于是他会变得从容而自信。

身为父母,很多时候,我们只看到孩子的不足,而忘了作为家庭教育的主导者,父母更应该随着孩子的成长而成长,而且从某种程度上讲,父母应该先于孩子成长,然后引导孩子往前走。

和孩子一起成长可以是我们最好的选择,这是属于更好成长的选择。

不久后的一次经历,让我们再一次收获了惊喜和成长。

一天在饭桌上,孩子抑制不住地想笑,我们觉察到了他那强烈的表达欲望,于是鼓动他想笑就笑。孩子讲:"哎哟,读书太有用了。"

我问:"怎么讲?"

孩子说:"今天课上,老师问,'有谁知道挂六国相印的人是谁?'老师以为我们都不知道,我站起来回答说是不是那个苏秦。老师惊坏了。哎哟,太有意思了。爸爸,我还是读你看的书读少了,今天我可表现了一回。"

我和妻子对视了一眼,开始聊战国七雄,就这样讲了几分钟,孩子越发兴奋。

孩子在这次愉快的对话后的假期,读完了我正在读的共十三册的《易中天中华史》。

一碗豆花面

今晚值班,我突然有了吃面的念头。

记得下午路过城市中心,望见一巷道边有一家不大的面馆,门楣上"重庆特色豆花面"的招牌一晃而过,我当时是挺想下车的,但好像因为心头正疑惑"豆花面"是什么面而错过了路口,也可能是车开得快了些吧。

以车代步的生活是快节奏的,快节奏的生活会让我们在不经意间错过一些路口,错过一些事,错过一些人,错过我们原本可以闲适、平和的心境。错过之后呢?我们又会在各种条件下打开手机,独自沉浸在手机的世界里,在种种美图、美文中寻找心的归属,于是手机成了我们最离不开的东西。

我从手机中拔出目光,稍顿后,想起了下午错过的那家面馆,回望片刻,我找到了当时的心境,想起了很多与面馆有关的人和事。于是,我决定去那家面馆吃碗面。

面馆不大,摆设简单,极普通,但干净有序,开面馆的一男一女两个人,隔着透明的玻璃,一个在后堂,一个在前厅。

女人热情相问:"吃什么?"我说豆花面,女人又问:"能不能吃辣?"我回她少些辣。女人说:"不够是可以加面的。"

女人看了一眼门口,说:"你的车吧,最好开过去。"见我疑惑,女人补充道:"路口有监控,门口不能停车,被拍到就糟了。"我这才明白,刚才是我错会了她的意思,原来她并不是担心门口停车影响自家生意。

这开面馆的两人看样子是极细致周到的，我便对他们做的面更加期待了。

女人倒满茶杯，便自顾自忙活去了。我端起茶杯始知杯中不是茶水，而是豆浆，这有些出乎我的意料。这时，我多少有些诧异，对豆花面便不再是"吃"这样简单的向往了。

面很快被那女人端了上来。面很别致，碗较大，细且油亮诱人的小面之上是白的豆花，一只汤匙搁在豆花上，靠左；一双筷子摆在瓷碗上，在右。女人放下碗后，问我："是不是第一次来吃？"我说是。女人说："我们做的是重庆小面，上面再盖上豆花，这是家乡的味道——我们重庆人最喜欢的味道。"

女人接着说："要这样挑一下，才不会碎了豆花。"只见她左手拿汤匙，右手持筷，快速从碗的底部将面挑起，让豆花整齐地从中间断开，分往两边直到碗底。这时豆花面方彻底显出了山水。白的豆花从碗底到侧面颤颤地托着小面，小面是地道的重庆小面，酱料是浓香的，裹满了面，切成丁的酸萝卜是粉色且透明的，绿色的过水蔬菜在诱人的酱色与粉红的搭配中让白色的基调越发分明，显现出豆花的气质来。我想，这就是它被称为"豆花面"的缘故吧。

我认真地吃面，不是以往的那种狼吞虎咽，有些品的意思在里面。

小店里除了我还有四位客人，有两女一男是一起的，他们正饶有兴致地交流着家装的事。谈到花卉时，已经忙完开始吃豆花饭的女店主笑着接上了话："你们干吗要买那么多绿萝？买一两盆就可以了，我就买了一盆，然后一移栽就是好多好多盆，很好养的。"末了，她加了一句："你们少买两盆，节约下来的钱可以来吃面的。"众人皆笑，气氛很是愉悦。

我问女人："店是新开的吧？"女人说："开了大半年了，去年开的张。"我说："这是我第一次见豆花面，以前知道豆花饭，那是米饭。"女人说："我出来久了，快十几年了，以前在工地干，最想的就是家乡的味道,所以去年就转行,开了这豆花面馆。"女人强调自己最喜欢豆花的味道,她说喜欢时,是极朴素极陶醉的。

我问:"店里生意好吗?"女人回我:"好,现在的日子好,这里也好。"

这女人勤劳、满足的样子分明在告诉我,她在用豆花面爱着这座城市,她在这儿找到了家乡的感觉。

我吃着面,想起了小时候母亲做的手擀面,还有母亲拉着我的手走在田埂上的样子,一如中国水墨画的美。看着小巷外的夜色,我遥想起上大学时校园后面的九三路,路上多是面的味道和青春的欢声笑语,还有如戴望舒《雨巷》中一样的淡淡的思绪和那个似乎要回头的背影。

细细地吃完一碗豆花面,品着豆浆,我从进店后第一次掏出了手机,打电话给妻子,告诉她明天来吃豆花面。

清水一地

这个早晨,有水有茶。我接待了几个人。窗外是渐渐晴朗的天空。

第一个是老李,一个退休的老者,喜欢絮絮叨叨地说事。

我是倾听者,他讲话的需求便得到了满足。

到我讲时,他会忍不住插话,许是我的话正好讲到了他关注的事情。我告诉他,喝水。

他喝口茶,略表歉意。我讲,他再接话,又表歉意。

年前的他是另一副模样。

当时同事烦恼不堪地进来给我诉苦,说老李在他办公室,写了遗书,还要撞墙。同事大约是发牢骚,发完又无奈地出去了,老李和遗书还在他的办公室。

收取水费,去年是第一年,水费的数额惊人。因为是第一次收费,而且数额不小,所以执行起来颇有难度。种地的人观望的多,于是走法律途径,老李成了被执行人。

被法院执行的老李是有事要说的。地是城市拆迁置换的,种了果树。地是老李的,种树的是包地的人,可老李没收到承包费。老李说他不该是被执行人。

我招呼老李喝水,他说以前的文件上说是免水费的。我让他慢慢讲,他说,现在有政策,该交的交,但希望减免一些或缓交。

他讲完后是笑着走的。我知道他还会来,还是说这些事这些话,但心境终究不一样了,不只是茶的作用,更多的是他说的话有人认真地听了。

你说我听,我的一言一笑都好像被说者主导。

老李还给进来的其他人讲,我安排办公室的人给他倒了杯水。那是在年前,他在过道里,等负责他的事的人。

我也在别处的过道里等过,其实我们每个人都曾在别处的过道里等过,只是很多人都忘了。忘了便没有他人,只剩了自己,回到自己主导的位置上。

第二个是王姓妇女,五十多岁。

她来前是打过两个电话的,她的事我可以不管,不在分内。

给她倒茶,她坚持要白开水。

她的事与拆迁有关。

她照例先夸了我,说听人讲过我。我没接话,专注倾听。

妇女是悲戚的,讲到过去有想哭的冲动。她住的地方要拆迁,邻居有人签了拆迁合同,却没人跟她谈合同的事,房子是企业给去世的丈夫的。她满含希望地望着我。

进来几个电话,我没接。我不想打断她的倾述,她需要一个表达的机会。

又一个电话进来,这个得接。我对她说:"抱歉,我先接个电话。"

这妇女的心情是必须安慰的,我开始讲相关的政策,主要是宽她的心。

最后我告诉他,我会找机会了解她的事。我是真心讲的,她能感受得到。

她是千恩万谢走的,我站起来送她。她出门时有了一丝笑容,对我挥手。

又接待了几个来访者,这一上午便是倾听。

在倾听的间隙,我想起了年少时的一次非命题作文。

那是小学的高段,语文老师突然在作文课上有了变化,不再命题,而是让我们自主选题。每一个孩子都是一脸诧异加兴奋的表情——可以自己做主啦！兴奋之后，教室归于平静。我至今依然记得当时的场景，仿佛蓝天就在教室里，绿草在脚下，鲜花环绕四周。

对小学生而言，最难的作业莫过于作文了。这一次结果却出奇地好。以往的命题作文，老师点评时最多有一两篇写得好的，这一次全班半数以上的作文都被老师在班上字正腔圆地读了，有些还读得相当有感情。于是，老师是高兴的，孩子们更是高兴的。

其实，老师只是给了同学们一次自由表达的机会，自由之下，表达的都是我们擅长的方面，呈现的是真感情。

真感情来自话语权，拥有话语权是人人都想的事。

每一个人都渴望表达，每一个人都需要表达，很多人却无处表达，或者是只有被打断的表达。水之长流，在于大地无声地接纳其倾泻，并因势利导。

有一些表达也许仅仅是想表达，当然能得到机会就更好。

老李表达了一个冬天又一个春天，在他印象里有一杯过道里的茶水。那妇女是谦卑而惶恐的，她走时带走了那杯水，杯是纸杯。话语权到了他们这里就是想讲讲，讲了有人听，如此而已。

独坐时，本是晴朗的天空复又灰蒙蒙的。杯中的茶水异常地清亮，落底的茶叶清晰起来，叶脉宛然。

我的脑海中突然冒出四个字——清水一地。

水在地上，何来清澈？

原来是水泥的地面，隔着泥土，自是干净异常，当然是有前提的，有人在每日认真打扫、擦洗。

勤洗的地面，水在上面，是清的。清水一地，已洗去了灰尘。

一杯清水，就可以。

楼上千树

北方的春天,不似南方,在经过了冬的肃杀之后,绿色瞬间占领枝头。这是我们习以为常,又令人肃然起敬的变化,从冬到春,好像那些各式各样的绿叶是一夜之间就满树满街甚或满野了,让人禁不住想到一个词——无中生有。实实在在的无中生有,你无法确切地知道那草里、那树中到底发生了什么,只是突然之间绿色的叶就站了起来,静默独立,悄然舒展,迎风而生,这可能就是"道"吧。

老单位的同事相邀,小聚,人不多,却格外亲切。谈笑间最多的内容是今时今日的忙,却没有了抱怨,大抵是习惯了。

我不禁在心底惊叹人强大的适应性,习惯成自然,自然了就正常了,正常了就感觉本应如此。

小芸讲,现在每五天在单位值班一次,感觉好幸福。她说幸福是发自内心的,幸福这两个字咬在她嘴里,似有蜜流淌。她说自己经常加班,凌晨一点多才到家,家人都睡了,她才想起做早餐时和父女俩见过,再见面他们已经在床上。讲到这一节,她是笑声不断的。她讲的是她和同事们常有的状态。

常有的状态,是不是就是"常道"?

我明白他们的笑声意味着他们适应了当下的生活,他们适时调整了自己,让忙碌变成自然,并在自然中重新凝结新的力量,然后让这力量从心底出发,弥漫全身,使身心和谐,使人和事合一,一如绿叶随春。

随春的又何止是绿叶？

今日当值，凭窗俯望，楼不高，街上的车来人往全在树的缝隙间呈现，车不复拥挤，人不再躁动，一切都不同于平日的感觉。仔细想来，不过是我在楼上向楼下俯视，十树成行，百树成林，千树一体。

我下楼来，置身街道，车流和人群杂乱却各有轨迹。成行的大树静立道旁，如果你不是刻意抬头，树只是树，即使你刻意抬头，树依旧只是树，但刻意之后，你会发现，这树对街道是如此的有意义，不可或缺的意义，就像基层的那些人们，简单、自然、忙碌而又真实。它们站在那里，到处都是，这让城市、乡村的忙碌有了可以停泊的港湾。

绿色的行道树让躁动的街道和城市变得安静且和谐，一如水之于山，草木之于原野。

树之于街道呢？不是简单地伴随。试想一下，如果街道没了树会是什么样？不管会是什么，至少有一点可以肯定，那样的街道还是我们能够接受或可以理解的街道吗？树在的时候，我们可能没有感觉，因为我们以为树原本就应该在那儿，从没想过树不在街道上会是什么情形。

随春而绿，是树的真实，树的自然。

其实，我们之所以觉得绿来得突然，原因在于冬的漫长。去岁的叶落枝秃，给了人们对于今春绿色的期盼，而这期盼总是漫长，总不见绿叶，人们就渐渐习惯以致忽略了这期盼，当绿真的来了，当叶满眼，当然讶异——怎么突然就来了？怎么昨天还没有感觉？怎么一夜之间就绿了？心底对绿的期盼便瞬间复苏，这大抵就是"忽如一夜春风来"这样的感觉的由来吧。

还有，严冬的收藏、聚力、等待是一个多么悄然无声而又动人心魄的过程。在这个过程中，绿色不管辛苦，不顾风冷，不惧霜雪，不理萧瑟，始终明了来处，相信春天，守得归来。

就好像小芸他们的幸福，因为付出得久了，等待得久了，习惯得久了，只要有一点点改善，便觉不易，便觉生活加了蜜，于是倍加珍惜。就好像某一个春天的清晨，我突然看见绿满楼间，当时的心啊，便颤颤地想飞，飞向幸福的枝头，那里鸟语花香，阳光满树，自然天成。

这是我们的感觉，也是我们的经历，更是我们见"道"的心理历程，这当中也有知"道"的不易，倘使能够触动我们修"道"那就更好，当然幸福是我们每一个人独有的成"道"。其实我想说的"道"就是我们每一个个体身心的和谐，而这和谐只要愿意，又有努力，就能达到。

检查完值班诸事，我按前些日子在华山中学听讲座时盛丹老师教的方法开始冥想。我先问自己的身体是否适合现在的状态，舒缓身心使二者成为一体，然后想象独立之树的样子开始接天连地，地给予支撑，天放大理想，山水鸟兽开始出现，人在其中，树满星空。

于是，我感觉岁月静好。

于是有了一种状态：我在楼上，烦事放下，楼上千树。

一碗水的宽广

好友伏军今天讲了一件事。

在他工作的普惠农场,一日,他听同事说,有一个孩子很可怜,母亲老早就跟人走了,父亲也去了内地打工,有一段时间了,只剩下孩子一个人。同事是入户时偶然发现了这个男孩,他大约十七岁。听说男孩三天没吃没喝了,伏军决定去见见,他疑惑,现在还有这样的事。

来到男孩家里,他大吃一惊,真是家徒四壁,是无法用言语表述的破败,进门就是床,床上的被和褥已无法分辩,卷在一起,黑且油渍斑斑。

他问孩子:"你晚上怎么睡觉?"

孩子是自卑的,看上去不像通常意义上十七岁的男孩,有曾经停止成长的痕迹。他小声讲:"不脱衣服,天很快就亮了。"衣服应该就是身上这套,比床上的被和褥稍好一点点,不脱衣服大约就是和衣在那样的被和褥间挨一晚,挨过一晚是一晚吧。伏军说他当时眼泪就下来了。

他决定管这个孩子,要像管自己的儿子一样管这个孩子。

他给孩子讲了一些话,并着重强调了一句话:"孩子,如果我们的生命里只剩下了一碗水,记住,只能喝半碗,一定要留下半碗,把我们的脸洗干净。"

他讲这段话时,语气特别坚定,而且他也坚定地看向远方。

我不知道那男孩能否领会这句话的坚定和其中关于人之所

以为人应有的格局,以及格局之上的精神和理想。伏军的行动里也贯彻了这种坚定。

他给孩子送去了桌子和凳子。

他帮孩子购置了新的被褥,告诉孩子床就是床,床要像床。

他妻子把他们自己孩子的衣物分出了一半,他们的孩子也正好十七岁,是男孩。

他要解决孩子吃饭的事。

他决定找学校谈一谈孩子上学的事,他想知道怎么会这样。

他还有很多疑问,他要一步步来。

在他说和做的过程中,我深深地记住了那一碗水:如果我们的生命里只剩下了一碗水,记住,只能喝半碗,一定要留下半碗,把我们的脸洗干净。

在四川求学时,老师在阶梯教室里讲过一个他的老师的故事:那是一个学问、人品很配得上"为人师表"这四个字的老师,他的课是学生们极爱上的,课下的他是极受人尊敬的,他的格局也很大,因为知道他的老师和学生中佩服他的人不在少数。当时他事业有成,且正当年,一切的一切都在向他展示着无比美好的前景,他的前途正远大,人生正盛景,心境正蓬勃。

"文革"开始了,他当然是出头鸟,被下放到山区,那里是适宜改造人身心的、可以脱胎换骨的穷乡僻壤。所有的人都以为他在巨大的人生反差下会一蹶不振,不崩溃或离世就是万幸了。

几年后,他在下放的地方干出了名堂。原来,他被派去养猪以改造思想。养了猪的大学教授开始琢磨养猪,琢磨后他就悄悄实践,一来二去便成了那穷乡僻壤的集体里的养猪能手,且是数一数二的能手。于是,他成了能把猪养成头名的教授。

后来,他不再年轻,不再年轻的他回到了学校,重上讲台,风度依旧,只是从意气风发变成了气定神闲,当然还有一如从前的格局,他照旧是受欢迎的。

又后来,他到另一所院校做了院长。

再后来，人们对他的印象可以概括为三句话：在讲台上，他书教得好；在养猪场，他猪养得好；在学院做带头人，他路带得好。这三好当中还有一句评语：他的格局是始终大且受人尊敬的。

我的老师讲到他时流露出无比崇敬的表情，在这样的表情里你是找不到一丝苦难的，有的只是高山仰止的向往。

工作后，在每一个困境里，我都会不由自主地想起这样一个风度极好的老师，想象着他曾经的经历，以及那些经历里如山的压力、无休无止的苦楚和死一般的失意，一切便豁然开朗了。豁然开朗之后，人生就可以是风度，景行行止的风度，山花烂漫的风度，流水前川的风度，星空灿烂的风度。

我以为，在最黑暗的日子里，那有风度的老师把生命里仅有的一碗水是谈笑风生地留了一半的，他不但把脸洗干净了，还剃了须，净了身，感染了周围，便始终保持了让人景仰的格局。

我们无法选择出生，但我们可以选择孝敬父母。

我们无法选择境遇，但我们可以选择拥有格局。

我们无法选择季节，但我们可以选择无愧风雨。

我们无法选择自然，但我们可以选择俯仰天地。

如果我们的生命里真的只剩下一碗水，留一半，把脸洗净，我们便有了从容人生的格局，那是雨雪无阻的格局、天宽地阔的格局，是山容海纳的格局、风度相随的格局。

一碗水，可以宽如大海，广若星空。

我一定要去见见那个孩子。

你的陪伴

很早以前，我认识一个叫晓的姑娘。

她告诉我四川大学的后围墙不高，围墙后面是锦江公园，那里长满了翠竹。锦江公园还有薛涛笺，其实就是著名女诗人薛涛首创的，浅红的带有印花的窄边文人纸，在这样的纸张上写诗赋词，据说在那个时代是件极让人向往的事情，而且纸张上沉香氤氲。

薛涛笺，带花痕的纸张；女诗人，不同于一般意义上的诗人，仿佛神一样的存在。在川中要说到神，世人一般会不由自主地联想到三峡神女，那是巫山云雨的深情，是高扬天际的裙裾。

我到得园中，就看见一尊汉白玉的雕像，在一浅塘边。女诗人洁白的身影站在那儿，无论从哪个角度看，都可以在扶疏的竹影和水中的云朵间悄悄找到那令人景仰的身姿。一群人中，我却在塘中的倒影里发现了美丽之中的丰腴，年轻的心中便有了"诗人恰似贵妃杨"的感伤。

我以为，四川的美丽，是可以有一些圆润和恰到好处的丰腴在里面的。于是薛涛、三峡神女和生自川中的贵妃便有了举臂生藕的白净，动人心旌。

那时感叹，陪伴薛涛的才子们走了，陪伴贵妃的皇上放弃了自己的女人。只有三峡神女还在巫江边，巫江还将奔流不息到永远，他们的陪伴是神话。

很多年后，我又见到晓，我们谈笑风生，说起我在农村的工作，说起我很少回家。她说："家人是需要陪伴的，我每天只要看到我们家那个人坐在那里就好,哪怕是他在玩游戏,只留给我一个侧面或者背影,即使他一句话也不说,只是坐在那儿,我就会觉得这一天很踏实。"她特别对我讲:"别老想着工作或距离远,家是需要回的,你的陪伴对家人很重要。"

家是需要回的。多么富有哲理的一句话。

你的陪伴,对家人,很重要。这句话,合起来应该是我们的日子,分开写或读,有我们不一样的深情,是可以强调的深情。

现在我已不在农村工作了,但我多数的朋友还在农村,他们很辛苦,他们常常让我感受到向上的力量,让我找到不一样的自豪——我曾经在他们中间。

这两天,我又到普惠农场,有一种回家的感觉。

晚上坐在场院前,板床是宽大的,李伏军说:"板床本来在隔壁,我让他们搬了过来。"

我认为这个举动很好,是发自内心地在照顾这个团队。我们坐在上面,有风吹过,喝一碗砖茶,切一个西瓜,说一说见闻或是工作,时间就过得轻快了。

我拿了一个捶背的橡皮锤,偶尔捶捶肩颈,松快顿生。李伏军他们人手一个对讲机,经常一下一下地喊话和应答,夜便不再寂寞。有时,我们也说笑一阵,心情就越发地愉悦,团队就像家了,人人自守岗位,个个守中作乐,肩颈手脚便无一处不自在,于是,天地廓然,灯过树丛,风起肩畔。

说到河南老头的笑话,大伙笑得最是惬意。阿布里肯,维吾尔族,说着一口地道的普惠河南话。一天,他到渠道上去,批评了一个水管员,水管员正好接了一个电话,于是在电话里抱怨,说的也是普惠河南话,高潮便来了:"这里来了一个河南老头,事还怪多的。"原来,阿布里肯竟是河南老头。

众人哄然大笑。阿布里肯——河南老头的名头就叫响了,且是欢声笑语地响了。

李伏军是爱笑的,而且笑得极有特点,他一般会说上一段故事或是一两句极幽默能引人联想的话,然后带头笑起来——他习惯带头笑,他的笑极富感染力,声音很纯净,响亮且放得开。

说到家务活,一般男人都要吹嘘自己在家中的地位,李伏军也不例外,他说他在家从不干活。大伙不信。他说:"我躺在沙发上看电视,我老婆一边拖地一边说:'你不用干活,你只要能回家来,我们就很高兴,就这样躺在沙发上不干活也比不回家强。'"大伙又哄然大笑。李伏军压低声音,在笑声中又说:"我好久没回家了。"这一回大伙笑得短,李伏军的笑依旧。笑完之后好像没了话题,夜便寂寞了,长了。当天正好是十五,天上的月亮正圆。

陪伴薛涛的,我以为是薛涛笺,那是手工印花的美丽,是纸上淡淡的墨香,是隽永文字里的回味悠长和花重锦官城。

陪伴贵妃的是繁华过后的一抔黄土,是千年咏叹的点点回味,是《长恨歌》里的不尽悔恨和不能伴君到蜀中的一声声叹息。

陪伴巫山神女的,其实是一条江,奔流不息地颠簸着我们的思绪,让每一个来过的人都记住了山的美丽和云蒸雾绕。

这些都是我们在年轻时曾经咏吟过的情怀。是属于诗词歌赋的陪伴,是我们文化底蕴的一部分。

晓说的"家是需要回的",是走过爱情后我们真实拥有的对生活的爱情,是我们这些凡人的爱情,平凡、坚实而温暖,如果你仔细回味,便能找到家的价值与生活的质感。

你的陪伴,对家人很重要,对国家更重要。前者是情,后者是怀,合起来是我们的情怀,说工作也可以。

李伏军他们在基层,是深晓家的方向的,他们坚守岗位并且深爱着自己的家,他们身上有可敬的平凡。

家可以有很宽泛的界限,是低首想的那个,也是抬头职守的那个。

家是需要回的,多么富有哲理的一句话。

你的陪伴,又是多么美的味道。

这月的凌晨一点

坐在普惠农场的场院门口,我和值班的吴延明院长是旧相识,就天南海北地聊天。

说到国旗,他说他以前不知道正规旗杆上的国旗晚上是要收回来的。我告诉他,2014年我认真读过《中华人民共和国国旗法》,确实是这样,升挂国旗,应该晨升昏降,收旗后叠好收藏,以待翌日,让国旗和太阳一同升起。我们还聊了一些细节和见闻,其中包括天安门广场每日的升旗时间随日出而变化,总是精确准时。

聊着聊着就到了凌晨,于是,这一天的工作结束了。

普惠原本离市区就远,今年又修路,绕行便更远。在普惠的这项工作必须持续一个月,而且是在晚上做,第二天还有正常的工作要开展,这月的凌晨一点就基本在路上了。

在路上,明月相随有过,星垂四野有过,树影如山有过,寥廓静寂有过。在路上的温暖是时有时无的三两灯火、几处人家,还有那远处或更远处的有些成行的如豆的灯影。在夜的漆黑与深沉里,人突然间就和天地成一体了,互相融入,不分彼此,这是旷野中夜给人的独特感受。

这样的夜也会有惊心动魄。用惊心动魄来描述,缘因夜的静寂、原野的黑暗,突然被较窄的柏油乡道上疾驰而过的车辆的轰鸣声炸破,被如激光般的车辆远光灯以集束状态刺穿,把人从一个极端瞬间挤压到另一个极端,刹那惊心。惊心之后依然是夜的黑暗、原野的静寂,天幕就在我们身边。

又一辆改装过车灯的越野车疾驰而过,视力出现了短暂的失明,车明显慢了。司机亮亮说,这些人也不会用灯,始终开着远光灯,而且是改装的大灯,太亮了。我说,警察现在太忙了,顾不上查车了吧。我心里突然有了一个小小的愿望:交警要是能很快来治理私改大灯这种行为那该多好,还有治理会车时有的车不关远光灯的恶习。

这是这月的凌晨一点我们始终有的小小愿望。

汽车路过一个村庄,路宽了些,道旁是整齐排列的路灯,太阳能的吸光板下节能灯安静地亮着,光晕轻笼,树影婆娑,心便不由自主地放了下来,从夜的天上落回了人间,找到了世俗的美丽。

这村庄让我想到了和什力克乡的艾买提·毛依东。

我在和乡工作了五年,艾买提当时是团结村的书记,他是一个特征极其明显的人。

退伍后,乡里公认的最漂亮的姑娘嫁给了他。

他一脸沧桑后当上了村书记,他是国家干部身份的村书记,还兼着乡里的生产干事。

他有一次骑摩托伤了腿,上班后成了一瘸一拐的干事,依然干劲很足。

一次在村头,几个村民和艾买书记开玩笑,艾买提的维吾尔语发音"提"是轻音,艾买提就被喊作"艾买书记"。其中一个村民说,艾买书记,你老批评我们,安排我们,我们就像你的老婆一样。艾买提闻言有些得意,村民指指我,话锋一转,说,我们像你的老婆一样,乡长一来,你就是老婆了。众人大笑,艾买提开始笑闹着作势追赶村民,众人散开,投入劳作,树间地头一片生机。当时是清晨,阳光在树间环状弥散,有露珠沿着叶脉滚落,晶莹地向草丛去了,蝴蝶就飞了过来,我们的鞋也渐渐地潮湿了。

艾买提有一次无限向往地对我说,要是乡间也有路灯就好了。他是认真地望着城市的方向说这话的。我说一定会有那么一天的。当时我不确定这一天什么时候能到来,我只是在安慰这个农村书记的心,给他一个做梦的机会,或者说不愿打断他的梦想。因为在村前的道路上装路灯,投入是大问题,后期运行的电费更是大问题。村里能有路灯就是我们的愿望,说理想也可以。

艾买提现在在哪里?一定还在和什力克乡的村子里,他的村子里一定也有了太阳能的路灯了。有路灯那一天他高兴吗?幸福吗?他是否还记得当初我们的愿望——他先提到的愿望?

关于幸福,有一点是可以肯定的,如果一个愿望实现了,实现的那一天我们应该是幸福的,实现理想就更不用说了。但是在这月的凌晨一点,我有了不小的疑惑,倘使在我们某个愿望实现的时候,随着时光的流逝我们遗忘了当初的心情和愿望呢?这时还有幸福吗?又或是新的愿望早已取代了那时的光阴,这成为现实的当初的愿望又有谁在意呢?

有时,我们不幸福,只因我们遗忘了当初的愿望,或者没有收集、整理并珍惜一路得到的东西,甚至以为那些获得的都是应该的。应该的就是与愿望无关,便是本该如此;本该如此就庸常了,庸常了便不足以在我们的心中掀起一丁点的涟漪,幸福自然难以驻足。

有时,我们的不幸,不是我们的愿望没有实现,而是我们忘记了那时的日子,并在此时的日子里有了新的愿望。

假如,假如交警终于可以腾出时间,对改装汽车大灯和夜晚会车不关远光灯这些开车恶习进行彻底的治理。一天,路上不再有改装的汽车大灯,每一个驾车人都会在夜晚的道路上自觉地会灯,我想我们在路上的每一个人就会多一分舒适和安全。但真到那时,自己是否还会记得这月凌晨一点的愿望,这真的就不好说了。那时我会感到幸福吗?那时我会抱着感恩的心面对警察吗?

多数时候我们只是沉浸在此时此刻,不能自拔,仅此而已。

多想能在此刻还能找到彼时的自己，看看那时的脸，那时的心愿，那时的朋友，那时的星空，那时的花开，还有那时的光阴和那村庄、那人。

又路过一个村庄，望见了国旗杆，我想到了这些天曾看到的一则微消息：一个小学生，上学迟到了。他奔向学校，在校门口听到国歌响起时，他站住了，朝向校内国旗的方向笔直敬礼。这是一个让无数人点赞的微消息，也是一个让无数人感怀的举动。

我们点赞，是因为这样的举动少有人做，或者根本就没几个人会做，又或者我们在心底里想做而在现实里又从了众、落了俗，所以这个举动便深深地打动了我们，并触碰到了我们心底那很少说出口的关于家国的愿望。这样的举动我们不曾做过，或做过而现在已经做不到了，于是我们便念想曾经的感怀，但做这事的却是一个小小少年。

我们也曾有过小小少年的时光，记得吗？

我们最初的感怀哪儿去了？每一个感怀里都应该有一些我们当初的愿望在里面的，难道不是吗？

这月的凌晨一点，在天幕下，车灯如豆，心向幸福。

这月的凌晨一点，在路上，远处是城市，那是家的方向。

这月的凌晨一点，回望初心，整理幸福，现在的我们可以带上曾经的愿望，面朝星空，望海迎风。

一树海棠

又见老俞。

老俞还是从前的状态,忙不尽的事,接不停的电话,算不完的数字,时常还要画图,出现场,测量、放线、验基,这些都是他的基本工作。他有些显老,毕竟五十八岁了,不过干活照旧。

我喜欢称呼他"小俞哥",是有来历的。那时我在普惠农场做事,做城镇建设,老俞是主力。一次验收自来水管线,一群人沿管线走着走着老俞就不见了,原来是有人叫他,于是我们等,等他跑上来;走着走着他又不见了,再等,等他又跑上来;又走,他再次不见了,我们不用回头就知道又有人叫他了。这一天,我板着脸批评了他。也怪了,这一天把他叫住的基本是女性,对这些女性,我们用了一个可亲的表述——小媳妇,而这些小媳妇叫他竟用了统一的称谓——小俞哥。她们是敬称,我们口中的小俞哥就是工作之余的昵称了。

一次下班后,俞家嫂子打来电话,问我是不是又让老俞加班了?我抬眼看时间,半个小时前就下班了,而老俞下班便走了。我笑笑,对着电话那头说,老俞再有半个钟头就到家了。我没回应是否加班,老俞一定是在回家的路上又遇到了他的熟人——这些人都是受过他帮助的人,一路上肯定是招呼不断,问候之外是各类关于房建、水建的问题或需求,普惠农场各家各户就是一个微型的农场,一般都有大量的自主建设。老俞回家正常步行需要大约五六分钟,他一般要走一个小时。当然,这一路还有叫他"小俞哥"的人搭话。他的热心肠是出了名的。

有一次我很烦他,大伙在分场验收工程,他的电话响个不停,他就接个不停,几无空隙,于是我借故拿走了他的手机。我的原意是想让他清静一会儿,我也清静一会儿。他却很着急,真如热锅上的蚂蚁一般,一个劲说误事了,误事了。我没管他。半个小时后,俞家嫂子打来电话,质问老俞忙什么呢,为什么不接电话。我在大伙的笑声中还他电话,确实有很多人很多事在急等着他。他开始回电话,并和我保持了一段距离,大伙始终笑,工作便轻松了。

我当时对老俞有一段评价,是对后进场的年轻人说的。我说:"一项工程,按一般标准,需要四个单位协作完成——建设单位、设计单位、施工单位、监理单位。但在普惠农场,这些事基本是老俞一个人在具体落实。而完成这些工作,按专业划分,需要至少七个专业的技术人员共同努力,在这里,是老俞一个人。"年轻人开始崇敬地看老俞,他们当时应该就有了努力的方向。

我后来把这段话告诉老俞的儿子小俞,小俞脸上是疑惑并吃惊的表情。我是加了几句评语的:"你的父亲是没有正规职称的真正的工程师,是没有学历的教授,在这里他是不可或缺的。"

小俞哥就是一棵建设普惠的常青树,看似简单地生长着,却越过了戈壁,越过了龟裂的土地,越过了沙滩,越过了一般人的头顶,始终朝天,始终立地,向上长出了树的样子,向下根植的依然是一棵树。

认为老俞不可或缺的人还有楚艳萍,我们叫她楚大姐或艳萍,老俞叫她楚大姐,实际她比老俞小。

艳萍是普惠农场建场以来唯一一个女性分场场长,在"一黑一白"战略的当年,这样的身份等同于巾帼英雄,很有些传奇色彩。

初见她时,我有些吃惊,她一副一线城市女白领的模样,不带一丝带队拓荒垦殖的荒凉,美丽自不必说。

她做城建科长时，为了工作的事，找到了老俞的家里，一来二去，老俞认可了艳萍的领导力，开始叫她楚大姐；艳萍也看到了老俞的业务能力和人格魅力，有时也笑着叫"小俞哥"。

艳萍生日，大伙一起买了一个特大号的蛋糕，艳萍的老公也回来了，看见大伙的蛋糕，又比了比自己带回来的小号蛋糕，没好意思拿出手。大伙笑出了团队的豪迈。

我离开农场后，参加了艳萍两个孩子的婚礼，来了很多人，艳萍是幸福的。

后来，听说艳萍一个人了，人们告诉我她很平静，她成了场聘的副场长。

又后来，水少了，种地难了，再加上其他的原因，艳萍承担了上千万元的债务，包括小贷公司——类似高利贷，我开始担心她。这时我注意到她的微信动态，竟是平静如常。这一年春节她去了新马泰，我吃惊她的承受力。

又见艳萍，我叫她大姐。

我以为她有太多的地里的、债务上的、家里的事要处理，我不敢想象她以及只有她一个人的家里的状况。

然而，她依旧是当初的样子，依旧像城市白领，依旧留着短发，依旧面带笑容，依旧穿着年轻的装束。我和老俞一起去的，听说她院子里有刚长成的黄瓜。老俞显老了，而楚大姐却依旧，有一个词叫"冻龄"，似乎可以用来描述她的状态，她开门时的一言一笑，以及一举手、一投足，都看不出岁月在她身上留下的痕迹。

别墅门口的院子干净整洁，各类蔬菜分门别类齐整地长着，葡萄已长成郁郁葱葱的姿态，院旁有一大片高大的垂柳，在楼旁和水中用耸立的身姿和倒影表达着十年树木的情怀，那是我们曾经栽下的，微风吹过，至美人家。一切的一切让人忍不住想到了鲁迅先生在《从百草园到三味书屋》中的细微描述："不必说碧绿的菜畦，光滑的石井栏，高大的皂荚树，紫红的桑椹"，等等。而这里，一样的美，一样的叫人忍不住驻足，一样的让人感怀不已。

真美,这样的人家。

进到家里就更让人吃惊了,这别墅里不像是已经住了十年,时光仿佛在这里停下了,一切还是簇新,且一尘不染的。抬头,墙壁无一丝杂尘;平视,连家电都仿佛是刚从包装箱里取出的一般;低头,案几上能看到人物的倒影。我有些疑惑了。

艳萍说一起吃饭,她刚买的野生鱼,洗好了才放冰箱的。打开的冰箱里,内里白净;取出高处的茶罐,不现微尘。

艳萍说,她只要从地里回来,每两天就要把别墅从里到外,从上到下认认真真擦洗一遍。这是她的生活,无论多少变化、多少压力也改变不了的生活。这样的生活又是我们很难见到的生活,不身临其境是难有体会的。

一个女人独自擦洗着这二百多平方米的别墅,还有城里的房子,还有孔雀河边的土地,还有上千万的债务,还有儿子、女儿、孙子、外孙,她,却没老。

她没有老,我们叫她楚大姐。

聊天是欢愉的,一如从前。

望着楚大姐和小俞哥,我心底突然涌起一股暖流,在暖流中我找到了有一天看到一树海棠时的莫名的激动与醒悟。

原以为海棠花不好养,应是很娇贵的,即使养好了,也是花盆里的绿植,属于低头观赏的那种。

我们普通人家养花,一般是在花市里挑那些叶片翠绿的,花朵正含苞或正艳放的那种,急急搬回家来,左闻右赏,喜不自胜,以为家中又添一景,家也多了温馨。

待到花落,又见叶枯,搬花回家的喜悦便没了踪影,甚或很快,花儿就不见了,偶尔能看到角落里土迹斑驳的花盆,也早已忘了花儿当初是否翠绿过,是否开放过,模样就更不用说。家中的盆花就在习以为常的时光里成了短暂的存在,找不到一丝旷野里的树给人的感觉,花在家中原来竟是被用来遗忘的,它短暂的生命更是无须仰望的,连平视的待遇也没有。

那一天，我见到了一树海棠。那是一树长了很多年的海棠，长在一个很大的花盆里，这花盆一定不是它初来时站立的那个花盆，中间一定移植过不少次。这海棠真的长成了树，高过了我的头顶。大片大片的叶子愉快地向阳生长着，微红的叶片上叶脉清晰，叶角微扬。正值花开，叶片上白色的斑点仿佛夜空中的繁星，一大束一大束呈扇形的粉红色花簇自然地垂挂在枝头，花儿如豆荚般开合，排队似的朵朵相拥，花蕊就在其中。如繁星的叶和似烟火的花，以及高过头顶的树的姿态，让那一树海棠显得蔚为壮观。

主人告诉我，周围所有的盆栽海棠都是从这棵海棠树上剪枝、发根并移栽的。她还说，只要用心，海棠就能长成树。我始明白从前养花为什么只得到花盆了，原来是用心不够。

在生活中，多数时候我们在意的只是生命里精彩的那部分，也只愿意在精彩的部分留意、用心，而常常忘了在不精彩甚至枯燥的阶段用情、用心，以至于我们的海棠始终只能被低头欣赏，有时甚至只剩下一个空花盆。其实精彩正是来自不精彩时的默默用情，来自无声用力，不忘来处的用心。而且不精彩的时间会特别的长，更需要我们用恒定的心境去用心对待，才会终于精彩，终于成树。

一树海棠，容易的是你看到的结果，不容易的是你坚持的用心。

我移栽了一盆，想让它长成一树蔚为壮观的海棠。

而楚大姐和小俞哥，我能清晰地在他们的人生里看到属于他们的那一树海棠。

在远方

2006年，我有了车，回家看父母更方便了。

一天，父亲说："我们去看看老房子吧。"有车之前，父亲从未提到过老房子。

老房子，应该在记忆里，只是没有机缘忆起。

老房子，是我们曾经生活过的农场。离开那儿，是在1985年，那是一个夏天，原野茫茫，山在天边。我们是集体离开的，就像一支队伍迁徙。

开车，很快就到了。

父亲说："我们家是第二排的头一间吧？"顿了顿，又说："就是。"父亲的目光很深，深到了从前，父亲的声音里有远方，远出了岁月。

我以为，也是。只是，已不是记忆中的模样。

我们的眼前，只有两排四栋联户的房子，异常破旧，勉强支撑出当年的一点样子。四野，苍茫依旧。一道水槽，在土墙上，从上到下显得陈旧斑驳。

我们的对话打破了周围的沉寂。

哥哥说："食堂还在，快倒了；学校没有了；路已经没了，成草了。"

父亲说："房子！房子怎么这么小，当年，如何住过来的？！窗户也拆了，里面是羊呀。"

我们看到的，是走到了今天的从前的老房子，却已不属于记忆。最大的感受是小,当年我们在里面活动,应该很大的,不然,如何有今天?

仔细一想,那时,生活在这里,参照物是那年那月的光阴,便不觉得小。小,对比的是现时的生活。不是老房子变小了,是我们走过了时光,把记忆带到了今天,在用今天的情感和知觉想象并重塑老房子,而老房子还在原来的地方,破旧。

回到现场,我才知道:我们,已不似从前。

又一次重回老房子,父亲没来,我却怎么也找不到老房子了,于是驾车和友人向远处,再向远处走,向更远的地方寻找。

终于累了,不可能这么远的。

于是,回头,重走。

路过一座桥,桥下已无水。仔细回忆,不敢相信这就是小时候的那一条大河。

《一条大河》,是一首歌,承载着我对家乡的情感。第一次听到,是在父亲的自行车前杠上,哥哥在后座。当时是夜晚,父亲带我们回家,别的连队里在放电影,电影明天就要到我们的连队里放映,我们回家,不急。路过河边时,放电影的连队传来了歌声,歌声中,我在前杠,看到了路边的大河,在月光下,波光粼粼,有风吹过。

《一条大河》,带我知道了家乡,如天籁一般。

一条大河,河上有桥,时为拖拉机司机的大哥曾在很多人羡慕的眼神中驾拖拉机驶过。尤其有一年,桥变成了两排窄窄的水泥板,刚够架上车轮,大哥开车过桥,很多人在过桥前就要求下车,大哥依旧神气地驶过了桥,车过桥后,人们又上了车,当时,河水湍急,大哥很高。

在我的记忆中,大哥驾拖拉机过桥,是神气的。在那时的理想里,长大了,我要到河中畅游,从此岸到彼岸。

而今,重回现场,河,如此之小;桥,如此之短。

有了桥的参照,找到了老房子,原来就在近处,刚才走得太远了。

我告诉同行的朋友,距离的长短,是我们的感受。从前,我们用双脚感受;现在,我们用车轮感受。距离,还是从前的距离。

伫立,我找到了当时宽阔的排屋间的游戏地,那时的我,快乐地从这边的山墙跑到了远处的山墙,距离好长,我探过墙头,看到了三个女孩在灯下打沙包。跑过山墙的我,定格了:那最小的女孩如此美。我第一次知道了美,并有了最早的理想。

这一次,我几步就从这个山墙头走到了那个山墙头,如此短的距离,不再定格,荒草在脚下。

山墙后的三个女孩是姐妹,最小的那个后来跟我同班,再后来她们离开了,随父母去了山那边。后来我们也离开了,集体离开了老房子。

在离开后来到新的地方,我常常朝两个相反的方向看,长久地看。一个方向是老房子,在春风的背景下,仿佛雨后山前,一个女孩,在蓝天下,似乳燕正掠过柳梢。还有一个方向,是与老房子的方向相反的山的那边,那山是天山,更高更辽远。据说,她们去了那样的山那边。

在这两个方向里,老房子是记忆的基础,山那边是理想的方向,孤独的少年是苍穹下振翅的鹰,心底的沉默展现在脸上,是青春的痕迹。

后来,老房子望就了万卷书,山那边凝练了万里路,万卷书、万里路带我跨过了天山,越过了祁连山,翻过了秦岭,让我有了机会,把青春放在大学。

在这样的背景下,理想终成现实,我又见到了那个女孩。

见到后,我吃惊于她竟没有酒窝。而离开老房子后,到的新地方这时也老旧了,在很多人眼里、记忆里成了新的老房子。此时,我方想起,新的老房子,有一个女同学是有酒窝的。

在望向老房子的时光里,我应该是把周围所有能看到的美丽都在回忆中汇聚到了一个人身上,这人,就在老房子的方向,因美丽而绽放为理想。

面对现实,我方明白:记忆,带着今天对过去的想象。

从前,我们望向远方,不知道老房子如此之美;后来,我们离开老房子,想象老房子的美;再后来,新的地方又成了老房子,美,是想象的记忆。于我们而言,老房子,在远方。

现在,我们回望老房子,回味老房子的美,因为老房子,成了我们心中的远方。却忘了,老房子,曾在过去的那个"今天"的我们的脚下,是曾经的现场。而回过头来,我们更会望向明天,希望有奇迹,在远方。

明天,多数时候,就是远方。就像老房子,一直在远方。只是方向变了。

总是在远方,我们的心啊。今天的现场,不正是昨天的远方吗?

老房子,在远方。明天,在远方。今天,对我们,是当下,是现场。

那,就让我们在现场里,动容吧!

葡萄的秘密

站在藤下,突然心生虔诚,心境如过滤了一般,化作葡萄的秘密,轻上云天,润满大地。

安之怡然

小曹打来电话,说今日就到南疆报到,身份证已拿去订票。我说中午一起坐坐。他讲现在要去媳妇娘家。我明白他的意思,要把家里先安顿好,尤其是家里有老人、妇幼。南疆毕竟远。他说等下次探亲回来再聚,有的是机会。

我问他去哪个县。他说可能是疏勒县。他的描述是平静的,和从前与我一起工作时一样,声音是年轻人特有的,且越发地成熟有力。

原来是先前去的那人因故离职了,小曹需要顶上去。在他说这件事的时候,我想起了武林他们去南疆工作时我跟小曹的对话。我说:"你去吗?"他在电话那头是带有笑意地说:"去,等病好了就去。"

当时他在医院。现在应该是好了。

我是很想见一见他的,不只因为一起工作的时间长。他接到通知就打来电话,也应是如此。

但安顿家人更重要。我们中国人非常重视家庭,并把家放在了国的后面,是为国家;国家是家在国的里面,那包含了我们的理想——国泰民安。于是嘱咐他一些我能想到的注意事项,请他安心,安顿家人。

新的工作是需要鼓励和激情的,这让小曹有了新的起点和新的生活的开端,并势必在不久的将来成为他引以为豪的人生经历,这是极少数人才会有的生活历练。当然需要克服的困难也很多,不在其中,很难感同身受。

在电话里,我们又回到了曾经一起工作时相互支持的状态,重温了武林他们去南疆时关于理想的那段话:"高兴是它,不高兴也是它,不如高兴。"怀抱理想的路上,每一天都有希望,散落心志,无一刻不是煎熬,那就怀抱理想。理想之于人,就像星辰之于山峦,在暗夜,山因天光而更见巍峨;又如树木之于旷野,在风中,地因绿植而勃发生机。

小曹去南疆,是服务者,也是赴我们中国人"修齐治平"的理想吧。

我不禁想起了自己经历过的关于"管理"的点滴。

在牧场工作时,办公室的小常拿来一张车票,说王场长讲可以报销。理由是王场长报了,王是副场长。小常的家在且末,远。王场长的爱人在阿克苏工作,家却在喀什,更远,他每年有探亲假。

两个副场长坐在我面前,小常的车票就在桌上。我问他们:"知道什么是管理吗?"

二人笑。

我讲,多数人以为管理的核心是"管",想管住,其实越想管住便越不易管住;我以为核心是"理",当然要达到"管"的目的,你理人,人方理你,在"理"中自然就顺了,何愁无"管"?比如这张车票,王场长报了,因为家在巴州外,按制度有探亲假,所以报。家在州外就是远,小常家在且末,远,但在州内。如果给小常报了,家在州内其他县的工作人员必然也想报,他们不会去想远近,只会说州内州外的区别,如不给报,就是不公平。而如果给报了,那么家在库尔勒市的工作人员就也想报车票了。如此一来,将产生一系列的连锁反应,最后的结果就是制度没了,"理"将不存,如何"管"?

我对王场长笑了笑,把车票递给他,说:"你点的火,麻烦你把它灭了。"

当然,"理"是很宽泛的,但却是管理的要义。

管理的范围无非人和事,而天下之大却莫过于人和事。

在铁克其工作的日子,人和事就更多了,有时应接不暇。随着城市的发展和时光的流逝,我终于感受到了"安"的力量。其实,管人莫若理人,理人不如安人。安才是管理的理想境界。

家中的蟹爪兰次第开放了。倒一杯茶,掩一卷书,我端坐花朵边,心定而安。

这是蟹爪兰第三次开放了。然而每一次开放,我抱有的喜悦和希望却是相同的,尤其是看花苞如新生的笋尖,一天天生长,一天天不同,我的心是颤动的,连呼吸也谨慎了,生怕吵醒了什么。而花是安静的,如处子,宠辱不惊,顾自开放。顾自开放的状态其实是对安静最好的诠释。

谁在管理蟹爪兰的生长、开放以及凋零?我不过施肥、浇水,让它朝阳而已。它却报我盛放的华彩,凋零的姿态和绿色的叶子,移栽后甚至能活几世。这是多么安静的表达呀!

而我要做的是耐心地栽植,平常地浇水,然后享受看花开花落的日子。说我打理得好,可以;管理得好,也对;但我更喜欢这个过程,我把它安放在花盆的泥土中,它可以安心生长,安定发芽,安静开放,安然凋零,在安宁中等待又一次安静绽放,绽放成理想的样子。

很想对小曹讲:南去,可以安之怡然。临事,不妨安之若素。管理,莫若安人定心。

家中更应安好如蟹爪兰。

一路生花

还是华山中学,还是音乐厅,还是在偌大的舞台上。这一次台下坐着的是可能选择华山中学的各地六年级学生的近千名家长。

引导老师告诉我,在我前面讲话的老师和主任可能会超时,希望我压缩一下讲话的时间。

等待的过程中,我仔细地审视音乐厅,这是一座宏阔而富有现代感的建筑物,在进门处用抽象的胡杨展现精致的文化,厅内最富想象的是高大的穹顶,仿佛沙漠的形态,又似斑驳的戈壁,给人以盐碱硬壳般的冲击感,还有大海波浪一样的力量,这样的建筑本身就应代表着一种文化吧。

我喜欢这个音乐厅,更在于教育的向前力量。邱成国校长曾经讲,最初的舞台在现在的舞台的对面,曾经有一位内地的知名建筑师来到学校,发现并指出了这个不足。难题出现了,改正它,前期的百万元投入就是学费,而这样的学费太贵太费;不改,建好了将会是缺憾,但也可以用。这是两难的选择,天下最难的决策之一就是两难,它叫进退维谷。

最终的选择是教育的向前力量,或者说内生力量——改正不足,追求理想。这也是这座建筑的人文内涵之一吧,它也打动了那些学者一样的建筑师——这里还有一群这样追求理想的人。

我独自站在舞台,才发觉走廊上也站了不少家长。我能想到他们的心情,因为我也是家长,只是我的孩子大一些,上高一了,"天下父母心"这五个字是非同寻常地沉甸甸。

我认真地讲,也知道需要压缩一些内容,但我又想尽量多地与他们分享一些我的浅见,希望能有益于他们的家庭,如果有一两句话能打动他们并有利于他们的孩子成长,就是我的幸运了。我盼望能给"天下父母心"这五个字添一些幸福,或者是温馨,于是加快了语速。

以前我习惯讲成长,家长的成长,和孩子一起成长,这一次在仔细地观察并发现了自己所站的这个舞台所属的建筑物特有的人文内涵后,我依然选择继续讲有关成长的内容,但在不自觉间有了静待花开和一路生花的从容。

我讲的多数是关于家长的内容,我说,当你坐在电视机旁,当你捧着游戏机,甚至当你把麻将打得噼啪作响的时候,你却要求你的孩子在旁边认真读书,你的要求就永远只是要求。我们中国人讲"耕读传家久,诗书济世长"说的就是传帮带,就是传承。当我讲到"当你喝醉了,甚至摔倒了,你可能第二天就忘了;但当有一天,你的孩子长大了,他(她)喝醉摔倒的动作都会和你一模一样,这是后天的遗传——叫家庭教育"时,台下响起了从寂静中醒来的掌声。

我们要求孩子成为什么人,我们就应该也这样要求自己。当然,在家长这个阶段,想成为什么人可能已有些晚了,但是习惯、品格、人格乃至格局这样的属于人的修为,培养起来是一刻也不晚的。你至少可以关掉电视,放下游戏,推掉麻将,也可以少喝一点酒,不要失仪,或者再放低一些声音,不要失态,因为我们在每一个孩子身上都能看到父母亲的影子,这影子有先天的遗传,更有后天的教养。

我们可以学会在沟通中找到孩子的优点,一般都能找得到,因为孩子是我们自己的。但更重要的是以平静的心态看待孩子的不足。这样的不足是成长中的不足,没有必要总是惴惴不安,甚至是暴跳如雷地面对这些不足。既然是成长中的不足就是正常的不足，就是可以改进、完善的不足。有时，我们可以用善意的、欣赏的眼光来看待这些不足。你怎么知道这些不足的背后是什么呢？你又怎么知道如果克服了这些不足之后，会看到怎样的风景、怎样的花开呢？这些不足也许就是生活在给孩子一个改正、完善的门槛，就是天地自然在给孩子一个超越自我的机会。我们需要做的是等待、助力和共同成长。

静待花开，每一个孩子都是具体的、不同的、充满成长可能性的，他们都需要阳光雨露，他们都有属于自己特有的、专属的、甚至是独一无二的花的品质和花期，不要阻挡，也无须拔苗，在家长与孩子的共同成长中，自然一路生花。

讲到一路生花这样的内涵时，我告诉台下的父母，很多时候，随着孩子的长大，不是孩子离不开我们，而是我们离不开孩子。家长们热烈鼓掌，我想起了我的家里母子两人争吵斗嘴的情形，争吵少一些，斗嘴多一些，于是妻子的快乐就多一些。而在这方面我是做得不好的，便少了一种快乐——斗嘴的快乐，这是属于沟通和智慧的快乐。

工作人员在幕布后告诉我还有五分钟，我正讲到最后一项内容——理想，于是长话短说。

我举了一个例子：一天晚自习，我是值班家长，在临近结束时已经自习了四节课，坐了接近四个钟头的同学们有些躁动。我理解这种躁动，于是走到讲台上，告诉他们四句话："为天地立心，为生民立命，为往圣继绝学，为万世开太平。"我告诉同学们这是我们中国读书人最高的人生理想。同学们充满期待地望着我，我解读了这种理想，并鼓励了他们非同一般的积极学习的状态，还用一句话与同学们共勉：高山仰止，景行行止；虽不能至，心向往之。同学们报以热烈的掌声。我相信，有一天，他们当中，一定会有一些人会想起这几句话，因为这些话里饱含着向前的力量，有属于我们的文化自信。这样的相信于我来说就是文化的传递，是我站在舞台中央的幸福，是我最愿意做的事。

　　理想就是花开。走在向往花开的路上，我们和我们的孩子要克服很多困难，你高兴要向前，你苦恼也要向前，你生气还是要向前，不如高兴，不如向前，向前，也就是正视自我，克服不足，理想引领，快乐成长。除非你放弃向前，可放弃了理想就没有前进的动力了，所以要不放弃。因为花开的意义非同一般，那是我们生命的本来的面貌。

　　站在富有人文内涵的华山中学音乐厅宽阔的舞台上，面对台下千余名家长，面对自己，我告诉我们一个共同的方向——一路生花。

路过的风景

　　普惠农场不同于一般的农村，只要你愿意，是可以找到很多独特的存在的。
　　较宽且长的十字街道撑起了场区的基本骨架，人行道、街灯、高大的绿植以及河边公园，让人疑心是否走进了十几年前的边远县城，有种穿越的感觉涌上心头。一切还是我十年前在这里时的样子，只是路边的楼房更多更高了，基本排满了东西向主路的两侧，最高的已达十一层，这在传统意义上的农村几乎是难以想象的。走在这样的农村，让人情不自禁地想到一个能勾起人无数次咏赞的字眼——小城。
　　而小城一般都是会有一些略带暖意、可供回味的故事的。
　　有一次，我告诉赵家老五，在历史典籍和老一些的旅游地图上，有一个地方叫普惠古城，就在小城的西南方向。众人很吃惊。而我知道普惠古城是因为老五的妻舅小何。
　　我讲普惠古城是在热烈开放的气氛中，并且极尽渲染，一副要让众人看到曾经的金戈铁马或儿女情长的架势。曾经，普惠也确有金戈铁马和儿女情长。
　　十年前小何讲时却是极其神秘的，他本就长相神秘，两个神秘叠加进低沉的声音、环顾左右的警醒眼神，联想到普惠人所共知的一场很久以前的人喊马嘶、流血漂橹的战役留下的大墓，我们俨然两个盗墓贼，很有古墓丽影的意思。
　　小何言之凿凿，并拿出了古城的证据。他说古城就在那里等我们,要有勇气,说不定会有普惠美女在沉睡。他约我一起去探险,他说曾经有牧羊人挖出过银盘,他说要准备充分——至少需要一辆高配置的越野车,他讲到了GPS。他还说了很多,有好几次甚至是手护在嘴上在我耳边谨言慎语,生怕走漏了风声,仿佛窗下正有黑衣人窥视。

小何一再嘱咐我千万别与外人说这些,只可天知地知你知我知。出门时他回头意味深长地望了我一眼,眼神复杂而神秘。在我的普惠记忆里,就始终有一个沿着墙边匆匆走过的摸金校尉。

我把普惠古城和摸金校尉的故事一起讲给大伙听,笑过之后,普惠古城一时成了大伙热议的话题,心里呢?可能或多或少也会有一些向往和想象吧。

因为修路,普惠的土很大,在清晨和傍晚的时候稍好一些,加之天热,我便只在傍晚和清晨走进小城。

最喜欢走的是别墅区。

小城的别墅区在南北向街道的南段,路东。一排排整齐的别墅在阳光下闪烁着金属般的光辉,路旁的行道树站在楼侧,以温和的气息缓和了建筑的棱角,每一户庭院都有不一样的绿植、不一样的装点,偶尔有人开得门来,举手投足全是家中生活,想来也应有不一样的故事吧。于是一切便鲜活起来,有了小城特有的平静气质和悠悠意韵。

走进别墅区,楼宇和绿植便挡住了街道上的尘土和市井的喧嚣,周围就安静了,虽与街道只几十米的间隔,却已是不同的世界,别墅区就成了小城里的小城,有了玉一般的温润和"小桥流水人家"的诗意。

别墅的格局有三种,是不同时段建设的结果,这样的结果使得小城层次分明,隔开三种格局的是标准的小区路、轻巧的太阳能路灯和各种各样的绿植。每一栋别墅的四周是铁艺的栅栏,栅栏外是规整的可供植被生长的明槽,也是这家人放水寻水的境界吧。栅栏内就是小城的生活了,如溪水长流一样的生活。

别墅区的最里端站着几排五层条楼,条楼就掩映在高大的树间,不动声色地俯瞰着这座小城,让以别墅为主体构成的小城有了掌控全城的高点,仿佛隔世而独立,只是那不知距离几何的曾经的普惠古城能看得到吗?

正是黄瓜初结的时节,我在楚大姐的门前找到了垂挂的果实。小俞哥讲得好,这是顶花带刺的黄瓜,是郭沫若的最爱。大师当年说顶花带刺的好,最是爱吃,于是被批判,不再说顶花带刺。我们在小城随手一摘就是顶花带刺,入口自不必说。我接过小俞哥的话,我们吃的就是大师的最爱。

见我们吃得欢,栅栏另一边的屋主说有更好的黄瓜,他步入别墅门前整齐的菜畦,只一会儿工夫便找来了几个菜瓜,也有顶花。

我告诉小俞哥,再往前走,一家院子里有不一样的杏子。他很吃惊我何以知道。

我们走进英英家,英英姓马,他的妻子是分场的副场长。他家门前几乎全是水泥地坪,我开玩笑说:"你们两口子这是要练习男女双人滑旱冰呀!"两人质朴地笑。杏子真甜,尤其是从树上刚摘下来的,味道如蜜。杏树就长在宽阔的地坪的角落里,只两棵树,叫人怎么也想不明白为什么宽阔的地坪上的两棵树,周围的人却没有发现,小俞哥也没有发现,我这个路过的却发现了,这可能就叫熟视无睹吧。

英英泡了一壶茶,是新鲜的薄荷,滋味独到,沁人心脾。他说:"是院子里种的,长得特别好。回头晾干给你送些去。"在品评的间隙,我找到了田园生活的清美和舒缓。

我婉拒了他们晾晒的打算,走时用花盆连土带薄荷整体移栽了一盆,我是要把这样的美和生活带上的,带到路上,带进城市,带往生活。

有一户人家很独到,在栅栏外的明槽里竟一东一西栽植了两棵合欢树。正值合欢花盛放,满树的花朵瑰丽向天,以无限妩媚的姿态尽情展露树的绚丽,从里到外,从上到下,从左到右,无一叶不捧蕊,无一枝不端花,无一臂不溢彩,屋宇在红花的轻柔里有了贵妃醉酒一般的迷离。

而地上,缤纷的落英仿佛绒毯一般,落地的合欢花依旧保持在树上的形态,蝴蝶一样在风中轻摆着翅膀,它们仿佛不是落下了,而是暂栖大地,等待迎风,翩翩起舞。我们收住了脚步,静静地站立,用几乎屏住呼吸的姿态在合欢花的美丽中不知所措,迷失在了小城里。

小俞哥的话惊醒了小城,他说,你怎么找到的?我为什么没发现?这里还有这样的树!我经常路过的。

我回他,还有很多你们路过的美丽是你们不知道的。

楚大姐的门口,当初规划的时候留了一大片空地,栽植了垂柳,十年前我们又补栽齐,现在已经树高过楼,一根根柔软的枝条仿佛从天而降一般,斜如雨丝,轻似绿纱,在我们的心头摇荡。恰逢雨过天晴,树下的积水连成了片,有了深度,树就更高了,水中倒悬的绿丝绦和天幕飘垂的长柳枝便开始接天连地,偶有调皮的大树轻折枝条,在清晰的绿影中如落珠般叮咚入水,树的天地便一阵涟漪,波波入心。

小俞哥说,多么惊人的美。他发现了他经常路过却无睹的美。我告诉他,十年树木。

我们向往风景,更向往远方,因为风景就是美丽的别称,而美是我们心之所属,远方不但有风景,还是未知的、可能有不一样的超出我们生活常识和生命激情的风景。于是更吸引我们,于是远方便成为我们的心之所往。

我们从一个远方走向另一个远方,走着走着,远方的就走过了;走着走着,身边的可能就走远了;走着走着,所有的风景似乎都见过了;走着走着,生活就成了熟视无睹。

其实,我们是应该适当停下来,看看身边的、我们常见的风景。停下来，你会有不一样的发现，因为你的平常可能就是他人的远方，而你的远方呢？不也正在别人的脚下吗？

美丽是需要留心发现的，风景更是如此，我们可以不那么简单地路过，可以适当地到小城中慢一慢，歇歇脚，你会找到不一样的别人的远方。

漫步小城，我找到了不一样的风景和美丽，当然还有古城的传说和神奇。

别只顾着向往远方。

低头的时候，也许就有今生的合欢；停下脚步，就是小城的自在。

小城能告诉我们很多，只要你愿意。

路过的风景，是属于有心的你的。

开学季

又是一年开学季。

妻子说，学校改时间了，高二不再执行高一的周末作息时间。从前，儿子是每周六下午放学回家，周日下午到校上晚自习，实际每周在家里有一天的时间，可以在家中休息一晚；现在，每周日中午回家，略作休整，当日下午即归校上晚自习。我应了一声，反应过来，孩子在家中每周就是半个白天了，这是高考的压力在提前传导。我说，奋斗的人生是值得赞赏的。打开家长群，这条消息是绝对的主流。

叶老师接力了一条信息：又是一个新的学期，感谢我的孩子遇到的每一位老师，是你们无私的付出让孩子有了无比精彩的童年！老师是这个世界上唯一与您的孩子没有血缘关系，却愿意为您的孩子进步而高兴，退步而着急，并满怀期待，助其成才，舍小家顾大家而且无怨无悔的人。她接着讲，开学了，老师，您辛苦了，献给所有的老师们……献给我的孩子遇到的每一位恩师。我告诉妻子，她很喜欢，也接力了。

从前的同事曼曼在微信里发了一条自编信息，大意是：开学了，当你开车路过小区，路过学校，路过路口，请放慢车速，让一让上学、放学的学生，孩子们很辛苦，他们不但是家里的宝，还是祖国的未来。

单位有两个同事请假，一个是欣喜的表情，说，孩子考上大学了，想去送送，顺便到大学看看。另一个已送过孩子去大学，是刚放下焦虑的表现,说,孩子一去就得了哮喘,家里人咨询了,也商量了,可能是当地的雾霾较重,决定让孩子休学,再上一年高中,明年考到南方去。

妻子说,有家长发了消息:希望孩子在新的学校,新的学年,一定要好好努力,尽早进入状态。这消息的背景是清华园。妻子的眼神中有希冀:这家的孩子考上了清华。我说,这是平静中的大美。

开学季,是校园的早晨,这样的早晨,有祝福,有奋斗,有期待,有喜悦,更有父母亲的关切。在这样的早晨望远,不禁想起一句话:一屋不扫,何以扫天下?

那是曾经的我的开学季,初中的开学季。

二哥比我高一个年级,是成熟的高年级同学。这些成熟的高年级同学在老师面前是严肃认真的,老师转身后,他们是有过讪笑的。

原来,他们的老师,一个年长的读书人,针对他们的状态,给他们谈了理想和当下,并对他们打扫卫生的不认真状态进行了归纳、总结、鼓励,他重点讲道:一屋不扫,何以扫天下?

学长们认真地听,他们正在罚站,我从边上路过,扫屋与扫天下的关联如风过莲花,让我年少的心彻底高远了。于是那一天,天高云阔,那山那水那风那人那川,都有了明媚的底色和动人的意蕴。

老师走了,有学长起头说,扫个地,扯太远。有人跟从,于是大家都开始讪笑。老师走了,想到明年我就要跟着这样的老师学习,学习这样的境界,这样的语言,这样的理想和风度,心中便有了难以抑制的兴奋和幸福,于是我手执扫帚,俯地而问,向天而歌。

第二年9月开学,我们集体搬离了新农场,新农场划归给另一个农业师。新的学校,新的开学季,我再没遇到那个老师,心中有了小小的失落。新的老师,新的同学,新的教室,我是扫地最认真的少年。

  这一年的开学季,我想尽办法,终于查到了这句话的出处:东汉时有一少年名叫陈蕃,自命不凡,一心只想干大事业。一天,其父友薛勤来访,见他独居的院内凌乱不堪,便对他说:"孺子何不洒扫以待宾客?"他答道:"大丈夫处世,当扫天下,安事一屋?"薛勤当即反问道:"一屋不扫,何以扫天下?"

  连续两年的开学季,年少的我找到了可以登高望远的起点,心中方有了"天下",手中便有了扫帚。

  隔一年,堂姐来家中,见我扫地,说,你把土都扫出去了。她在城市住,我们在团场住。

  又一年,姐姐们回来过年,讲,大清早起来扫地的人一定是最小的弟弟。

  再一年,已是高三,我在走道里扫地,有同学一拨拨走过,男生走得快,没人开口;女生走得慢,有几个说,扫得真干净。

  有一天,在无数的洒扫和习以为常的清理中,我找到了扫地的实践意义:一个习惯扫地的人,扫过之后,自然会想到并做到擦拭桌椅,因为经常的洒扫是付出,付出之后会有成果,成果就是干净的地面,干净的地面当然得有干净的家具,而干净的家具之后就是不由自主地归纳整理,种种物件一时便被收拾齐整,如此,才是理想的环境。

  扫地是开始,是走向理想的开始。

  而对于修身,扫地也是大有裨益的:干净的地面,干净的桌椅,归类齐整的物件,统一起来就是物或环境对人的修炼,人在其中,从扫到净,从动到静,气定神闲,神闲精进,磨炼和思考便跨过了一扇门,门后高悬"净境静进"四个大字,就是修身了。

  大学时,开学季,老师们曾表扬过我,称赞我有较强的归纳、组织能力。这是赞许我地扫得好,我以为。

  一个懵懂的少年,在初中的开学季,高年级的一位饱读诗书的老师讲了一句话,打动了路过的低年级少年的心,且在时间里酝酿为气质和神采,以恒常的心态坚守成实践和理想,这就是初心吧。

现在的我,喜欢去学校,如果有老师邀请我讲话,我就会认真准备。因为我知道,说不准,在我讲类似中国文化里"一屋不扫,何以扫天下"这样的经典时,在座的少年,可能会有一个或几个突然就心存高远了,或有路过的少年的心被这样的话打动也说不定。对于开学季,这是我们可以有的深切的祝福和引领。

开学没几天,儿子在借用的电话中讲:"周六可以回家两个小时,洗洗澡,但时间短,来接我吧。"孩子担心时间不够用,这是遵守纪律的心态,我们自然更高兴,不只是在家的时间又多了两个小时。

我提前到校,等在校外。一个女生突然小声对我说:"叔叔,我能用一下你的电话吗?"

学校是不允许带手机的,我掏出电话,递给了她。没有人接听,女生有些失落,一问才知道,说是跟母亲联系不上,母亲应该来了,就在附近,却找不到。周围全是家长,这个母亲应是淹没在了人海中。

女生走了,电话响了,我告诉对方,刚才是你女儿。电话那头很吃惊,怎么这么早就下课了!

女生已走出一段距离,脚步有些重且缓,正迟疑地回头,见我招手,快步轻跑了过来。母女二人开始对话,我听到女孩说:"六点就下课了……你在单位……那你七点半来吧,七点半人少……就在校门口吧……别说了,这是叔叔的电话……好的,七点半……校门口……"

女生走了,这是开学第一个周末才会碰上的情况。

开学季,可以听到走向理想的脚步声,真好。

开学季,校园内,有一队队少年,正迎风前行。

雍锦于心

一

和小蔡聊天是件愉快的事,尤其他发烟时的真诚让人不忍婉拒,虽然我不吸烟。

烟捏在手里,他坚持点烟,我由他点上,烟不入口,轻烟径直慢悠悠地自烟头向上缓升。我们就在烟柱间,让与工作有关的谈话有了天南海北的氛围。

小蔡讲到有两个多月没回家,我想想自己也确实很久未回家了。回家的情绪刚刚爬上烟柱,他便换了话题,说,每日写到深夜,各类材料能写到人手软。手软的感叹号刚抽出,尚未落点,他又提起了一个更令人感兴趣的话题:这个村落有蘑菇。

这个村落有蘑菇,直到烟柱无影,蘑菇还在。本来写材料写到手软的工作凌晨一点就可结束,有了蘑菇恐怕要手软到凌晨两三点了。但心中,有了不一样的期许,期许天地珍藏。

就在小蔡说的时间,就在小蔡讲的地点,我们分毫不差地找到了蘑菇,与其他蘑菇不一样的蘑菇。对着蘑菇的样子上网查,是巴楚菇,胡杨林中独有的菇类:出土部分,类似木耳,黑灰的质地;土中的身段却如玉般深白,有塑料的质感,呈筒状,简直就是微缩的、黑白分明的、层次清楚的微型"玉白菜",很是神奇。

还有更神奇的,这村落里的巴楚菇竟是长在一个牧场的大楼边的林地里。场叫"经济牧场",曾经,我是这儿的场长。那时，应该也有蘑菇，不为我知，不为众人知，只是顾自生长着，出土，凋零，随风，等来年，我们在它边上，忙碌着，来来往往。

现在，在场部采蘑菇的，只有我们，场里的人们依旧忙碌着，行色匆匆，无暇顾忌这些神奇的蘑菇。

最神奇的在于小蔡讲的时间精准，非常精准：过了一周，再去，没了；再一周，又去，依旧没有。只好等来年，依旧这个时间，这个地点。似乎是不见不散，深入了解后，才明白，是错过了蘑菇出现的时间。但也不必懊恼，来年此时，深香如故，我们需要做的，只是静守时空，心境淡然。

二

有点文艺范的女同事，表情严肃地敲开我的门，递给我一份报告，说了很长很坚决的一番话。她想辞职，沮丧是她唯一的表情。

这样的交流有些艰难。我没有回她的话，指了指墙上，那儿横放着朋友刚给我送来的书法作品。

我说，这幅作品很有特点和优势。我第一次用优势这样的词来评价一幅书法作品。她的沮丧之上顿时多了别样复杂的神情。

我接着讲解，这幅作品最大的优势在于观感。一般人，看到有人拥有这样的作品，一定会对拥有者立时肃然起敬，甚至可以到大气也不敢出的地步。而坐在这幅作品前的主人，会让大多数来找他的人立即放低了说话的身段和音量。知道为什么吗？我从她的眼神中读到了这幅字的优势。在这样的氛围下，我认真告诉她，这幅一笔一画落笔的书法的最大优势在于——不认识，一个字也不认识。对，不认识，很少有人能认出这四个字，既非狂草亦非丑书的四个字。她，显然认可。

如果有人背后有这样四个字，而你不认识，一般情况下都会在心底泛起一个念头——这人真有文化。这样立着，气势自出，背对书法作品的人相比面对而不认得纸上大字的人自是从容很多。

这与辞职无关，她听进去了，也确实不认识。在留下悬念后，我说，这四个字每一个字都简单，合在一起是"雍锦于心"，之所以不认识，在于写法，即字体。

"雍锦于心"，用篆书写就，认得的人自然少了。

当时我与好友赵浩渊老师相约完成了这幅字，成书之时，赵老师告诉我说，这幅字挂上，能唬一圈人。是时，我们放声大笑，字纸轻动，很是传神。

女同事笑了。我告诉她，"雍锦于心"前面有四个字——大道拙朴，合起来就是天地之色：大道拙朴，雍锦于心。

我收下了她的辞职申请，并告诉她，世事变幻无穷，我们需要的是静守，要相信心中的山水，自有锦绣。

最后，我说，一周后，想好了，再来辞职。

一周后，她没来。

辞职报告放在了"雍锦于心"书法下面的旧文件堆里。

"心"字用篆书写出来，是相拥的两个大半圆，有包容之相。山水是包容，人海是包容，人心更可包容，在包容之下，无论是心外的山水，还是心中的山水，也无论你是走进去，还是走出来，只要愿意，自然别有景致，只要愿意，自然雍锦于心。

三

见到的每一个人都在说忙，真忙，遇到的多数人都有倦色，忙碌的倦色，而说到照顾家，却是可望不可即，不可便不说。不说，不是相忘于江湖，心应该比江湖大，不仅装得下山山水水，也装得下楼宇和街衢。

已经连续熬了几个星期的中药。妻子网购的电磁中药锅到货了，几乎全自动，省去了很多时间。熬药本是辛苦的事，在新锅到来后，却轻松多了。在升腾的蒸汽里，能看到"雍锦于心"四个字的意境，斗室一时间平展悠远开来。斗室是工作队的宿舍，门帘之后，自成峰峦。

药未熬好,一户农家已来了电话,问晚饭时间是否能到。

所有农户都是需要经常联系的,也有固定的长联户,我固定联系四户,时间一到,便要起程。

在路上,是工作,有生活;是友谊,有坚守;是凡俗,有凝聚。

这样的路上,随车而起的是草的绿,仿佛是车轮催动了春天的脚步,轮动绿起,步步生辉,绿色便蔓延开来,想要接天连地似的,把一冬蓄积的绿意使劲地向远方播撒。我们,是远方的坐标。

这样的路上,树,在旷野里静默挺立,无风时,一如背景;起风时,树就是春夏的主角了。尤其当狂风大作时,树就从背景中走出,张扬出天地的交响。而我们,正和树站成一排。

这样的路上,花开了,有漫坡遍野之势。这时,大地是幕布,花,是随幕布拉开的惊喜,让多彩的幕布有了喜悦的纹理;天空是水面,花,是轻风走过带起的涟漪,让如镜的水面有了起伏。我们便伴着一路花开,开向远方。

那一户农家,屋旁,苜蓿在第一次收割后,又齐整如毯。马儿在低头吃草,偶尔仰脖,打了一个响鼻,在它的背上,是青黛的远山在蓝天下矗立。而草地,就更见湿润了,才走几步,老北京布鞋就湿透了,和脚下的绿草一起,颜色纯净,形象饱满。每一步,恰似水面的印痕,抬脚无迹,落足分明。

正走着,草丛中惊出七只野雉,杂乱无章地跳跃。跳出草面之后,为首的野雉振翅展羽,在绿的镜面之上,翅羽舒展,色彩斑斓,斜飞入空。跟随的野雉像接收了统一号令似的,齐整振翅,呈整齐的队形滑过绿草,七条绚丽的尾羽拖曳开来,在草面划过一片波纹。在远山的呼应下,我停下了脚步,张开双臂,诵出了《诗经·大雅》中的诗句:"凤凰于飞,翙翙其羽。"

这一户人家,砖房,板床,葡萄架,梨树,还有花草,在门前疏落有致,高大的杨树,凌空指引着风的方向。站在葡萄架下,我仰头向天,俯仰之间,硕果如浪,绵绵不绝。

晨起,刷牙,我偶一抬头,望见北山。

洗漱毕,挥盆倾水,水珠呈扇形,无声滑出,远山近水,落地有声。

铁门关前

一

铁门关,一座真正的关隘。

它,扼守在新疆的南北之间,从更广阔的地域范围来看,这里是西域的关;再广阔一些,这里中国的关;更广阔一些,丝绸之路的关;再广阔就是文化概念了,在楼兰古国消失后,这里是世界上其他国家从陆路远望中华文明的关隘。

我去铁门关的次数很多,但真正仰望它,已是人到中年。

去铁门关,冬季最好,朔风刚起,风的冷和山的荒,交织成极端的格局,正符合它襟山带河的形态。

风冷,缩一缩脖,跺一跺脚,是我刚上山的样子。走着走着,也不知走了多久,我的身子慢慢展开了,有了关前行军的姿态,像是和这里悠久的历史融为一体。再走,在静止的山里,人是天上人间的少数动点,不断地喘着气,与风抗衡。又走,厚厚的衣襟内开始有了汗,不多,也不少,在前胸后背慢蒸。正是想脱衣的当口,已至坡顶。

转过身来,再转过身来,四望:山,在脚下,在头顶,在近旁,在远处,在周遭,在目力所及的每一个方向,竭尽所能地以磅礴的气势,横陈竖立,沟壑纵横,连绵起伏。

回望,脚下的慢坡,有一些现代的营区,在坡脚。这里,千百年来应该都是屯兵之处,历史与现实越过了时间长河,在这里做出了同样的选择。这样的选择,让群山更见凌厉,有了马踏寒山的壮烈和风劲旗猎的整肃。

再往上,路左,有一些建筑在山地蜿蜒。母亲曾经告诉我两件事。

母亲年轻时,和父亲一起参与铁门关水电站会战。那时,到山外,要路过营门。那时,到山外是她们最愿做的事。到山外,意味着当天休息,这是难得的快乐;到山外,能买到商场里的日用品;到山外,心情是愉悦的。有一年母亲回河南老家探亲,在村子里遇到熟人,熟人想了半天,终于吞吞吐吐地问:"你是在铁门关吗?"母亲肯定。熟人方解释,他曾经就在营区当兵,而且经常在营区门口站岗,见过母亲,又不敢相信真是万里之外河南老家的孔家闺女,便不敢相认。于是家乡的亲人们便连连表示遗憾,两人本该在异乡有老乡见老乡的激动,却在铁门关前,擦肩而过。那是20世纪60年代,在遥远的万里之外,能见到一个村子里的人,应算是奇迹了。

母亲讲的第二件事,关于我。母亲曾经指着营区的一片建筑说,那儿曾是工区医院,我就出生在那儿。母亲说这事时,我四十三岁。当时正有人告诉我,当年不应该回来,大学毕业应该留在成都,那是一座来了就不想走的城市。我告诉自己和所有人,生活在成都的四年时光,是我一生都无法忘记的青春。

山一路渐陡,在更高的山上,有岁月积累的无数坟茔。

父亲讲过,当年建设铁门关水电站时,在山前的河漫滩,一铁锹下去,就有白骨。老人们说,那是无数先辈在无数次战斗中留下的遗骨。无人收的白骨,倒下时,又有多少是朝向中原故土的方向?他们可能都来不及想,就倒下了。这里面,有多少文明之间的渗透和压迫?有多少投笔从戎的豪情?有多少妻儿老母的不舍?又有几多得意几多失落?这里,是真切的铁马冰河,壮烈而悲凉。

站在坡顶,脚下是现代的柏油路,柏油路就通往关前。一路曲折蜿蜒,应是挖开了最初的坚崖,以现代的方式修成了路。历史上的路,该是沿山脚军营,逆河陡行,环山壁立,顶至关前。关后,壁立环山,陡行逆河,直向东方,只是,山更高,崖更深,天更窄,水更急。

这是由西而东的路。

由西而东,走得最有名的是班超,沿孔雀河岸陡峭崖路,踏石拍山,仰面向天,打马关前,已是得胜归来。那时没有孔雀河,班超走过的,称"饮马河"。

二

由东而西,是有很多足迹的,最出名的留下足迹的人有五个,他们是:张骞,玄奘,岑参,林则徐,刘锦棠。

史载,在这里留下文字诗篇的,唯有岑参,其他人留下的,仅是足迹。铁门关的足迹,是印在长天厚谷的无言诗篇,虽无字,却让寂寞山梁有了耐人寻味的想象空间和历史厚度,有了看似遗憾实则宏阔的人文内涵,有了跨越历史超拔时空的雄阔和邈远。这样的足迹,轻读,可以;重览,可以;浅叙,可以;深想,亦可。

还是先读岑参的诗吧:

铁关天西涯,极目少行客。

关门一小吏,终日对石壁。

桥跨千仞危,路盘两崖窄。

试登西楼望,一望头欲白。

岑参诗《题铁门关楼》,我在关前反复读了很多很多遍。读着读着,竟找到了那登西楼的人:原来投笔从戎,原来志在关山,原来满腹诗书,原来有心杀敌,谁知来到关前,一望头欲白。一望头欲白,那是走过了多少路?叩开了多少关?一望头欲白,那是有多少路没走过?有多少关没叩开?一望头欲白,关前关后,可记来路,去往何处?

又读,关门内的小吏,由小而大,由小而坚,由小而久,由小而厚实,由小而生动,由小而无边无际。再读,我恍若来到关前,化作了小吏,在石壁边,拦下那足迹的主人,开始了一问一答。

先是张骞来了。

小吏：使者此去何往？

张骞：负皇命西去联大月氏以御匈奴。

小吏：何时归来？

张骞：使命未成，何以言归？

小吏：一路孤苦，忧在何处？

张骞：忧在中原，忧在天下。你，何以在此？

小吏：等待建关。

大约四百年后，关成。又过了大约三百六十年，玄奘来了。

小吏：法师此去何往？

玄奘：西去求取真经，普度众生。

小吏：何时归来？

玄奘：归来时归来。

小吏：一路孤苦，何以解忧？

玄奘：心无艰险，身无疲惫；此岸众生，彼岸光明。你，为何在关里？

小吏：关里守关。

大约一百二十年后，岑参来了。

小吏：参军此去何往？

岑参：解榻皆五侯，结交尽群英。

小吏：何以舍下帝都繁华？

岑参：骢马五花毛，青云归处高。

小吏：一路孤苦，何以解忧？

岑参：琵琶长笛曲相和，羌儿胡雏齐唱歌。你为何在关前。

小吏：关前守关。

岑参：忽如一夜春风来，千树万树梨花开。

大约一千一百年后，林则徐来了。

小吏：大人此去何往？

林则徐：南疆屯田，利在国家。

小吏：何时归来？

林则徐：公事毕即归，疆土有忧，俄人虎视。

小吏：一路孤苦，何以解忧？

林则徐：蓬山俦侣赋西征，累月边庭并辔行。荒碛长驱回鹘马，惊沙乱扑曼胡缨。但期绣陇成千顷，敢惮锋车历八城。丈室维摩虽示疾，御风仍喜往来轻。把关守好。

小吏：守好关。

三十多年后，1877年秋，左宗棠指挥部将刘锦棠率师南进，收复南疆，攻下铁门关，留下小吏守关。

梦醒，依旧在关前。

铁门关，少有文字诗行的地方，多的是足迹里的大文章。

驻守的足迹，向前的足迹，铁流的足迹，倒下的足迹，问天的足迹，怒山的足迹，白发的足迹，平静的足迹。关前的流水和山石始终记得，流水前川，危崖薄石，月起混沌，日照斜谷。

小吏，一代代有，守关，是他们的现实。因守关，他们成了历史的基础和前景，他们的背景，是那些浩如史书的足迹。

那守关的小吏，可曾快乐？无论是否快乐，他一定望得见林则徐们的背影，在山前，在水旁，在天地间，向前，无际。

三

站在关前，景区的守门人告诉我，景区维修，要来，等明年。我告诉他，我就出生在这里，当时我的父母是这里的建设者。他回我，来怀旧的，在门口看看吧。朔风，在关前，在谷中，呼号。

门口的牌子上写着景区介绍，铁门关是主题，内容里有张骞，班超和岑参的诗。他们跨越千年，没想到还能为现在的景区做贡献，这是历史的额外意义吧。

最下面，有一个故事——公主和牧羊人的故事，故事感人，但总觉得少了什么，仔细一想，不是少了什么，是多了。故事是好故事，只是好像全世界很多地方都有类似的故事情节，尤其在景区。所以,这样的故事,要想达到杭州西湖边白娘子的高度,是不可能的了。故事,还是独创的好,或者说,还是唯一的好,就像铁门关,独一无二。

无须在这外貌荒寂,厚若山海的历史雄关上,牵进一个全世界通用、概念化、程式化的爱情故事,这样的故事看似温柔,实则与这样的山川,这样的关,相去甚远。

从关前退回坡上,遇到友人老雷。老雷在更高的山坡上,以"认养"荒山的方式,圈下了一座山梁。

站在老雷的山梁的高点,背北面南,他解释为何"认养"这里并展望未来:背后是高山,高过其余诸山;右手是高山,高过左面的山;左手两山夹持着带状环形绿水,如腰间玉带,水从坡前流过,像镜子;脚下的山梁高出平地,在众山的围绕里,独享天地。前方谷口外,就是梨城库尔勒。将来,在坡上,整地、绿化、建设中华传统文化园,可以连续建成三个巨阶,形成三个大殿的宏伟规模,这样的山就非同一般了。老雷对脚下的山,有一个让人动心的评价:可美。老雷已找高等级的设计机构做了非常精美的设计,建筑采用仿唐风格,预估投资颇多。

我告诉他,那道如玉带的绿水边,曾经走过一个人,他的名字叫玄奘;还走过一个人,他叫林则徐。老雷喜欢这个说法。

我其实想告诉老雷,文化园很好。如果所有的文明都能多些包容性,这儿可能早就有建筑了,不用我们再去搞什么仿唐了。这个道理,可以延伸到整个西域,甚至整个世界。现在,我们只知道玄奘走过这里。

我还想告诉老雷,刚才的那个小吏告诉了我他理解的林则徐们。这个我没说,因为我刚从铁门关前走过,老雷在坡上,语境不同。

父亲打来电话,说包了饺子,问我在哪儿。

在哪儿呢?

我突然有了莫名的激动,想告诉父亲:此刻,我正在铁门关前叩关。

胡杨千年

一

今天,我一定要放下手中的事务,去看看那一棵千年胡杨。

胡杨生长千年,定是不凡。

车辆穿行在村庄、原野。大片大片的棉田在末秋,展现出雪白和褐黄间杂的无边态势。雪白的,是等待采收的棉花,从路边一直绵延到天际;褐黄的,是齐刷刷支撑棉花的即将入冬的棉花秆。无论雪白的,还是褐黄的,尽是眼前这天幕下绝对的主力,说主角可能更确切。

路边偶尔能看到胡杨,是整齐的行道树。从长势上分辨,这是人工种植的结果,而且种下去时日不长。种下去时日不长的胡杨,却俱是苍老的模样,这可能就是胡杨吧,少年老成。

乡间的柏油路到了末端,进入砂石路。进入砂石路,棉田依旧是主角。此时,人工的胡杨远远地站到了身后,从后视镜看去,像是后倒的群像。

在棉田的包围下,自然的胡杨开始进入视野。

有人告诉我,这里离孔雀河可能不到一公里。突然想起,多年前,这段砂石路的开端,带队布线的,是我。当时只走了大约两公里,我们就停下了,最主要的阻挡力量是树越来越密。是时,我是主导,定下过一条原则:路必须绕过每一棵胡杨,无论大小都必须绕过。那时,定这条原则是下意识的,也可能是因为这里的树难成活,年年种树,年年不成。

现在的路明显比当年宽,当年那一段路,很快就在身后了。

路越来越陡,有时感觉车辆成了船。船正航行在风雨大作的海上,我们只是上下无主的蝼蚁般的乘客,在舱内狭小空间里,东倒西歪。轮船,其实也只是无边大海上的微弱的一豆灯火。天幕却更广阔,广阔到了历史深处。

此时虽没有风雨大作,但上下翻涌倒是真的。车辆驶过,烟尘漫天。待车速稍慢,不知何时路过的前车荡起的尘土,簌簌而下。车在细密、刺鼻的尘土的广袤幕帐里,左突右出,终于没了方向感。

突然觉得飞尘如风,落土似雨,风雨极劲,劲力排山,山动浪卷。只是没有湿度,而已。

记忆中,胡杨应该很茂密;本以为,胡杨会越来越密。但透过车窗,我才明白:时光不远,树木已老。找寻繁密已是不可能的事。胡杨在天地俱土色的大背景里,稀疏着,干枯着,垂暮着。垂暮的不再只是老者,还有这片胡杨群体。心下起念,就这一片是这样吧!

始终不见那一棵千年胡杨。带路的老魏在前座犯起了嘀咕。他担心什么?担心带错了路,还是担心那一棵千年胡杨?但愿是前者。

今天是不是不该来?这个念头来得如此突然,化为一排排巨浪,以山崩之势,兜头直下。尘土愈发强劲了。

十年前,我就在这里。为什么没来看一看?胡杨生长千年,实属不易。

我,越过尘土,稍稍仰起头,又瞬间低下。回想,还是低头为好。

当年为什么没来?

二

一棵树的的长成,应该是千难万磨的结果,胡杨尤甚。

胡杨在冬天积蓄力量,在春天萌发,在盛夏长出如絮的种子。于是它开始等待,等待风的引领。如果没风,便晃晃悠悠掉落至树下。在这样的掉落里,戈壁、荒漠是它身下大地绝对的主宰,若它碰到合适的泥土就是前世的机缘,应该千恩万谢;再能碰到水,就更是前前世的机缘,千恩万谢已不足以表达。而能扎入大地,水又不涨且不干涸,其实是小概率中的小小概率事件。这时,一株胡杨方有了发芽的机会。

发芽之后,牛吃羊啃,风扯火焚,树下之累,文明更迭,兵戈战乱,等等等等,自然选择之外更要面对人力改造。能长成幼树,实属不易。

幼树之长,根已扎下,所有的成长只剩下等待,说承受更确切,承受命运的选择。胡杨能做的是向上,寻阳;向下,找水。其他,没有其他,因为别无他途。

那么,一片胡杨林的长成,就是造物者的恩宠了。除极少数极其能忍耐的灌木外,从植物的乔灌分类角度讲,胡杨在这里是单一树种成林的典范,独种成林,独守成境,独语静天。这样的成长,不亚于一世修行,而其能矗立千年,又是怎样的气定神闲呀!

这样想着,老魏惊呼,到了。他是终于放下担心的慨叹,没有一丝喜悦。

胡杨,那一棵千年胡杨,真的就在头顶了。

三

这一棵千年胡杨,肃穆如松,岿然而立,似有着擎天的平静与安然。没有年轻的臂膊,只是遒劲伸展;没有苍老的叶片,但见森然若石;没有蓬勃生机,淡然磊落临漠。

树腹挂一铭牌,由林业部门监制。牌上赫然写着:树龄1480年。落款:2009年。

这棵树,竟是萌芽在公元529年。

我抬头向天。这时候必须抬头向天,这是仰望和小心翼翼,还有虔诚,极度的虔诚。我梳理着自己所知的文史知识,在极度的虔诚中遐想开来:

公元529年,你开始萌动,不知是始自哪棵树,哪阵风,哪片云?总之,你落下了,想发芽,想长成一棵树,这是你的初心。你应该是平静、坦诚地落下的,就像亿亿万万个你的同类,不管前路,任由自然。

公元529年,对中国有特殊的意义,对中华文明,更是如此。这一时期,被后世历史学家经常解读为"魏晋风度"。这一时期的民族大冲撞、大融合,使代表高度农耕文明的中华文明兼收并蓄,增添了游牧的血性和豪迈,内容更宽泛,气度更恢宏,视野更高远,力量更磅礴,为即将到来的大唐盛世做着文化、心理、思想和性格上的充分准备。

公元529年,南梁的开国皇帝萧衍,第二次舍身佛门。皇帝舍身佛门,对一国的影响可想而知,对佛教融入中华文化是举国的推动。萧衍把儒家的"礼"、道家的"无"和佛教的涅槃、"因果报应"糅合在一起,创立了"三教同源说",这是他的贡献。

那一年,千千万万棵胡杨萌芽,在萧衍的视线之外,在各路文明都想路过并想留下印迹的新疆,模仿着前辈胡杨的模样,在大河和荒漠中间开始萌芽,延续并尽可能扩大着大河和荒漠之间的绿意。

又过了一百年,这棵胡杨已是百年大树。这一年,是公元629年。很多跟这棵胡杨同生的胡杨估计早已不见了踪影。唯有它还生长着,在流向渠梨国的孔雀河边生长成强壮的模样,这里因此也有了生态文明的迹象。

公元629年,每一个中国人都记得这一年。这一年,年轻的玄奘从长安出发,西去取经。

徒步,西去。玄奘走过茫茫大漠,越过漫漫戈壁,山高且阻,沿河行是最好的选择,也是几乎唯一的选择。我以为,玄奘这一路,无论是行旅,还是心境,抑或是信仰,他面对自然生态都会是坦然面对的。

想象着,风尘仆仆的玄奘,刚叩开铁门关,出山,沿着孔雀河河畔,路过了这棵百年大树:抬头,这是一棵树,一棵百岁大树。坐下,歇息片刻,在树下沉静。望向西天,举步,又出发了。玄奘不可能知道一千多年后这里会有一座新城——库尔勒市,但他一定记得胡杨给予他的呵护。

如是这样,百岁胡杨应该记得这个年轻人,因为他有信仰。胡杨的信仰呢?大约是长出一棵树,长成一群树,长成一片树林,站在中国的西北,浩浩荡荡成林。

十几年后,玄奘归来。这个坚定的佛教信仰者即将推动佛学在中国的鼎盛,并最终将佛教融入中华文化,让佛和禅成为中华文化的一部分。而一百多岁的胡杨,依旧在河边,守望着这片土地。

又过了四百年,胡杨五百岁了,它还在河边,周围是郁郁葱葱的胡杨森林。这一年,是公元929年,大唐王朝被割据成了十国。盛唐落幕了,中华文明又将开启新的征程。

到这胡杨一千岁时,即公元1529年,明代伟大的思想家,心学的创始人,王阳明驾鹤西去,给世人留下了他的思想精髓:知行合一。

一千岁的胡杨,已有一个新的高度。它是一颗种子,萌芽,成树,越过了一千年,它站在那儿,就是生态。这应该就是生态意义上的知和行吧。

蓦然从遐想中回过神来,想起那个问题:当年我为什么没来?大概是修为不够吧。

四

讲胡杨,多数人爱讲:生而不死一千年,死而不倒一千年,倒而不朽一千年。这话,怎么讲,怎么听,都会激起人们心潮的涌动。

我以为,胡杨不是简单地存在了三千年。它是极简的,极简的一棵树,一群树,单种成林,以单一形体托起自然界的万种变化,然后蔚为大观。在大漠,胡杨站成生态的最简标准,站成中华文化的西北生态典范。

胡杨在中华文化的西北生态边界,一边容纳着、吸收着、汇合着其他文明的优秀成果,壮大着中华文明的体量和内涵;一边又抗拒着、抵御着、反击着、包容着随着那些文明而来的取代性的,甚至是毁灭性的刀剑。这是荒漠生态对文化最大的意义吧。

有人说,楼兰古国是人类世界各种文明的交汇地;也有人说,谁找到了楼兰古国文明的密码,谁就找到了打开世界文化的金钥匙。楼兰古国,就在新疆,就在曾经的胡杨林中。

我以为,少说了一句话:这里是各种文明交汇、试探、争夺、掠取,甚至是拼个你死我活的最前沿,当这种最前沿只是取代和征服,而少有包容时,文明的密码仅仅只是天书,古巴比伦的楔形文字现在还有人认得吗? 这是最生动的例证。

所以,感叹吧,感叹我们在中国,中华文化的包容性从孔子甚至更早就出现了,"四海之内皆兄弟"就是我们的胸怀和格局,一直延续到今天,中华儿女还在继续发扬光大。也可以再感叹,感叹难以逾越的万里荒漠,有胡杨以生态的包容绵延不绝,让各种文明在长途跋涉后,在这里终于无力兵戈向前,在这里留下不走。新疆,是中华文明的西北生态屏障。胡杨,就站在这样的生态屏障里。

再看看,这棵千年胡杨。离河不足百米,河道断流五年来第一次有了水;棉田离树亦不足百米。周围,千年胡杨的不知多少代的稀疏的孙辈们,有了濒死的迹象。

我突然明白了,当年我为什么没来? 因为那时,我是生产者,耕作者,自以为很有力量,便在千年胡杨的脚下,不见胡杨。

今天,我又为什么来? 可能是信仰吧,关于绿水青山的信仰。

低头沉思,在胡杨的庇荫里神游:我的前世,是否曾在树旁游牧? 那牵着缰绳的人如何成为书生的模样,又如何有了出征的姿态,而且执卷在手?

今世,我来耕读,又带着怎样的信仰?

是否有关于生态的信仰? 回答是肯定的。

一路雪白

下雪了,这个冬天,终于下雪了。

原本以为不会有雪,毕竟已过了四九,我们普遍的心境是:这个冬季就要这样反常了,"瑞雪兆丰年"是让我们羡慕的他乡景象。心里没由来地有了不少遗憾,遗憾冬季无雪,遗憾旷野无遮,遗憾天地无接。谁知,不经意间,夜和黎明仿佛舞台大幕的两端,幕布缓缓拉开后,在晨起的人们眼前,城市、乡村已是天上的街市,全都被笼罩在纷纷扬扬的雪中。

上班的路上,收音机里几乎所有本地台都在报道与雪有关的路况与事故,主持人的声音不再是往日的娓娓道来,即使是平静,也在平静的尾音中明显多了一丝焦虑和劝导,善意的提醒能让听众感觉到心在不由自主地上浮:路滑,车塞,道挤,刮蹭……热线电话中可以听到起伏的汽车喇叭声,远近都有,和着车窗外的轰鸣,让原本属于皑皑白雪的宁静,不复静寂,不复冷凝,不复旷远,反倒似夏日的烦躁,拥挤不堪,叫人无处躲藏。

这样的雪天,这样的路上,天上的街市瞬间跌落人间,有点烽火连天的味。这样的雪,在路上,的的确确成了烦恼。

但,这烦恼,真是因为雪吗?雪,下到今天,如何就成了烦恼?

一整天,我都能看到愤怒,听到抱怨,觉察心塞,因为雪。而雪,依旧时有时无地漫天飞舞。雪,还是雪,静默落下,横无际涯;雪,只是雪,千年如此,万载依旧。

第二天,妻子做了三件小事,却让我看到了一路雪白,就像小时候，我哈着冻红的小手，忘却了寒冷，忘却了山川，忘却了自己，心在山川间舞动，思绪在高原上奔跑，一颗纯净的童心融化在天上人间，如此美。在孩子的心中，雪就应是天上的街市，是可以让人无比向往的。

妻子接了一个电话，是在路上的快递。妻子在电话中问对方，能否送到小区来，因为今天是周末。从语气上听，快递员应该刚到妻子所在的单位。妻子望向窗外，看到了飞舞的雪花，瞬间觉得不妥，开始讲路滑，有诸多不便，让快递员不必再到小区来，直接将包裹放在单位边上的商店即可，她后天上班后去取，很方便的。妻子在不停地客气，并嘱咐快递员路上注意安全。从妻子的表情看，电话那头是满满的惊喜和感激。妻子放下电话，说，晚一两天拿到，没什么。这样的雪天，快递员不容易的。

妻子没有等两天之后，放下电话的下午，她就抽空走路去单位边上的商店，拿回了早该属于她的购物的欢乐和幸福。购物的欢乐，在于得到的愉悦，而且越快越好，越早越好。而幸福呢，是给予他人的体谅，比如让那个快递小哥在雪天少走一段路。这样的体谅，是发自内心的大爱，在这样的雪天，显得格外温暖。

妻子在雪中多走一段路，这雪还是最初的宁静。走在雪中，一路雪白，簌簌而舞的雪让城市还像是天上的街市。

取回物品后，妻子的欢乐在家中弥漫。这样的欢乐是要分享的，于是她坚持要给我买件保暖衣。经过半个小时选购，我们都很满意，就要在网上上传购买讯息时，妻子停住了，说，这些天可能都有雪吧，送货辛苦，干脆等等，别给快递小哥添麻烦，过两天再买，先放在购物车里。我同意，我抗冻的。

这一天，这样的体谅，这样的心境，这样的幸福在延续。本想图省事，一家人叫外卖。妻子看了一则雪天叫外卖给外卖小哥差评的网上新闻，说，这样的天气，路滑且冷，怎能只怪打工的外卖小哥。这一天，我们没点外卖，希望外卖小哥能早日回家吃口热饭，为往后的生活养精蓄锐。

三件小事,释疑了雪天的烦恼和疑问,让雪依旧美丽,是穿过历史和岁月的美丽,是高过人间而又落在人间的美丽,而且是不着一丝尘埃,冰雕玉砌,雪白晶莹的美丽。

站在窗前,窗外是雪中的城市,车流在所有的道路上缓缓相接。在缓缓的车流中,我看到了人心:雪与车,都无关烦恼,烦恼只在人心。

而人心,是文明的根源,比如那些发自内心的体谅和理解,关爱与礼让,会让雪天温暖如春。一座城市文明的真正高度,不在那些高楼大厦,而在于人心的高度,人心的高度才是文明最好的礼赞。

"无缘大慈,同体大悲。"余秋雨老师的解释是:即使毫无瓜葛,也要给予大爱,由于同为一体,必然悲欢与共。我喜欢这个解释。一座城市的人心如果都能如此,这样的城市所拥有的文明将达到何样的高度啊!

这样的文明,需要每一个人发自内心的自觉,或者说觉醒。

下雪了,一路雪白,是我们最初看到的景观。

葡萄的秘密

又到普惠。这一次驻村预期要两年,而且多数时间是在田间地头,在农户家中。长时间相处,便有了超出朋友的情愫。

这里,春季多风,风动尘起,风止尘浮,半天的风,影响力却是全天的,甚至更长。

初始,我有些恼;未几日,见怪不怪;日子再长些,习惯了,适应了,便觉正常,这时是了无烦恼的。了无烦恼之后,我就以为本该如此,甚至在朦朦胧胧的景物中找到了近观油画的感觉:大地是幕布,长天是画框,浮风是油画的底蕴,景物模糊而又具象。看这样的风景或是在这样的风景中,心境里竟有了不可名状的微喜,奇异的微喜。

北方的风和南方的雨,在这里,有了意象的交汇。

普惠村的阿斯亚有一些困难需要帮助,于是我便常去,常去后我们就成了朋友。

阿斯亚是熟知农时的,在油画般的氛围里,我们一起早早将去冬埋在泥土里的葡萄藤拨去封土,抖落泥淖,伸展藤蔓,依次排开,搭上了房前的木架。

这像是在油画中劳作:热气在周身蓄势,不一会儿,便突破了劳作者稍厚的春衣,以向往枝头的姿态,从劳动者的双脚,从腰身,从臂膀,从稍喜的五官,向上蒸腾,很快便笼上了斑驳的枝头。

这时的枝头,整株藤蔓都没有一丝生机,像是一棵枯草,只是巨大而已。

这巨大的枯草,在画框中遒劲铺展。这是来自去年冬天的视觉冲击,是长伏泥土中一个寒季后破土而起的张扬。

在这样的巨大枯枝下劳作,多少会有些疑惑:这藤蔓真有生机吗?疑惑只在我们,阿斯亚看这藤蔓则像望见春雨一般喜悦,她的眼里有秋天的晶莹,还有蜜一样的多汁。

同行的人拍下照片:砖房、板床、床毯、伏在木架上的枯藤,还有我们,一起入画了,朦胧一如晨雾。

隔天,有风,只半天。

又一天,依然有风,还半天。

再一天,也是半天的风,全天的景。我们再一次来到画中。这一次,是坐在房前的板床上,盘腿入画。

主家扫去尘土,擦拭板床,铺上新洗的毯子,支上炕桌。我们围桌而坐,头顶是葡萄藤,葡萄藤上方是油画质地的长天。

同事小李说:"下雨了。"他是突然说的。

我笑他:"这里不是南方,哪来的雨!不要看见阴天就是雨。这里的阴天,多数是风的作用。"

正说着,有水滴落到脸上。环顾左右,上下搜寻,心底疑问,哪来的水?想是别处的水溅了过来,便不在意,继续入画。

又一滴,再一滴,还一滴。我有些吃惊了,周围真没人用水,除了主家在房前做饭。又是一滴。我心里犯起了嘀咕:一定不是别处溅来的水滴,但从时间间隔上看,又不像雨,会是什么?

再一滴,又一滴。小李说:"看这天,真下雨了。"于是回屋中。

半个小时后,我们确信没下雨。可能是风吧,吹来了不知何处的远方的水,凝成雨露。

天黑了,水声四起,四起的水声中,春灌的脚步近了。

这里,地广人稀,广袤无垠,水是最最重要的生产要素。对水的焦虑,无时无刻不盘踞在每一个农人心头,而春灌,是全年第一场让农民们焦躁的农事。

长在农家，心牵农户，心事也随水起伏，每天都在盼望，在等待水来的讯息，日子就格外地长，长成了门前的枯草，巨大但无力。

一天早上，许是昨晚加班的缘故，我坐在炕上，竟然靠墙微微打盹，微盹醒来，猛然觉察到空气中有异样的味道，心头一惊：水到门前？！冲到屋外，果然，门前水到。

头顶一个天，天朗气清，万里亲和；脚下一个天，天树合一，水静树止。朦胧的近景油画，展开成远景，清晰舒意。低头，始发觉画中人物由惊喜而雀跃，因雀跃而年少，因年少而冲动，冲动的脚下，没有穿鞋。水来了，就在房前房后，就在天地之间，就在农家心头。

阿斯亚的欢喜表现得特别质朴，她在房前做饭，要慰劳这个春天。

我们坐在炕上，在画中航行，航行在周遭的水光树色里，头顶是从去冬就一直蛰伏的葡萄藤蔓，在青天下格外突兀。

突然，有大滴的水珠砸在手背，并接二连三地出现，在肩畔，在脚踝，在炕桌，在坐毯。现在，天清气和，水波不兴，所有人的注意力终于放在枯树般的葡萄藤上。我们站起，仔细辨别：水滴来自葡萄树，在藤蔓的破损处，在枯枝的裂隙里，藤中的汁液渗出树表，慢慢集聚，由微而小，由小而大，终成晶莹，由圆而长，经由大地的吸引，如雨落下。

原来，葡萄树，是藤下成雨的来处。

阿斯亚的女儿告诉我们，种葡萄的人相信，葡萄藤在春天滴水越多，秋天的葡萄越甜——这是葡萄的秘密。

蛰伏一冬的葡萄树，走上房前的木架，间断渗出的一滴滴汁液，是对去年冬天呵护自己的大地的回报；在春灌滋润后，连续滴出的似雨露珠，是对水天一色的生活的喜悦表达。而无论回报，还是表达，都是经由大地，吸吮入根，精进上行，穿干入枝，在全身心的荡涤和过滤后，从藤表溢出，润泽泥土，仿佛小型的地球,在水的状态变化中完成了生命的大气环流。这,不正是葡萄的秘藏吗!

　　站在藤下,我突然心生虔诚,心境如被过滤了一般,化作葡萄的秘密,轻上云天,润满大地。

新鲜牛奶

  乡村、砖房、阔院,既朴实无华,又落落大方。院前的花草,架上的葡萄藤,藤后的牛舍羊圈,围在一起,点缀几棵果树,几株高杨,间或星罗三两菜畦。高低错落间,花开花落,蝶舞鸟鸣;举手投足处,鸡快鹅慢,牛高羊低;轻声慢语中,家长里短,长少往来,这便是农家。
  这样的农家,往常都很安静。
  这一家四口人,女儿在上大学,是家中的骄傲。讲到儿子,女主人脸上是愁楚和无奈的表情,三十五岁的儿子,至今未婚。男青年是憨厚的模样,讲到与婚姻或男女有关话题,只是一笑,不多一言。我的身份方便一些,只要气氛愉悦就会随势追问男青年何时结婚,尤其强调在今年八月或九月,最好是"十一",国庆节,喜气。每当此时,女主人便会竖起大拇指,冲我表达感激。男青年在大伙的笑声里比平常笑得久了一些,笑容里有些难为情的意思,更多的却是幸福,他的眼神中似乎有一个能歌善舞的姑娘。这样的神情,我以为,男青年一定有了方向。于是,满堂欢喜。
  隔天,同事问我:"是不是走错了?怎么名字对不上?"
  经过仔细了解,我恍然大悟:男青年已与父母分户,因未成家,就与父母一个院落同住。我找的是男青年,接待我的是男青年的父母,他们都跟我成了朋友。
  这样的概率极低,遇上了,便多了一分笑意。在笑声中,笔记本上的标志变了,多了一段说明,大意是一院两户,虽已分户,依然一家。如此，小院就更见愉快了，因遇见而愉快，属于我们的愉快，别致而悠长。

维吾尔族的名字，名在前，名后的"姓"是父亲的名字。这一家，母亲和儿子的名后的姓竟是一模一样。这又是怎样的概率？在男青年的母亲为儿子的婚事烦恼的表述里，我找到了答案，也是做母亲感到愧疚的地方：母亲年轻时离异了，不久嫁给了现在的丈夫，儿子就在外公膝下长大，也就随了外公的姓，跟母亲一样了。母亲一直认为儿子大龄未婚有她的原因，一直不能释怀。但见我常来他们家，女主人燃起了希望，希望我能帮到他们。

她不但希望我能帮到他们，但凡遇到她以为合适的人，就会讲这个心愿。我是合适的人之一，也祈望他们能遇到更多这样合适的人。

坐在院中，聊起了吃住。我讲农村好，空气清新，田园安宁，地广云远，天人和谐，这样的话题我是从食材的新鲜开头的，然后用他们听得懂的字词努力表述。主家却总觉得歉意，担心我吃不适应，住不惯农村。

按照规定，我们每天是要交伙食费的。每到交钱时，主家怎么也不肯收，在我一再坚持并讲到这样才方便男青年早日结婚时，女主人虽然半信半疑，但为了儿子的婚事还是勉强收下了，收下时一脸歉意。

女主人的歉意和不安在讲到奶牛时有了缓解。

主家养了六头奶牛，正值产奶之时。我讲到小时候我的父亲是马号的班长，我经常跟着父亲可以喝上牛奶，那是童年最好的味道。主家便说今晚有新鲜的牛奶，一定拿来给我饮用。主家两口子是怀着无限欢欣表达的，一脸质朴，伙食费的压力和不安便随风，穿草过花，斜过树干，没了踪影。

一想到能喝到新鲜的牛奶，在我聊起关于父亲年轻时的话题时，怀旧的情感便一发不可收地绵延成草青水绿背景下最纯真的乳香，就像找也找不回的童年的味道。

真的有些渴望，这样的牛奶，不只是新鲜，不只是味道，不只是回忆。

于是我耐心等。

过了夜里十一点,没见动静,我以为主家忙忘了,便开始写一天的笔记。

才写到一半,主家敲门。我开门,主家进来,手上捧着一只硕大的搪瓷碗,碗中是荡漾的新鲜牛奶,刚挤出的。

主家一再叮嘱我,牛奶是热的,要趁热喝,这样才新鲜,放在冰箱里不好。出门时,又叮嘱了一遍。

感念主家的盛情,我认真地用双手捧住了碗外壁,碗壁是温的。我愣了一下,印象里刚出锅的牛奶,碗壁该是烫手的,现在不是。

我定睛望向碗内,不是电视广告中那种纯白反光的颜色,而是白中泛黄。

我深吸了牛奶上的气息,在牛奶中寻找童年的感觉,青草的稚嫩气息在搪瓷碗的上部弥漫……

捧碗在手,碗沉若石,心起波澜。

这是一满碗新鲜的牛奶。

新鲜,在时间,出得牛圈,便到案头。

新鲜,有温热的母牛的体温。

新鲜,没有进入冰箱。

想到牛奶可以这样喝,我不禁孩子般地笑了。我很久没有这样畅快了,这夜的畅快带走了一天的疲倦,消解了一周的疑惑,缓解了一月的酸软,提升了半年的情绪。

走出屋外。一部分牛奶被主家端到了刚出生的乳羊跟前。主家告诉我,母羊生出羊羔就难产死了,多亏了这些牛,这些牛奶。

我把牛奶倒进一个很大的塑料瓶内,准备明早端入炊烟,端进质朴的乡间,端进唇齿,端进属于我们的相遇,端进只有我们知道的故事。

蜘蛛

走家入户,除必须的工作外,晚间尚有很多文牍要处理。繁多的要求和工作细节,若一日不能全部完成,第二天依旧会有大量新增,几天下来,就会堆积如山,所以不能有一刻懈怠。对较远的农户,有时,我就带上行李,住在农家客卧的大炕上。

夏日晚间,凉风习习,是最好的农家时节。

我坐在炕头,灯亮着,有风穿堂。窗外,风过杨动,树影婆娑,抬头,只见漫天星辰。这样的氛围,读文件,摘章句,梳理工作细节,逐条对应人、事与时,初始的感觉是好的。文件虽不是名章,环境使然,心境使然,也能渐入佳境。

这样的感受没能延续多久,烦恼便来了,各种飞虫以飞蛾投火的莽撞,翔集云聚,热闹非凡,让室内刚起的"佳境"顿时瓦解。佳境可以瓦解,工作无论如何是不能稍止的,于是埋头坚持。穿堂的风不再安静,和缓的灯光开始凌乱,连远方的星辰亦随树影一起退去,只剩下我强忍的平静伴着飞虫的喧闹。

最可恼的是,终于工作结束,终于关灯躺下,终于以为可以渐入梦境,以为虫儿随着熄灭的灯光消失了;谁承想,灯灭了,虫不飞,却在爬,爬也不怕,怕的是虫的队伍中藏有蚊,在黑暗中飘忽滑翔,寻人冲刺。这样的夜,令人难眠。

第二日,我痛定思痛,换了思维,便在这家的院中,葡萄架下,开灯,再点上蚊香,工作毕,摸黑上炕,以保睡得安稳。

灯,在头顶不远处;人,坐亮度适中之地;蚊香,就在脚下;烟缕,萦绕周身。

这样,我再一次进入了佳境:杨树,在近处,让风有了语言;星辰,在远空,让大地有了遮盖;我们,在葡萄树下,让繁文快速精简;飞虫,在灯侧,让香缕变得生动。所有的一切,俱各安其分,相安无事。

久坐,疲倦。我起身,在葡萄的空间里,俯仰吐纳。

停顿间,我发现一只蜘蛛,正向地上的盘香靠近。这是一只越界的蜘蛛,它越过了盘香的烟缕。低头注视时,我想起小时候听大人们讲,遇到蜘蛛,第二天会有贵客或是奇遇,不禁笑了。此时,近处的树梢间,风语此起彼伏,悄然如耳语。

操练结束,坐下,不见蜘蛛。

看地上的盘香,前几日下雨,盘香进了水,质地似乎发生了变化,有了弹簧的形态。为了让盘香恢复形状,农户家的大男孩用三根牙签插在地上支起了盘香,中间的牙签穿过盘香的中心,使香立地,另两根牙签在两侧,与中间的支撑呈三足之势,回收了盘香因形变而生的弹性,让烟缕可以绵绵环绕。看着这样的结构,我由衷赞叹男孩子的创意。

正赞叹,手臂上突有异动,仔细辨别,是刚才那只越界的蜘蛛,我顿时一惊,慌忙拂落。未承想,这越界的蜘蛛竟再次越界,一头掉落在地上的盘香中央。盘香外端,燃着的地方正火红地慢慢向内推进。

蜘蛛掉落的刹那,反应迅捷。一开始是多足探寻,只几下,便探明了虚与实,然后,腾动多足,沿盘香环行。它在向盘香的外围走,它不知外围的末端是火,是一去不返。

就在离火尚有两三个身距时,蜘蛛停下了,它似乎感觉到了危险。只片刻,蜘蛛反身腾足,快速回行。快速回行的蜘蛛,不知前行的终点是环的中心。

蜘蛛行进着,不时腾出旁足,试探着周围,终于到头,它停下了。又片刻,蜘蛛复转身腾足,再次试探回行。

如此，往复了有三次。每次当蜘蛛路过旁侧的两根牙签支撑的部位时，均会神奇地放慢足步。我以为，它一定发现了什么，并在心里真心企盼它能顺着牙签平安落地，地上才是蜘蛛的去处。然而，它没有，虽然它的旁足在不停地试探，但终究还是错过了。这只错位的蜘蛛一次次试探后错过了牙签桥。

这样，大约七八分钟后，它终于还是落了地。落地之后，仓皇而去，没了踪影。

这只越界的、被困盘香之上的蜘蛛，落地落得极为难看，它竟是一头摔下去的。在一次次错过牙签桥后，它失足了，仰天跌落的刹那，分明又吐出了丝，丝未及用上，身已四仰撞地。着地瞬间，翻身而起，腾足狂奔。这次，蜘蛛远离盘香的方向。这次，方向正对，是它应去的地界。

蜘蛛没了踪影。我却没由来地想起了一次相逢：一次，在大街遇到一位女同学，聊了一会儿，我问，你怎么戴了一块蜘蛛形的玉坠？她回我，蜘蛛——知足。

这只越界的蜘蛛，在一番奇遇之后，走了，不知是否知足？我以为它是知足的，因为，这夜的蚊香，起于文字，止于佳境。

见龙在田

一

又是雨落，又见清凉，又到夜静，又有好梦。

今年不复往季，雨水出奇的多，似乎改变了普惠的风格，不再是单一的风，单一的风起沙走、风止尘浮。在进入炎夏后，跟随风的是雨，少见的多雨，让人在诧异中一阵接一阵地惊喜。这样的夏天，是难得的好，不，应该是难得的静好，有雨随风，清满田园。

到买买提家，我们谈起了水。我讲到了国家环保督查的事，他认为和他这样的农民没有关系。于是我又讲了长长的一段话，讲时，有雨正入夜。

我大概讲了三层意思。

一是每年春灌才结束，这个乡的农业用水指标就用完了。这对植棉大乡来说是难以理解和想象的事。他疑惑地看着我，我懂他的意思——这些年水是紧张，但每年春水后的夏灌都灌了呀。我指指自己，告诉他我是水利局的工作人员，水利局驻这个乡，每年被迫从其他乡调水，以解夏灌之忧。

其他乡为什么有水可调？这是第二层意思。因为前些年地下水水价远远低于地表水价，于是凿井的人激增，而当时地下水尚未计入农业用水指标。这样一来，地下水水质好的乡就大量取用地下水，地表水的指标就节省下来了，水利局才有水可调，满足这儿的棉田用水。而这里的地下水由于水质原因，基本不能用于灌溉。

第三层意思是从全市的角度讲的。全市的地表水农业用水指标只能灌溉不到八十万亩土地,而实际种植面积是这个数的几乎三倍。结果是大范围无节制地凿井,仅仅用了不到二十年,出水的凿井深度就从三十米迅速下降到一百三十多米。现在这座城市的地下水已严重超采,灌区外围的生态急剧恶化。中央生态环境保护督察组要求严肃认真整改地下水超采现状,整改就要把很多井关停掉。他定定地望着我。这个种棉大户听进去了,尤其是后面的内容:那些大量取用地下水的乡将大范围关井,而依赖地表水发展农业,这样一来他们自己的地表水指标就将不足以满足自用,一旦关井结束,水利部门将无法像这些年一样从外乡调水来这个乡。而且,农业用水指标作为红线是不能突破的。

他听明白了,这都是这些年无序开荒的后果。

买买提的家远离村庄,在棉田的中央。他和他的邻居都是植棉大户,他们是一样的,但他也有不一样的地方,他的家是周围少数几个房前屋后有成片树林的所在。说是邻居,其实他和他们相隔很远,他们都在各自的棉田范围内建房,有树的人家在广袤的棉田中格外突出。

说到树,买买提很自豪,并讲到了自己的父亲。他说,父亲说过,树是不能砍的,砍树等同杀生,因为这里长成一棵树太不容易,树是家园。

树是家园——多么好的境界,多么好的生活。

他说这话时,雨停了。我仿佛看见一棵树,一棵荒原上的树,卓然独立,顶风引雨,接天连地,虽然近观需要仰视,但远望,却显得孤独。

二

通沙汗的家,去年下村,我曾来过。

她的家,形制上与买买提家相仿,单独在自家的地中间建房；不同的是她家屋旁，是孔雀河的故道，蜿蜒曲折。我曾试着沿河走，走了上百米，便没了路，脚下是幽深的水道，于是止步，只看见河道在前方拐了个弯，便倏忽不见了。

简单询问，得知每年灌渠来水时，她的儿子会引水入河道，而且每年都要往河道里放六七万元的鱼苗。听她这么一说，我的心里便有了判断：这段故道应该不长，就在那个拐弯处吧！除在灌渠的开口处，整体应是封闭的。

这段水面，通沙汗立了禁止钓鱼的牌子。她说来她家就是她的亲戚，让我们想办法捞鱼上来，她要做给我们吃。我问水有多深？我目测应该有两米以上，她告诉我有四米多深，我着实吃了一惊。

更让人吃惊的是下网，仅仅半个钟头，就有三条大约两公斤以上的大鱼上网。我们没想到鱼上得这么快，没想到上的鱼这么大，没想到我们这么着急，没想到下的网太单薄，没想到……等我们手忙脚乱扯起网，鱼儿在网上拼命地挣扎，借着体重往下一荡，优雅地摆了摆尾，便在深深的绿水里没了踪迹，只剩下圈圈水花，以及我们的慌张和懊恼。

再下网，直到天黑，我们一无所获。

这片水，真切地勾起了我们对渔民生活的向往。

第二天早上，剩下的第二张薄网里捕到了一条鱼。为了挣脱渔网，鱼身几近变形，这是一条吃鱼的鱼，挣扎了一夜，依然很有气力。

到二十多公里外的养鱼户老杜家借网，说起通沙汗家的水面，老杜对我疑惑通沙汗家是否每年会下六七万的鱼苗做了最好的解释：确实下了很多鱼苗，但从不下鱼料，是野生放养状态。每年接水，三分之一会跑掉，还有三分之一被鲇鱼吃掉，剩下的三分之一长成了大鱼。老杜最后一句话引发了我深深的联想，他说，那是一片难得的水系。他用了水系这样的表述，我想，河湾应该比那天想象的更长一些。

老杜给的网是双层的，比先前的网眼更大。

接下来的每一天，都是黄昏下网，晨起收网。每日网里都是令人惊喜的三到四条两公斤以上的大鱼，有一日竟有一条目测足足超过三公斤的大鲤鱼，把大幅的报纸全面打开，沿对角线平铺，将这条鱼放在上面，鱼的长度超出了报纸。

透过网眼看着捕到的鱼，驻村的日子便欢快了，古老的河道，似乎还潜藏着什么。

潜藏着什么呢？我隐隐感觉很多，却又无法企及。

在离开的日子里，我常常想："潜"这个字很好，亦深亦浅，亦远亦近，止波平复，流形无踪；"藏"有不见首尾之意，秘境神址，空蒙幽深，且由水及鱼，鱼跃成龙。再到那样安静的村庄，那样静谧的氛围，在树的遮蔽下，水波隐约，不正是"潜龙勿用"的象吗？宁静而无语，博远且苍茫，水雾起处，天地交泰。

三

总惦记那份"潜藏"，终于有空，我们又到通沙汗家。

到下网处，水边苇下，竟有一船。

通沙汗的儿子亚生接待了我们。

船，是充气的，整体结构很实用：此船分三段充气，逐一鼓起，始成一体，且气不相通，若行船意外，壁破气出，只损一室，尚有两室气量充沛，不致沉船。我不禁感叹构思奇特，设计精当。船的动力为电，节能环保，驾驶轻便。

坐在船上，视野自是不同于岸上，从始至终，水波轻跃，心在飞扬。此时，惊喜是唯一的心情。

水面之长之蜿蜒，远超想象，驶出三个时辰，还没走完全程。水的长度自不必说，回环曲折之间更见锦绣，一时以为穷尽，转弯荡过苇侧，却别有洞天，水声泠泠，偶尔有鱼跃出水面，却凸显出四周的静谧。

水景之绚，亦不是黄昏临近、日烧群云时才有。一会儿船走深潭,水深幽远;一会儿两岸夹击,浅水浮船;一会儿藻横前川,簌簌有声;一会儿水阔岸远,云落平湖;一会儿苇生"镜"中,天地反转;一会儿落日浮河,灿烂道长。

这样的景致,道长又何妨,不如且长,且远,且静,且随境。心随境走,境由心生,境境相长,便是今日的清欢。水长天阔,地蕴深景,身若蛟龙,心向宁静。

我问这一湾故道的来历,亚生说,当年村里分草场时,这里地势低洼,水泽曲折,土壤碱厚,少有人愿来,他的父亲与家人商量后,承包了这片草场。未承想,短短二十多年,就已是沧海桑田。大范围开荒,地下水位下降,水泽不见了,只剩下孔雀河的故道。故道两边的草场也在通沙汗一家人经年的努力投入和劳作下垦为棉田。在有了钱之后,他们又陆续投入上百万元,清理、拓宽了古河道,就形成了今日的景观:长长的河道龙行于广阔的棉田下方,一眼望去,只见田地、树木和孤独的房屋,如果你不走到跟前,是不会发现脚下的长河的。这样的潜藏是惊人的,仿佛大隐隐于市。

这样感叹着,抬头看天,水的浮力竟似一直向上,脱离了俗世的阻挠,托着我们的船,向云缓行,升腾到可以俯瞰大地的高度。从空中望,这样的水道,这样的深藏,这样的屈伸力度,这样的潜流无踪,不正是龙行棉田的图像吗?而棉田又是那么的广阔无垠,让绿野之下的龙抬首出水,低首伏流,身动水游,尾摆岸摇,是切切实实的神龙在田。

聊天时,想到给船人工充气时的大汗淋漓,以及如此的田园和潜藏,我遂打消了带更多人来赏景的念头,并告诉了通沙汗母子。通沙汗也是这个想法,她的出发点是不想儿子太辛苦,这是母爱。

这样临水而居的一家人,车开出没一会儿,便消失在田野了。

多好的地方,而且有爱和清欢。

四

又落雨了。

同行的吐尔地说,今年雨多,是因为孔雀河有水了——大河有水,天上才会有雨。

大河有水,天上才会有雨。真是大道至简。

十多年前,当我在相邻的单位工作时,吐尔地说的有水的这段孔雀河河道就断流了。五年前,这段断流的河道往上又有大约七十公里河道断流了。去岁今春,在环保督导之后,不但那七十公里河道有了长流水,而且吐尔地说的这段河道往下很远,河道也时多时少地有水了,大河不再往故道上演变,重新变成了长河。

于是,大河有水,雨多了起来,这可能就是关联吧。

吐尔地告诉我,再这样延续几年,胡杨又会恢复到从前的高大和壮美。

我沉吟着他讲的朴素道理,想到了一个词:龙行雨施。那潜藏于田园之中的孔雀河故道,原以为是潜龙勿用的象,隔着雨帘和充满希望的绿色原野,我方看清,并且读懂,原来那是"见龙在田"。

见龙在田,是经过了潜龙勿用的积淀、总结、学习和深悟,结合一路的实践、起伏和凝练,才有了龙行雨施的境界,所以利见大人。

大人是什么?正是生活在这片土地上的人们,他们是有经历和希望的。

羊汤玉米

　　站在一望无际的棉田中,除了防风林外,最分明的是稀疏成行的玉米和青黛的远山。远山彻底挡住了视线,让山与天有了线状的分别;视线在到达远山前,必须穿过的是一行行单行于地边的、绿出棉田的玉米线,疏落有致,纤弱无形。

　　我问过辛勤劳作的农家,棉花地头为什么要种玉米?不会是为了食用吧?

　　农家的回答很出乎我的意料:棉田种玉米是为了分离灭除蚜虫。原来,蚜虫喜甜,玉米性甘,种在田头,棉花遭受蚜虫侵害的概率就小了。

　　原因竟在于味道,在于吸引。然而,这种吸引却有付出和保护的深意,不是简单的甘甜,是奔向甘甜的过程,是护卫,是职守,是担当。

　　在得到这样的回答之后,再看无垠棉田中细如线的一行行绿色玉米,我看到的是广阔与深绿,长远与厚重。原本纤弱无形的玉米线,竟是如此的"强健",如此的"勇毅",它用纤弱与甜软实践的是"反者道之动"和"柔弱胜刚强"的自然之道。

　　风过雨停,玉米昼起夜挺,这样的玉米线与棉田、远山已是一体。

　　我担心这样的玉米是否能有收获。农家的笑是极朴实的:到了玉米成熟的季节,这样的玉米入口饱满,甘甜如饴。

　　于是,我便有了期待,期待这样的玉米成熟。

做群众工作,在农村,不但要深入田间地头,也需要走家入户,访谈,讲解,时间长了,我与他们逐渐熟稔起来,家长里短也不再单调,温情如谊。温情如谊在吃饭的时候最能表现出来,到了饭点,维吾尔族人是极好客的,会拿出家中最好的食物款待忙了一天的客人,在炕上,或葡萄架下,垫上软和的棉垫,用心地让客人吃得开心,坐得舒适。

一位叫海旦木的农妇,汉语水平一般,发音是汉维两种语言结合的腔调,在每一句话的末尾会加上一个上扬的"吗"音,不是疑问,反而语调中有歌曲一样的婉转。她说到我们之间的关系,表述得特别流畅且美好:"一次见面吗——认识!两次见面吗——朋友!!三次见面吗——亲戚!!!"她说这话时,正是我们第三次见面。我讲我们之间是鱼水之情,本以为很文化,却在她的表述面前显得浅显了。当天,她煮了手抓肉,做了羊汤面条,面是手擀面。

又一天,经过一上午在田间地头的劳作,我着实累了,也饿了。同行的塔依尔说,他的农民朋友叫吃饭。于是我亦同去。

主家就在孔雀河边,后院紧临着河水,对岸是正在复苏的一度因河道断流濒死的胡杨,灰绿相间,绿色大过灰色,是充满希望的景象。

主家在剁羊肉,显然,主家拿出了家中最好的食材。塔依尔说我们是客人,也是亲戚。我笑着回他:"至少见了三次"。

"至少见了三次"是我和海旦木一家的语境,现在,推而广之,成为会心的笑声。

手抓肉端上来了,同时端上来的还有煮熟的玉米。手捧盛放玉米托盘的是主家的妹妹,她在乡里工作,有一个好听的名字——阿依提拉。

端玉米的阿依提拉讲了一句耐人寻味的话,你们尝尝,这个玉米不一样的。我猛然一惊,不一样的玉米,这本是期盼已久的字眼,现在是眼前的现实。

她言语简单，表情却丰富，甜蜜里间杂享受，向往中略有羞涩。

不同的玉米，可能生得不一样，也可能成熟得不一样，此刻，端上盘的，如何不一样？

我尝了一口，既不是水果玉米，也不是糯玉米，就是普通的生长在棉田中的玉米。

再吃，还是普通的玉米，只是在玉米的香甜之上，隐隐有几缕别样的醇香在唇齿间弥散，久久不去。唇齿间的绵长在起伏，脑海中是阿依提拉讲述时的陶醉，眼前是她津津有味地品尝玉米模样。于是，味觉、视觉、嗅觉、感觉开始混流，味道可见，画面可嗅，玉米一时灵动起来。

阿依提拉吃得特别享受，吃饭本是享受的一种，但阿依提拉的享受是别样的。她几乎是在一粒一粒地品味玉米，不像旁人是在啃食，她是在全力陶醉并尽量延长这玉米带给她的身心愉悦。阿依提拉不只是在吃，更是在用特殊的方式表达对她专属的味道的深情和热爱。

这样的玉米，这样的品味，这样的人，这样的我们，已如诗。

终于，阿依提拉讲，这是用羊肉汤煮的玉米。

我心头一震，羊汤玉米，这是何等奇妙的搭配呀！

远山坚毅，棉田若海，田中的玉米呢？在充满希望的田野上，正和我们站在一起，如涛，似锦，锦成画面，锦成城市、乡村的背景。这一切，在寥廓的苍穹下，如此清晰，如此饱满，如此生动，如此内敛，并被赋予了深情。

味道

祖丽胡麻尔讲麻辣鱼好吃时的表现,有舞蹈的神韵。一举手,鱼在掌下;一抿嘴,唇齿生津;一启眸,顾盼百味;一出声,千色俱在。听得人禁不住心弛神往,神往这舞蹈一般的味道。

在舞蹈的神韵里,我问了一句:"这样的鱼,你会做吗?"她认真地回答:"会做,麻辣鱼,会做。"我问细节,她讲到超市里有麻辣鱼料,做起来非常简单。她依旧笃定,是舞蹈式的笃定,伸出来长长的手臂,说会做麻辣鱼,最后,又加了一句,巴特鱼庄的麻辣鱼。

祖丽胡麻尔的手指甲上是舞蹈一般绚丽的指甲花色彩,嘴里讲的麻辣鱼是世俗的味道,而她说的是流水线的味道,这几样混在一起,很是别样。

坐在边上的托乎提古丽突然问身旁的哥哥:"最近,有鱼吗?"

她的哥哥买合木提很认真地开始描述:"尉犁县的二库有,真正的野生鱼。"他讲野生鱼时两眼放光,仿佛二库就在脚下,他正与同伴一起经过长时间的守候,也许是从黄昏一直到黎明,终于难掩收获的喜悦,从冰凉却令人激动的湖水中起网了,网中,群鱼跃起,在晨曦中鳞光闪闪。

讲吃鱼,买合木提的描述很生动。在湖水中捕鱼、洗鱼,在湖畔支锅、架火,从湖中取水,且极富仪式感地倾水入锅,太阳就在水帘的另一边,温润着山水湖田。鱼洗净,入锅,火在锅底呈现出晨阳一般的颜色。鱼在锅中,湖水承载着它,人在岸上,来往劳作,抬头是天,低首见水,湖光在腰畔漫浸。

投柴入火,火升水沸,一会儿,鱼香在水光中四溢,这是更大的欢愉,舀起一勺稠白的鱼汤,很响地吸溜入口,这是尝鲜,尝鲜的人一定得是吃鱼的高手,周围人的眼神中有屏息渴望。一般这一口尝过之后就可以起锅了,于是群起欢悦,一夜的辛劳顿时消散。这样的鱼,这样的汤,又滚又烫,顺唇齿,过喉头,下脏腑,只片刻工夫,便调动了周身,滋补了每一寸肌肤,从里到外透出舒活来。这是滋味。

买合木提讲得起劲,他话里的原生态的味道深深吸引了每一个人,并让吸引成为向往。在片刻安静的向往中,托乎提古丽加了一句,这样的鱼,我做给你们。大伙更安静了,这次是期待的安静。

如此的味道,安静只是表面,沸腾却在内心。沸腾之后,俱是等待。

等待的时间真的有些长,长到我们几乎忘了。

大约两个月后,托乎提古丽打来电话,说买合木提从二库回来了,带回了野生鱼。

我们兴奋地来到了托乎提古丽的家。鱼在案上,已洗净,备好,托乎提古丽站在灶边,笑意盈盈,买合木提就坐在旁边的炕沿上,笑得纯朴,纯朴中有些许得意。

原以为要等待很长时间,但只大约一刻钟,鱼便端了上来,做鱼的过程我们是目睹的:真是清水在锅,鱼切段入水,煮是唯一的方式,中间又放了一些切好的葱段和青椒段。

鱼上桌的方式也不同于我们的想象,鱼块从锅中被单独捞出,不带汤水,直接装盘,汤是用碗盛好一碗一碗放到每个人面前。原来鱼是鱼,汤是汤。

鱼是按手抓肉的方式吃的,汤可泡馕。一条鱼,一锅炖,还有馕,这样简约的一顿餐,菜、饭、汤便齐全了。

鱼,真是原味,与我们想象的很不一样。汤,也原味,入口之后，平常中有一股淡淡的滋味在喉间久久不散。

祖丽胡麻尔同吃，她显然没找到吃麻辣鱼时的味道，麻辣鱼的味道在她像舞蹈，而现在，鱼的味道像清风。

当日听买合木提手舞足蹈讲述湖边美味的人都在，他们显然没有找到那时听到的味道。

只有买合木提很陶醉，他的陶醉中有劳动的影子。

望着买合木提质朴的脸，那上面有风吹日晒的痕迹，从这些模糊的痕迹里我分明读到了，在烹饪充斥人间之前，我们的先人们的生活里，这样的味道应该是天下最鲜最美最足的味道，是能入《诗经》一样的味道。

现代的我们，在各种刺激和尝试之下，让所有关于味道的科技包裹、袭扰、改变、重塑了我们的舌尖，于是我们对味道的期待就会更多更迫切，更富想象，随之而来的，就是在更富想象之后，经常会更难以被满足或难以感受到某一种真实的味道。

我们真的知道自己想要的味道吗？我们真的明白自己想象的味道吗？我们又是否真的懂得在手的味道？最初感动过我们的味道再现时，我们能否再一次感动？而前方的味道就一定好吗？

我陷入了沉思。

我们的祝福

新年是需要祝福的。

远在广州的高中女同学,年三十的晚上在微信上发来了一句表达关心的信息,我才意识到我们很久未联系了,我也久未在微信上发文章了。她的关心是细致的,有问询我的现状的含义。于是我开始回复她,手指快速在手机屏幕上写字:

——新年快乐!好久没见你在朋友圈发文章了,还好吧?

——通道关闭了,所以没发。一如既往。

我发了一幅"福"字过去。

——谢谢!你还在库尔勒吗?不懂你说的。

——还在库尔勒。驻村,第一书记。

——哦,辛苦了!向你们致敬!

——我现在就在村里,大家庭过节。大团圆。

——在库尔勒附近吗?

——在库尔勒的普惠乡普惠村,边上是我曾经工作过的经济牧场和普惠农场。

——哦。那你工作经验丰富。

——祝:家和,业兴,事旺,阖家欢乐!雍锦于心!

半下午时,我到另两个村去看望驻村的队员,因为我们都是一个单位派来驻村的。一个村在准备年夜饭,我送上祝福。另一个村的队员驻点,却是有些冷清,一问才知昨天聚过餐,和村里一起,今天没准备,我便邀请她们参加我们工作队的年夜活动。

现在,年夜活动已过了品菜的阶段,该到祝福的时刻了,挂在墙上的电视里,由重组改名后的中央广播电视总台第一次播出的春节联欢晚会正是笑浪滚滚,春天的气息仿佛喷薄欲出。

春节是不能没有电视的,因为有春晚,这是三十多年来属于我们中国人的语言。然而,今天上午,我们才突然发现,由于长时间没有时间和机会或者说精力看电视,挂在驻村点大堂墙上的电视竟然被遗忘了,一遗忘就是八个月,八个月没开电视,电视成了墙上一幅全墨的炭画,支持电视节目信号的电信号码已被注销了。

春节,怎么可以没有春晚?春节,怎么可以没有电视的流光溢彩、欢快纷呈呢?

经过多方联系,补交了一千三百多元费用,而且是熟人照顾,才没有收取滞纳金,驻村点的电信号码恢复了。这个春节,该有的似乎都有了,一同事小声讲,一年两千多,一年看一次,真是土豪啊!

电视打开了,春节的氛围瞬间充溢了我们的大堂。这样的过程,我们独有。

大伙邀请我祝辞。

我端起纸杯,杯中饮料,菜肴满桌,春晚的欢乐氛围在我们身畔环绕。

祝辞是惯例的,大伙听得认真。

讲2018年,我用到收获这个词。这一年,无论欢喜、无论烦恼,无论顺利、无论波折,也无论抱怨、无论感激,我们每一个人都有收获,是有万千内容的收获,是平凡日子里的波澜起伏,是可以写下来的我们的故事,这些,值得我们永远回味。我很少用永远这个词,因为太大,而这一年不一样。

讲2019年,我祝辞的主题是感恩。

首先,感恩祖国,感恩这个时代。说到感恩这个时代时,小李一声巧笑。我望向她,说,真的,真的应该感恩这个时代。这是一个担当的时代,每一代人都有每一代人的长征路,脱贫攻坚,就是我们这一代人的长征路,是我们该有的担当,这不是讲大话。当二十年后,我们每一个人回望今天,回望今天这个小小的村庄,记忆最深刻的会是什么呢?可能,今天这样的年夜饭会让我们动容,因为自从离开学校,一群成年人再次离开家,聚在一起,住集体宿舍,过集体生活,而且是长时段,这样的体会,这样的机会,不是每一个人都会有的。若不是这个时代,又怎会轮到我们。这个时代,赋予我们这些人更宽广的视角,更坚定的底气,用身体用心灵用思想去更深切地触摸、感知家的含义,国的深远,农村的广袤。所以,我们可以感恩这个时代,这样的语言可以用在我们的大堂里,这个大堂,现在是这个村庄最亮堂的地方。

这是高端的祝辞,是严肃中的深情。

当然,还要祝福家人,祝福朋友,祝福同事,祝福村民,祝福自己,平安健康,团圆幸福。这是我心底的期盼,是温馨里的真情。

新年的祝福更需要欢声。

我想起一日与西仁古丽走家入户,遇到怀孕在家的阿依提拉,两人仿佛久别重逢,有说不完的话。讲到对方的好身材,阿依提拉用流蜜一般的口吻讲,西仁古丽身材最好,该长的地方长得胖胖的,不该长的地方长得瘦瘦的。两个年轻的女子用属于她们的年轻和她们特有的对生活别样理解的语言,让农家院落顿时轻快起来,明媚起来,羞涩起来,美丽起来。

我便借用阿依提拉的语言,用祝福的声调让西仁古丽的美丽在这个春节成为我们共同的语言,成为我们可以融入春节文化的豪情祝福:祝愿所有的人,无论是身体还是心灵,该长的地方长得胖胖的,不该长的地方长得瘦瘦的。

这是我们的祝辞,在这个春节,生机无限。

我回来了

春节,是团圆的日子。哪怕路再远,哪怕雪再大,中国人只有一个方向——回家。

这个春节,在乡下,与大伙一起过年。坐在大团圆的同事中间,墙上的电视突然传来一首歌《妈,我回来了》,刹那间,心底最柔软的情感以安静而磅礴的流势瞬间淹没了节日,淹没了村庄,淹没了原野,淹没我,淹没了所有。星空下,激流上,我一人,独立,立为桥上的栏杆,立作庭中的杨树,立融门前的雪,立成四季的起点,在起点,母亲依旧年轻。

母亲不识字,却知古断今,能讲很多古戏文,随口便是文章。小时候我问过缘故,原来是母亲幼年时,外公经常把她放在戏园,一放就是半天,耳濡目染,没读过书的母亲便成就了不识字的大文化——讲起先贤野史,如数家珍。

大约在我小学三年级时,一天,我与母亲单独在家,正好一本汉朝故事的小人书在手。不知是如何开始的,我突然自告奋勇,告诉母亲要读小人书给她听。母亲异常欣慰,坐在我的边上,以手托脸,我读得大声,母亲听得平静,恍若从前在戏园中听戏的表情,我读得更起劲了。这时,突然有小朋友在屋外叫我,叫我一起出门游戏。我迟疑地停了下来,在母亲鼓励支持的目光中我选择放下了小人书,奔出门去。奔出门去的我以喊的方式告诉母亲,妈,我回来再读给你听。母亲看我的表情有慈爱和不舍。

后来,我一天天长大,没再给母亲读书,但母亲的慈爱与不舍,我铭记在心。

上大学前的一年,我在离家五十公里外的城市读书,大约一周回家一次。

回家,要搭班车,班车要翻过一座山,山路是使用很久的柏油路,是国道,母亲告诉我,她年轻时参与过这条路的建设。我再过这路时,会莫名地激动,莫名地心静,莫名地悠远,在这悠远里写一首十八岁的诗——《妈,我就要回来了》。

这首诗,我认真地朗诵给母亲听。朗诵时,我站着,母亲坐在床上纳鞋底。这一次,没人在窗外,这一次,还是我和母亲两人,这一次,母亲依旧慈爱,这一次,母亲说我想妈妈了。

第二年,我去成都读大学,我告诉母亲我上学去了,这是我每次上学前都要讲的话,曾经一天两次。母亲,坐在床上纳鞋底,如往常,说了一句,好。母亲以为我还是中学的我,下午就回家,她做好的新鞋我下午就能试穿。母亲疏忽了,没有做好儿子是要远行万里的心理准备,没准备好把爱扯得如此远。

这一年寒假结束,我又将赴川,母亲坚持扛起我的行李,弓着腰,一次次拒绝我扶行李的手,一次次用力耸肩把行李往脖颈处抗,喘着粗气,迈着碎步,抬头疾走。母亲是要坚持把我送到国道边,她参与建设的国道边,那里,有等车点,在那里,我将再次远行。我坐上班车,班车行驶在母亲年轻时参与建设的公路上,母亲在原地,在路的起点,与地平线融为一体,与天渐齐。

现在,母亲八十七岁了,四十八岁的我站在母亲面前,母亲已经认不出我了,自从几年前母亲突发脑溢血,她就慢慢这样了。

我时常提示性地问她是否还记得自己曾洋洋洒洒讲过的戏文,母亲始终没有反应,我已无法走进她的世界。

每次回家陪陪母亲,我们相坐无语。说说往事,是我一人自语,虽然两人听。但我起身要走时,母亲会知道,并和我告别,告别时她脸上挂着慈爱的笑容,并说要我常来玩,她不送了。母亲说不送时,我能从她脸上捕捉到一丝不舍的情绪,这样的表情能抚到我心底的柔软。在这柔软的顶端,是年少时给母亲读书的半途而废,是十八岁时给母亲读诗的深情,是远行蜀中时背行李在路的起点的母亲的坚持,是现在的相对无语,是不能让母亲看到如今的我的心事和不能进入母亲的世界的无奈。

春节的一首歌,让周遭平静,让心绪难平。我想对母亲说——妈,我回来了,又怕母亲听不清,更怕母亲认不出,亦惧今夕不似往日。

好友谢俊问我,会夜半无眠吗?我回他,像我们这样,难忘最初,又已中年,何以成眠?

就在这个春节,谢俊发来一首诗《春节,回家》:

春节,回家/如果尊敬的您/春节路过了我的家乡//我请求您/帮我看一下路边的风景/我的家,在一个拆迁的地方/那里,曾经有美丽的童话//但,你看不到,拆迁前的模样/如果您,路过了我的家乡/请求您,帮我望一眼家乡的夕阳//那里应该和我儿时一样/只是没有了我离开时的梦想//我的家乡/只是一个我找不到的地方/我的家乡/没有了母亲的泪光

这个春节,就这样,有了泪光。

叁

驿站

兰干,山在北,孔雀河在南,正所谓"江南江北无限情"。驿站,背山面水,耕读传家。

我是谁

和母亲交流，一句话，却是全部。

母亲因病卧床，躺得久了，难免要换个姿势，需要在父亲和大哥的扶持下坐起来，而这一过程每一次都会令父亲和大哥气喘吁吁。工作的原因，我们来得少，扶持的动作不熟络，因生疏而不精准，又因不精准而不周到，母亲会多一分痛，父亲便让我们罢手。

父亲八十四岁，母亲八十七岁，按农历母亲比父亲大接近四岁。母亲年轻时常讲，是笑着讲，女大三抱金砖，女大二抱银砖，母亲惯常是不讲女大一的，讲完女大二，她会停下，笑容依旧，她的停顿如清茶一般，微微荡漾后，在茶香的韵致里款款飘成一句话：女大四没意思。没意思的尾音不全是笑意盈盈，但笑容是主流，而且拉得很长，如同戏文一般，自是山光水色。

母亲生病前，是很善讲的。她的善讲，来自于童年的记忆，母亲的童年，经常去戏园听书，一去就是半日，这是她获得的最好的父爱和教养。

评书中的中国历史，不识字的母亲是了然于心的，讲起来便绘声绘色，便文采斐然。

现在，母亲多数时候躺着，即使坐，也是半躺，很少的走动，是父亲拉着她的双手在前面，倒身导引着，扶持母亲在客卧间挪步。

父亲说，得锻炼。父亲说，很快会好。父亲说，她什么都不记得了。

什么都不记得,母亲,便鲜有言语。

我试图找到曾经的那些戏文,说一两个引子或人名或故事或帝王将相或才子佳人,母亲只是望着我。她的平静中找不到一丝曾经的笑容。

唤起记忆最好的方式是熟悉的人和事,父亲,还有我们五个子女,是母亲生命中最熟悉的人了。

于是,我们有样学样,用父亲一样大声的方式,走到母亲脸前,指着自己,拖着长音问她:"我是谁?"

母亲在分辨,在想。如果儿子问,她一般会说:"是连生。"母亲讲的是我大哥的乳名,没有二哥和我。如果是女儿问,她除了说连生外,偶尔会说霞霞。母亲说的是我的二姐的乳名,不讲大姐。

大哥一般会解释,他在母亲身边待的时间长,所以记得。他说的是现在的时间,因为大哥退休了。

其实跟在母亲身边最长时间的是我。我是直到十九岁上大学,才离开家,离开母亲的。母亲那时常讲,对我讲,是很文采地讲,皇帝爱长子,百姓宠幺儿。不等我问下文,母亲便解释,长子可以为皇帝分担天下的重任,平常百姓家,生活是最大的事,最小的儿子在父母育子的经验下,可以适当地宠溺。

我,是家中最小的儿子,待在母亲的身边最长。大哥说的时间最长,是母亲生病后。

母亲偶尔在面对我的"我是谁"的大声呼唤里,会回应:"是霞霞。"母亲的平静与茫然让我想起两件关于二姐的往事:

二姐上三四年级时,一日放学回家,见家中的大黄母鸡因误食田里的农药死在院中,一把抱过母鸡痛哭起来。那是20世纪70年代,一只黄母鸡,对于家的意义重大。

大约十年前,一日,说起年轻的时光,母亲自豪地讲,她当年,小腰也只有一抷。意思是自己虽不复当年,也曾青春。二哥在一旁因小腰只有一抷这句话笑弯了腰。母亲有些急了,作势拍了二哥一把,并连着说了两个"咋啦",母亲的表情是仿佛看到了自己曾经的模样。在当天的平静时光里,母亲突然对我说,她年轻时跟霞霞长得很像。母亲是很认真地讲的,很有文艺范,说:"看到霞霞,你们就看到了我年轻时的样子。"然后是久久的平静。

"我是谁?"是我们对母亲的探望和爱,是我们以为她能感受到的最熟悉的温暖,是我们最想得到的母亲的认可。

我是谁?母亲却只是听了。一句话,已是全部。

上周六,我七个月来第一次休息一天,一连回家两趟。

第一趟,我坚持问:"我是谁?"即使母亲答不对,我也坚持。

第二趟,天已晚,母亲已躺下,躺在客厅中安置的可升降的医用床上。父亲在边上打了地铺,说是担心母亲起夜,担心母亲掉下床。我说地下凉。父亲回我,楼房有地暖,没问题。

母亲侧身朝里,我轻抚着母亲的肩头,希望她能感受到,感受到这是家中的幺儿。

母亲神奇地扭身向我,她似乎认出了我,眼中有惊奇,只一刹那,又迷茫了。

我问:"我是谁?"

母亲说:"连生。"

我说:"我是郭——忠——华——"

母亲说:"郭忠华——"

停了一会儿,我们该走了,向母亲说再见时,母亲突然问我:"你认识郭忠华?"

天下太平

中南,是地理方位。第一次用这样的方位表达,有专属的意味在里面,我不禁开始咀嚼起这里面的意味。若只讲中部,似乎少了郁郁葱葱,单说南方,又仿佛缺失莽莽苍苍,现在合在一起,不正令人心向往之吗?

现在,这里是我们可以到达的向往。

具体讲,是我们一家人,借着儿子郭译庄到大学报道之机来到了中南大学。在这里,中南是大学的名称。这是儿子经由奋斗而到达的向往。

郭译庄自己去报到,长大的少年需要独立。我们便应了朋友之约。老友聚会,吃饭聊天是最佳选择。

朋友老匡很周到,晚餐定在了长沙顶繁华而又闹中取静的所在。餐厅竟然是程潜的旧居,无论是位置还是环境,都恰到好处,建筑风格和内饰,也有别样的历史感。吃饭原来可以若大隐,隐于市。

老匡去年辞职,辞去医院副院长的职位,回到湖南,在长沙开了公司。湖南对他,是故乡。

老匡特意邀了公司的两位女同事陪我们。讲到长沙风物,她们有不一样的见解,从她们的见解中我能嗅到书香。我一问,她们都是湖南大学研究生毕业。湖南大学和中南大学毗邻,都是背靠岳麓山,面临湘江,这大约是底蕴吧。"惟楚有材,于斯为盛"就是岳麓书院的标志。有经历的老匡和这样的才气女子,谋划经营的公司,应该不一般。我在心底赞同了他的选择,辞职创业是需要不一般的勇气的。

开席前,妻子与杨女士出门小转,回来除了伴手礼,还带了四杯现做的奶茶,一看商标,叫作"茶颜悦色"。

"茶颜悦色",是借用成语察言观色的广告手法,是这些年商家惯用的,老词新改,大约易于记住,也叫得响吧。这样的手法是大众的,想来不过如此,便没放在心上。

而杨女士,坚持用高端的品读方式,赞赏这样一杯现做的,商品社会下的奶茶。她穷尽所能地用溢美之词持续表扬着"茶颜悦色",几乎到了诵赏的地步,而且是在程潜的旧居。

程潜,是民国人物,大人物。

茶颜悦色,一杯现在的奶茶,小物象。

原本毫不相干的事物,在与老友相逢的繁华都市里,闹中取静地氤氲着,香韵绵久。

杨女士讲了"茶颜悦色"的五个特点:一对夫妻,独创。只现做,只现卖,需等取。只直营,不加盟,不网购,不送货。在长沙最繁华的街区陆续开了分店,店前的购买者始终都在排队,只为一杯茶。有人想投资,他们不为所动,只在长沙开店。

还有这样的奶茶,在程潜的家门口。我疑惑了。

"茶颜悦色",就这样,营造了我与老友相逢的一方氛围。是看得见的滋味,拿得出的精彩,嗅得着的茶品,品亦深的文化,当然,还有时光。

饭后,杨女士建议,走一走太平老街。

老街,就在程潜旧居的边上。

出门,只几步,略一回首,程潜旧居便消隐在巷口了。灯火是现代的,在巷口通明,游人,川流不息地流过巷口。这样的巷口,不知有几人知,几人不知。在知与不知间,岁月一遍遍更新着。

正沉吟间,一条异常热闹的街道,突然就出现在了我们眼前。

都市的夜景本就绚烂,而这条街的绚烂,在灯光群山中最为闪亮。

长到四十八岁,我以为已经读到并深深体会过"摩肩接踵"这样的文字的全面含义,走上这条街,我才发现了自己认知的片面。

在老街上,我们停了下来,小小的店铺,拥挤的人流,现代的灯饰,古老的戏台,飘聚的湘味湘情,回荡的各地方言,承载这一切的,是麻石路面。

麻石路面,有两层含义,一是青石铺路,手工打凿而成,自不一般,再就是其中有岁月的沉淀。这样的路面,水洗一般,在夜的都市中,泛着光,仿佛一条银河。

老街很长,是本身就很长,还是可停留的地方太多,让行走变得很慢,抑或是思绪之故,流连忘返,所以漫长,我已分不清。

唯一能分得清的,有三间"茶颜悦色"奶茶店,就在老街上,相隔不太远,但门前都排着长长的队伍,只为等一杯茶。

这是何等让人钦羡的时光呀!

终于到街口,路过一牌坊,地上刻着四个大字:天下太平。

回到宾馆,我忍不住上网查询,不禁生出万千懊恼,刚才我竟路过了贾谊故居。

刚才,我路过了贾谊故居。那是写出《过秦论》,指出秦的过失的贾谊,他曾住在这里,这里曾经因他而有了高度,而今巷深,而今繁华。

刷图片,找到了太平老街,翻到其中一张,青石板上四个大字,猛一看,以为是"足下太平",放大了,仔细看,是"天下太平"。

刚才,我路过贾谊故居,脚下,是天下太平。难怪如此踏实。

往前,有三间"茶颜悦色",我们路过时这里的人们正在排队等候奶茶。

再往前,是我们待过的了程潜的旧居。

而不远处,就是湘江,如果不是城市的人声车流,在静夜里是能听闻江水澎湃的。现在,江流平静,平静的江流中,橘子洲头塑像矗立。

天下太平,真的就在脚下。

你不来,船不开

从长沙到常德,乘班车走高速,被告知中午十二点到常德,未曾想到,班车的末站在城北,下高速在城南,穿城尚有不少站点,一停一靠再启动,等晓堂接到我们,已是下午一点半。

晓堂姓冯,是刘胜涛的战友。他上午十一点半到的车站。

我说饭后去张家界。晓堂建议,明早去张家界,常德的大小河街、德国小镇、柳叶湖,值得一看,已订好宾馆,可俯瞰沅水,宾馆是九八抗洪的指挥驻地,紧靠"中国第一诗墙"。

我没注意诗墙,却对晓堂一提湖南就会脱口而出的"湘资沅澧"上了心。没来湖南之前,说湖南会联想到"三湘"或"潇湘",晓堂讲,湖南,三湘四水,湘江、资水、沅水、澧水。

三湘四水,才是湖南。湘资沅澧,朗朗上口。我不禁又想起岳麓书院的楹联"惟楚有材,于斯为盛",如此一来,我才对湖南有了真正的了解。

午饭一壶酒,众人欢饮。晓堂安排小向陪我们,并嘱咐小向,下午五点准时到工厂,他在厂里迎候,带我们看看厂子。

微醺中,穿紫河畔、德国小镇、大小河街隔路相携,携手处是一座廊桥——七里桥。

小向讲,过去有一大官,想造福一方,要修桥,短银两,灵机一动,上报朝廷:桥修七里。桥成后,便名七里桥。实际是桥离衙署七里,非桥长七里,两相比较,花费的银两就大不相同了。小向点题,这是才智。

站在桥头,"七里"在心中以及脑海里,久久萦回,不忍离去。不忍离去的,是才智,是诗意,是故事,是乡愁,是文化,是生活,更是人心,是直指民心的向往。

小向讲,还有半边街,晚上回宾馆可以路过。

我上网一查,传说明末尚书、大学士杨嗣昌曾"城加三尺,桥修七里,街修半边"。

小向是常德人,七里桥、半边街,就是他的记忆常德,故事常德,生活常德,自豪常德。

到厂里,正好五点。晓堂就在厂里等着我们。

厂子是生产新型建材的,晓堂部队复员后,应董事长之邀,离开新疆,来到这里担任总经理。工厂很大,隔路正对江堤,湘资沅澧中沅水的江堤,高过路面大约三米,他们计划在堤边建一厂属专用码头,建材成品从码头过沅水直达长江,走水路供应各大城市。

董事长上过战场,晓堂诚恳地介绍着。虽然我只是晓堂新认识的朋友,但他却在车站等我近两个钟头,上过战场的董事长选择晓堂管理这一占地近三百亩的大厂,是有道理的。

晚餐就在河街,灯火通明的河街,如果不是人群的装束,我会怀疑这里是明之常德,宋之常德,甚或更古远。

临水的大小河街,最好是在夜幕观赏,夜幕之后,最好是乘船游玩。乘船,能看故事。

9月1日,游人渐稀,整船只我们三人。

船是观赏游艇,我们三人各选靠窗坐位。加上开船一人,解说兼指挥一人,只五人。这一次,是无意中的"专船"。

船行之后,专船就是惊喜了。

从头至尾,须过十二桥,桥桥有故事,不只是七里桥。桥桥须仰头,关于故事的壁画就在头顶、身侧匀速展现,仰首、侧脸,应接不暇的,是桥下的我们。而常德,船依旧,桥依旧,水依旧。

从始至终,有九处大型实景剧。未到之前,解说兼指挥会从对讲机发出指令，比如：过三号桥；做好准备；起。"起"声刚落，河岸瞬间明亮，水陆一体，岸是舞台，舞台上的人物造型各异，绘声绘色演绎着动人心弦的故事。

途中，有亭。小向说这是刘禹锡亭。刘禹锡在这里，山不论高低，水无论深浅，都是故事。那，这城市，何止有名与灵，还有无可替代的文化与高度。

途中，有三闾桥，三闾，必是三闾大夫，屈原曾在这里，他的《离骚》是诗，是历史，也是故事。

最后一处狐仙故事，演员们挂着威亚在河岸和空中翻飞，在这个故事里我们深刻地理解了"一条河街，一段历史，一城故事"里的辛劳、勤奋、自足、自信，还有情怀和热爱。

船上放了一支曲子，曲名《你不来，船不开》，我们三人坐在船上，船开了。船开了，开得无比认真，船开了，开得无比深情。

下船时，下起微雨，晓堂在岸上，等我们。

这里是常德。你不来，船不开。

山高

晓堂规划的线路，先到天门山，再到张家界天门山玻璃栈道，最后去凤凰古城。

小向依以往的经验，将凤凰古城列在第二站，白天登天门山，夜宿凤凰古城。夜晚的凤凰古城，风韵别致，晨起再望，人稀城静，这样观景才不一般，才更生活。

这是第一个选择。

天门山下，小向说选择 A 线，九百九十九级台阶，徒步而上，天门洞开。

这是第二个选择。

在等出票的当口儿，我想起大约四个月前，八十四岁的父亲在二哥和两个姐姐的陪同下，上过天门山，登的就是九百九十九级台阶。父亲一路而上，超越了很多中途休息的人，遇到的人们惊异于父亲的精神矍铄，便有人问父亲高龄，父亲一挥手，说："八十四了！"随即豪迈地继续上行，留下满阶惊叹在身后。

父亲是一口气登完九百九十九级台阶的。

这一次，我，也想尝试一下。

坐车到台阶前，查票的人告诉我们，我们的是 B 票，应走 B 线，乘缆车而上。

又坐车下到起点，一问，票不能更改，因为今天 A 线有翼装飞行比赛和赛车比赛，赛车是要在有"通天大道"之称的天门山盘山公路上，向上冲击世界纪录的。

于是我们随缘,坐上了缆车。

同车有三位女士,平均年龄大约五十岁,组团旅游的,人都很豪迈,三人不间断地大声指点风景,笑语飞扬。她们调笑的最经典的一句话是关于是否穿了尿不湿的,互相提醒调侃:"山高,别吓出尿了。"然而,缆车刚上到不足五分之一,轿厢便基本安静了,窗外,脚下,山头点点,云已似雾,山谷深不可测,哪里还容得下言语。

时间过得很慢,终于到站,下缆车一问,才知道这是世界上最长的观光客运索道。不但最长,更在于高得奇绝。

山间的景致,难以言表。站在环顶的悬空栈道上,只剩下两种感觉:紧张,眩晕,盼有翅翼。一路走下来,汗湿后背,到了山顶平台处,才想起未上过厕所,一切生理需求都在山巅被忘却,或者说,消失了。

紧张使然吗?紧张使然,似乎又不全面。

便想,如果神仙只在高处,神仙,便不是常人能胜任的。在低处望高处,羡慕一下,向往一下,甚至幻想一下,是可以的。难怪叫鬼谷栈道。

天门山寺,是可以歇一歇脚的。走过一座座殿,仰望一尊尊佛像,走进一扇扇门,看到一面面经幡,梵音就在殿中回荡。这是高山之上,离天最近的地方。仰望山与树、楼阁与青天的交接,偶一低头,找到一处提示:这里是李娜皈依的地方。

李娜唱过《青藏高原》,这歌有一处高音是极端回旋往复向上走的,走得让世人惊诧,走得少有人能接得住,这样的高音,唱的是世界第一高原,青藏高原。

然而,李娜皈依了,在天门山的高处皈依了,皈依成低回的梵音,袅袅不绝。这一次,山高音低,无须人接,也可人接,因缘自由。

下山。惊叹山中的自动扶梯,扶梯在山石内贯通,每一梯长度都令人瞠目,每一梯上下梯均有工作人员不停地提示:"上梯勿挤,单人单过;下梯稳步,谨防摔倒。"站在梯上,如在高山崖边,有一个不小心,后果不堪设想。开始,我还按频率数下行梯步,不一会儿,便没了数字和频率,因为太长太陡,除站立站稳外,难生杂念。

出梯,已是九百九十九级台阶之下。真是山内扶梯陡,出石已山腰。回望天门,中空天际。

今天,等不到下山的车,并非车少,而是路清空了,有世界级赛车手要在世界级弯道上冲击世界纪录。

终于,有赛车冲上终点,才知车要行九十九道弯,这不是天梯吧?又是世界之最!

蛇行排队,也是几弯几重不知数,一直到九百九十九级台阶的边缘,只为等车下山。忽有人惊呼:翼装。群起转头,昂首,急寻,只见山头,天际的天门洞洞体上沿,有小点狂降,迅捷到抬首平首一刹那,仿佛只一瞬,便从排队众人头顶的上方滑过,滑过不一会儿,就有伞状物在下方山谷腾起。

这一抬头,才发觉,等车点的上方空中约几十米高处,两边建筑中间由细线牵着一张方形纸状物,一问,可能是翼装飞行的标靶,或是指示。真是坠崖而飞,沿山而下,落和飞已没有分别。也难怪接二连三的翼装飞行者均由此而过,等车点原是极佳的看台,舞台就在贴山的空中。

下山,回望天门,细想刚看过的指示:九百九十九级台阶,五缓四陡,恰成九,缓处有平台,从下而上为:有余,琴瑟,长生,青云,如意。这是步步而上的境界吧,在这样的境界里我看到:天门山,高山。山高云中,天门洞开。

凤凰寻城

到凤凰古城,是早在旅行计划之中的。所谓心心念念,大约如此吧。

小向筹划得很细致,既规划了行程,考虑了时段,又对比了路线,同时兼顾了每人的感受,让我们关于凤凰古城的心念,有了彻底的着落和安放。

一路高速。天门山在这边,凤凰古城在那边。不知穿过了多少河,应该"湘资沅澧"有一半已过;不知跨过了多少山,一山一山接天连碧无所止境;不知越过了多少谷,谷谷翠绿漫无际涯只管蜿蜒;也不知路过了多少人家,东村西户,南街北镇,从清朗山前,直到星点灯火,山,只剩轮廓,已是背景。

这样的半日时光后,天门山是那边,凤凰古城在这里。

小向头天已经订好了客栈。下车,迎面是沱江,凤凰古城就在江两岸延伸,只一侧身,温煦的江风已扑面。风中,似有天上的街市微浮,心便醉了。扭头,是客栈的招牌,明亮却和暖,仿佛年轻的女子正独自低首,额首是心情的微现——等一人。这客栈叫"等一人",看得人不由得心生慨叹:这样的城!

长途跋涉,倦怠自不必讲,然而我们却顾不上这些。我们,匆匆登记,匆匆上楼,匆匆洗漱,又匆匆下楼,不容片刻耽搁,只为这一刻:抬脚,进城,融入凤凰的篇章。

凤凰的水,是脚下的溪流,浅浅宽宽的,不见一丝翻涌,只柔和地在城中流淌,仿佛天上的银河,为了将就这城的气质,便也婉约了,婉约成人间仙境。

　　船,就只好闲了,闲成细鳞一般江水上的旧时光,一漾一漾地相互偎着。不远处,供人们行走过江,不,过溪的踏石,就在水中,从此岸到彼岸,又从彼岸来此岸,让一生的光阴来来往往,伴着满河的繁星,笑意盈盈。

　　这样的沱江,于凤凰是最恰当的。

　　沿江的吊脚楼,大约是天上的世俗吧。街,窄窄长长,楼,古韵非常,微一探头,便有令人倾倒的风韵自水中而出,不知是一笑倾人城,还是一笑倾人国,只知道在水边,楼山风姿,恰似那句古诗:"所谓伊人,在水一方。"

　　这样的楼,于凤凰是极理想的。

　　巷道长,是真长,不是简单意义上的长,是长而玲珑,长而细致,长而透明,一不小心,便长过了思绪。

　　这样的巷道,于凤凰是最深情的。

　　人,真多,徜徉也好,摩肩也佳,走河也可,停驻亦真。置身其中,才知凤凰。

　　酒吧有好多。清歌有,弹唱有,伴奏有;摇滚有,打击乐有,重金属有。每一屋都不同,每一楼亦相属。

　　这样的人,这样的音乐,已是溪流已是河,是世俗中的世俗,是不同的岁月,不同的生命,不同的感叹,在同一处婉转流连。

　　这世俗,于凤凰是最温柔的。

　　这一天,我的步数在朋友圈里罕见地排在第一,妻子第二,小向是新识,不在我们的朋友圈中,在他自己的朋友圈中,应该能进三甲。

　　晨起,在城中段的桥上,我上下细数古城,一遍遍望,一遍遍尽收眼底。昨夜,我在城中,今晨,我立桥头,凤凰,从暮到晓,展现的岂止是美丽!

　　我突然恍惚,这里,不就是梦中的故乡吗?理想和世俗,在这里,深深地交汇,交汇为一体,交汇为人间天上。

离开凤凰古城后，我却在面朝凤凰的方向时厘清了一个问题：为什么，会有人潮不停地奔向这里？

大约有五点原因吧。

一是小城。中国人对小城，有骨子里的深情，正如"长亭外，古道边，芳草碧连天"，是附带了人文感情在里面的，是心之所向，是怀抱犹可。

二是故乡。故乡一定要有历史，一定要有山、有水、有树。山是青山，水是弱水，树是大树，最好背靠青山，临水而居。在这样的背景下，老母亲在旧居，那姑娘在邻家。在城市化进程中，看不见旧时山、望不见那时水的惆怅心境，在这样的"理想故乡"里瞬间被治愈了。

三是世俗。极度的世俗，触手可及的世俗，却又出现在梦一般的寨子里，这，不正是天上的世俗吗？是理想化的世俗。梦想和世俗竟然可以同时存在，犹如天上人间连在一起。

四是文化，是你向往的文化，想去看一看的文化。这样的文化，与众不同而又融于大众，有着极大的吸引力。

五是从众。人来人往，自然成蹊。况且，还有沈从文曾在这里生活过。

这样的特点，一般难以企及。

如果还有原因，就是心情了：等一人，寻一城。

从天门山到凤凰城，又从凤凰城到天门山，我突然想到一句话：

天门问山，凤凰寻城。

桥上少年

从凤凰古城到张家界天门山玻璃栈道，我们一路急行，到山脚已是午饭时间。

小向点了一道土家族特色菜肴——三下锅。举箸下肚，滋味很足。我问三下锅的来历，小向讲，原为腊肉、豆腐、萝卜一锅煮的合菜，后经改良，特选猪、牛、羊三牲精于下酒的部分，取之二三或多样，经本地厨师特殊加工而成，也可另放多种菜肴，是一种特别的合菜。三下锅，由于混合，所以独到，是土家族私房菜。我以为这道菜背后一定有历史故事，小向没讲，我也没深问，因为，栈道就在这里。

栈道，古已有之，最早见于文字是战国时的事了，很久远。栈道，按定义，是指在高山险绝处傍山架木而成的通道，也可以是飞阁间相通连的复道。其实就是在悬崖绝壁开凿孔穴，穴中担木梁，梁上铺板而成的险峻通道。光看字面意思，已是颤颤巍巍。

古籍中，最难通过的道路，莫过于蜀道。李白的《蜀道难》直抒："危乎高哉！蜀道之难，难于上青天……地崩山摧壮士死，然后天梯石栈相钩连……"天梯石栈，当为栈道。

关于栈道的作用，战国时秦相蔡泽言："栈道千里，通于蜀汉，使天下皆畏秦。"蔡泽后来成了功成身退的典范，栈道却是退不了的，否则，后世就没有"明修栈道，暗度陈仓"的典故了。

张家界天门山玻璃栈道，被誉为"世界上最壮观的十一座桥之一"，桥面透明，如同没有一般，玻璃离地面近三百米。这哪里是走栈道,分明是置身云中!一定要走一遭。

迎山而上,七拐八弯,到了一处巨大的游客中心,群山苍莽,未见桥。

过安检时,妻子被拦下了,安保人员露出警觉的表情,问包中是否有金属制品,让妻子打开包。妻子的包中有一不锈钢水杯。安保人员解释,任何金属制品都不能带进栈道,很危险。这话让我心中一惊,难不成不锈钢水杯落下,桥面玻璃会碎?我不敢往下想了。

折返,扫码,存杯。此处无人值守,不仅方便,而且现代化。

再过安检,我终于明白,难怪游客中心建得如此之大,这是上飞机安检的节奏啊!

安检之后,便是穿鞋套,一切都显得标准和专业。

穿上鞋套出门,眼前豁然开朗:一桥透明,笔直而精致,飞架两山;两山壁立千仞,举首向天,托载晶莹;而桥,只是云中的哈达,如练如匹,和巨山仿佛刚强与柔弱的合抱,俊美至极,和谐至极;有微风吹过,云走山驻,桥就是莽山中的丝线;丝线之下,真不知几千米许,眩晕是必然的感触,忐忑的心事怎么也瞒不住了!

初上桥,我俯首,惊惧。两山山壁笔直,仿佛拔谷而起,瞬间凝固。钢质的桥架上,一块块硕大的玻璃就是桥面,玻璃质地极好,透明到可以无视。我微伸腿,屏住呼吸,仔细探步向前,极轻地落脚,是轻轻点的状态,身体尽量后倾,试着踩一踩,再踩一踩,脚下确是实物。透明的桥面居然是实物,可以着落!

这是第一步。

第二步,仍然仔细。我抬起踩在钢梁处的后脚,以空的前脚做支撑,后仰往前探步,试探着下脚,踩稳,终于双脚踩定,已在云中。而下一个钢梁尚在四五米远处,太远了!

第三步,依然仔细。我心中打鼓,往前看,钢梁很远;往下觑,几近惊厥;往上寻,天外有天,无依无靠。

跨过第二道钢梁,我才想起妻子未跟上,不禁羞愧,大丈夫气概哪里去了?只陷入惊心中,忘却了保护妻子的责任。妻子沿着桥两侧的竖向钢梁慢慢朝前挪,任凭呼唤,也不踩空。

走过五六块钢梁之后,我开始中步向前走。不知不觉中,我的声调高了起来,有努力豪迈的意思,是不自知的夸张。

我放声讲:"要相信科学,玻璃不会碎,不信,我跳起来给你们看一看!"讲完,我真的跃起,本以为用了吃奶的劲,跃起只有几寸,落下,更豪迈大笑,只是气短。周围的游客均惊异停下,脚踩两侧竖梁,手扶桥栏,慌张惊诧。

我大声喊妻子的名字:"不走一趟,你会后悔的。"

我放声哈哈大笑,如果这桥是5D的投影,模拟出玻璃突然裂开,并带有声响的画面,游客估计魂都会被吓散!

到桥中,我往下看,是真的看,只觉得是飞机的舷窗到了脚下。妻子要我坐下,给我拍照留念,妻子拍完,我复自拍。

在中桥,我又跃起几次,豪迈的声音更见豪迈,只是高度总是不高,离桥面也就几寸,而言语,依旧是那几句。我词穷了,在云中。我词穷了,妻子说我是少年模样。

坐下自拍,股下似乎无物,有不真实的感觉,透明的玻璃可以承载肉身,而心灵却是虚空,灵和肉在玻璃栈桥上分离聚合,起起伏伏,互相寻找,互相抚慰,互相述说,述说这样的境界,前世可有?

我试着小跑几步,只一小段,已是气喘吁吁,这在平地是不可能的事,即使山巅,也不应该如此。气喘吁吁,应在于惊惧。

再次拉妻子,妻子坚决不依。于是我不勉强,妻子再次讲我是少年。

我在桥上站定,从空着的脚下望去,对岸,山从深不见底的谷底笔直上冲,到纤纤桥架处,戛然而止,厚重与轻盈就相逢了,我们像是在云中漫步,如入梦幻之境。

而谷中,游人仅依稀可见,恰如蚁类。我突然醒悟,桥下的,谷中的，从桥上的视角来看，不正是云里瞰村，不正是芸芸众生吗?! 我有些明白栈桥极高而透明的用意了——上桥惊惧云中，下桥芸芸众生。

明白之后，我复跃起，虽只几寸高；复高嗓大气，虽只三段话；复笑傲，虽只短暂地重回少年。

下桥，翻看自拍照片，自己的手指虚影竟在屏幕里。我不禁感叹，虽豪迈，当时还是太紧张，紧张到不自知，紧张到不自觉地捏紧手机，生怕手机飞落数百米谷底。

下桥，我始觉腿肚酸胀，仿佛已行百里。云中的千米竟有平地的百里之效。深想，是身体紧绷之故，是怎么也掩饰不住的忐忑心事，是返璞归真，是纯粹纯净，是少年做派。

这样的栈道，非高不建，必须玻璃，最大的功效，可能是重回少年吧。

重回少年，是各种心情的无所隐瞒，纯真表露，无论你在桥上是豪迈的，还是惊惧的；是放开的，还是瑟缩的；是大笑的，还是流涕的；更无论你是闭眼被人拖的，还是不自觉尿溺的；是大步向前的，还是终于走过的，俱是少年情态，本真表达。

这样的栈桥，已不同古时；这样的栈桥，值得一去。因为，桥上有少年。

君行早

湖南的米粉好，非同寻常地好，这是我们对湖南的第一印象。小向在离开常德的那天清晨，特意带我们去常德最有名的魏记米粉店。他讲他的妻子从小最爱去的地方就是这里，尤其爱吃这家做的米粉里的那一颗卤蛋。

小向起得早，在宾馆大堂等我们，去"唆"粉。

湖南人讲吃米粉用了一个极爽快的动词——"唆"，这样的米粉，已无须更多词汇形容。

晓堂也起得早，他坚持送我们到出城的地方。他前车靠边停下，我们跟随停下。晓堂下车，说："一路平安。"他从车上取下一方礼盒，很认真地递给我，是绘有毛主席形象的礼品瓷盘，工艺属于国家级非物质文化遗产。挥手时，晓堂嘱咐小向，先到韶山，参观后再回长沙。

我们就此别过。

在车上，我记起昨日晚餐，餐桌上与晓堂说到毛主席，他仿佛重新认识了我，说公司每年都会组织员工到韶山开年会，最好的奖品就是绘有主席形象的瓷盘，他们每年都是早早赶往韶山的。晓堂的语调虽然平静，神情却像朝圣般虔诚。

今天晓堂又早起，因为我们向往韶山，他是在向我们表示最好的礼遇。

车窗外，山川秀丽，这里是曾国藩、左宗棠走过的地方，而且，左宗棠收复了新疆。

车内，小向专注地驾驶。我打开手机搜湖南历史，大致数了数，开国将帅中，上将以上，湖南元帅三人，大将六人，上将十九人，这数量是何等的蔚为壮观；他们对中国，又是何等的关键。而且，还有毛泽东主席走在最前面。

小向讲，湖南人，恰（吃）得苦，耐得烦，不怕死，霸得蛮。不光小向讲，这一路的湖南朋友都在重复这句话，脸上是远多于自豪的表情，因为这里是湖南，这里有精神的底气。近现代之湖南，于中国是意义非凡的，举足轻重的，是挽狂澜于既倒的。

我想起主席的诗："山，快马加鞭未下鞍。惊回首，离天三尺三。""山，刺破青山锷未残。天欲堕，赖以拄其间。"这样的山，就是湖南的精神全景吧。

韶山，印象最深的是城市的整体品格：一人与众人，众人与一人。这是最集中，也最广泛的感动。

韶山，观感最质朴的是主席的故居，青山翠竹间，普通的土墙，普通的农家，却是我们的精神之所在。

韶山，令人触动最大的是在主席纪念馆，站立其间，时光就在画卷里，不曾流走，主席在前方，指点江山；我们，是后来人，无处不动容。

韶山，主席的铜像下，献花，鞠躬，致礼，我认真而虔敬地将花按顺序摆在花架上，低头轻展花茎时，眼眶突然就湿润了。

早早起来，因为要赶晚上的班机回新疆，我们还要留够充足的时间，上橘子洲。

橘子洲，就是湘江中的超级航空母舰，舰艏劈开长河，舰舷推引无际江流，舰腹轻藏地铁，动长沙，引人流，舰身托架长桥，跨两岸，彰城市。青年毛泽东的巨大半身雕像，就在舰艏，那是舰长的位置。风，吹动青春的劲发，江水就在主席宏阔的目光里，浩浩汤汤，主席的身后，山河俱在，万类霜天竞自由。

站立洲头，江水从脚下分流，横无际涯。左边，江岸葱郁，岳麓山就在不远处，山上有岳麓书院，爱晚亭在院侧。

来长沙第一天，我是认真游览过岳麓书院的。岳麓书院有很多令我震惊的景物，如能与橘子洲头联系起来的"实事求是"牌匾。

"实事求是"，在现在，广为人知。最初的出处有很多说法，到了岳麓书院后，我看到了一条清晰的路径：就现在广为人知的"实事求是"而言，毛主席是缔造者和推动者，而主席第一次知道"实事求是"应是在岳麓书院。1917年到1919年，青年毛泽东曾数次寓居岳麓书院，在"实事求是"的牌匾下学思，所以，今天广为人知的"实事求是"的源头在湖南，在长沙，在岳麓山，在岳麓书院。

1955年6月，毛主席重回湖南，上岳麓，写下诗篇："莫叹韶华容易逝，卅年仍到赫曦台。"赫曦台，就在岳麓书院，离"实事求是"牌匾不远。

这样想着，岳麓书院中的楹联"惟楚有材，于斯为盛"就更为大观了，是印象湖南中最核心最浓墨重彩的一笔。

黄花机场，飞机冲上云霄的刹那，想着就要离开长沙了，我低头，读到毛主席的诗："东方欲晓，莫道君行早。踏遍青山人未老，风景这边独好。"才明白，我已然爱上湖南。

君行早，就在湖南。

哦扣扣

妻子说郭小庄同学在网上发了一条视频。妻子习惯称儿子郭译庄为郭小庄,还要加上同学。

视频是小庄同学与一个女生一起拍的。女生高中时跟小庄同学同班。高中同班,后又同时考上中南大学,现在一起录新生入校的视频,发到高中他们这一届的群里,是向母校报告,向班级告别,向老师敬礼;是恰同学少年,挥斥方遒;是天高云阔,直挂云帆。

我和妻子就潜伏在同学们的群里,很多家长都在,只看,无声。妻子拉我进群,很用心。她是怎么进的,我没问,只惊叹当妈的力量,无处不在。

和孩子一起成长,这是家长的心境,是离不开孩子的心情。

想即刻长大,到外面的世界去成为更好的自己,是求学的孩子的心思。

视频,又被我们分别发送给亲友。

爷爷讲:"旁边的,是不是女朋友?谈恋爱啦?!太早些。要学习,学习重要。"

姑姑说:"和五毛一样,帅。"五毛是我的乳名。

朋友和同事多是艳羡。

他们肯定以为,或依惯常思维以为,这视频一定是孩子点对点地发给我们的。我们也以为应该这样。

视频,是妻子潜伏的成果,不出声的妻子,在同学们的群里,一条一条扒拉,一条一条审读,在同学们汪洋恣肆的信息里找到的。

视频里,楼高树繁,面对镜头,郭译庄信步:"惟楚有材,于斯为盛。我是郭译庄,这里是湖南长沙,我在中南大学……"

儿子侃侃而谈,自信大方,从容不迫。

新疆的水果好。郭译庄在微信里讲他买了小冰箱,问我们现在新疆有什么水果,说长沙水果贵。

中南大学的学生公寓,取名"升华",意蕴非常。四人一间宿舍,有空调。当年我们的大学宿舍,与此相去甚远。

天南海北的青年走到一起,快乐相识,快乐成长,快乐交流,自会谈到家乡。谈到家乡,在合适的季节和氛围下,一定会聊到家乡的物产,水果便是其一,况且还有刚购的小冰箱。一切都是全新的开始。

库尔勒的香梨自是不可少的。

只寄当季的香梨,是不够的。如果没有知识点在其中,对年轻的学子,似乎少了很多文化价值,尤其是新疆的,不能让同学们或是中南对西域失望。新疆的水果,不能只有甜,不能只有质地的不一般,还应该有文化,不同往日的、别开生面的文化元素。

我给郭译庄点对点发微信:"香梨特点——梨分公母,香梨,有木柄的一端为首,另一端为尾,尾端内陷为母梨,凸起是公梨。母梨品质优于公梨。香梨多吃易腹泻,吃香梨时连同梨核同吃亦无妨。"

库尔勒香梨,母梨的木质感略低于公梨,水分便多,口感就好,滋味更足。给孩子寄去的多是母梨,加上我的微信说明,能想见,一群初入校的中南学子中间,关于香梨,关于梨文化的谈论,会是怎样的甜润不凡,趣味横生。

郭译庄连用一个截图和三句话回我。截图是关于南京师范大学郦波教授到中南大学讲座的时间和地点;三句话,自然是他要去现场听讲座,和对郦波这样的教授的尊敬以及中南大学这样的氛围,令身处其中的他感到自豪。

于是,香梨的文化便和郦波那样的名教授,以及更广大的文化空间有了关联。在如此的文化背景下,独立的青年,背靠岳麓,前临湘江,在成长。

一个月后,阿克苏红富士苹果上市,标准的冰糖心。

寄完苹果,我在微信上向郭译庄发去苹果的文化内涵:"正宗阿克苏红富士苹果,是霜后的好,霜后才能形成冰糖心,霜前或套袋生产的无糖心。阿克苏冰糖心红富士必不是纯圆的,略带椭圆的才真。学习愉快。"

冰糖心,是切开苹果后,在环果核的部位,颜色较深,果糖濡滞,冰水凝结,入口甘脆。略带椭圆,说明冰糖心苹果不同寻常。

郭译庄回我:"哦扣扣。"

再回我:"收到了。"

"哦扣扣"三个字跳出时,我在疑惑之中,竟有似曾相识的感觉。我顺着感觉上网百度,是"OK,OK"的意思。原来是网络用语。

果然似曾相识。我也曾少年,也曾得意四顾,虽不是鲜衣怒马,紫貂轻裘,但,天地苍黄,独立上下,连用两个"OK"是青春的畅快,只是,我们那时虽也花开,网络却初始。

孩子用网络文化,回复了我的阿克苏冰糖心红富士和文化。

又过月余。我正看书间,妻子发来截屏,截屏上是她与儿子的微信交流。

妻子给郭小庄同学在微信上转了下个月的生活费。孩子回:"哦扣扣。"

想来是欣喜的。

紧接着又是两句:

"打点钱。"

"我准备买票回去了。"

妻子回复:"这么早就放假了?"然后是一个略吃惊的表情。

妻子建立了一个我们一家三口的微信群。

在群里,妻子诧异地问:"为什么这么早回来,有什么事吗?才期中考试,离寒假尚远。"

我赶紧留言:"提前买机票便宜。"

刚输入,妻子的电话就进来了,连珠炮的提问和担心。我几遍解释,提前买票便宜的常识和心态,还有孩子想家了。

果不其然,郭译庄回复:"提前买票啊!"

我能从屏幕中感受到他的惊奇和无奈。

我赶紧跟上:"张亚梅的回复属于关心则乱。"妻子全名叫张亚梅。

妻子有些惭愧。我专门给妻子留言:"郭译庄想家了,叫你一惊一乍,诗意瞬间成了世俗生活。"

本想加一句"哦扣扣",怕太紧跟年轻人的用语习惯了,妻子接不住,我便省略了。

云淡风轻

来兰干工作,我心里多少是有些想法的。跟我谈话的人说,实在没人,只有你去了。

有人说:"这是新的纪录。"

有人说:"多保重。"

有人说:"你是这两年少有的平静的人。"

有人说:"回首向来萧瑟处,归去,也无风雨也无晴。"用了苏轼的词。

有人问:"身体怎么样?"因为他见我从医院出来。

迎接我的人说:"你好!"

家人笑问:"没发牢骚吧?"我说:"曾经,在华山中学的礼堂里,台下千余人,舞台中央,我一人独自讲,我读过的所有书都站在我的身侧,这样的舞台,这样的孤独,是令我感到满足的生活。"

我读过的所有书都站在我的身侧。

但来兰干,我多少还是有些想法的。

直到来到驿站。

兰干,是维吾尔语。一日,没由来的,我突然随口问了一句:"兰干意译成汉语是什么意思?"身边的人随问随答"驿站"。

我一惊,这里是驿站!库尔勒市曾经只是尉犁县的驿站,尉犁在更远的时光里,曾经是西域三十六国之一的渠犁国。在那遥远的历史深处,渠犁国,是绿洲里的城邦。城邦在绿洲,商旅沿丝绸古道而来,叩过铁门雄关,出关眺望,孔雀河流向的地方最近的就是渠犁国,而他们还要远行,再远就是楼兰了,更远还有天竺。但他们需要歇一歇脚,洗去一路风尘,以最好的面目走进城邦,以最佳的礼仪为异域展现故乡风度,让文明相互问候,彼此靠近。这最好的歇脚处就是渠犁国的驿站,驿站就在孔雀河边,在绿洲里,是叩关出山的第一处人间烟火。人间烟火之上,文明与文明对话,携手,你告诉我,驿站通读兰干,我告诉你,兰干就是驿站。

兰干,是叩过铁门关,出山的绿洲里的第一处人间烟火,是孔雀河畔的人家。孔雀河畔的人家,将温暖写成历史,流水中有无言传奇。

这里是驿站。这里是兰干。这里是历史悠久的城市,一时,城市便有了遥远的时光,古韵悠远。

我来兰干,找到了驿站,找到了寂寞,找到了时光与一瞬,找到了流水千载,清风万里。

兰干,一直都在。我来,便有了落脚处,我来,才有了缘由和仰望。

《史记·项羽本纪》:"富贵不归故乡,如衣锦夜行。"这是项羽攻占咸阳后,有人劝他定都,急于东归故乡的项羽说的话。其实,这是凡人都有的心境,是人世常态。

我偶然发现兰干之于库尔勒这座城市的时光意蕴后,便有冲动,是张口的冲动,若不张口,就是衣锦夜行了。我想告诉一人,两人,三人,众人,然后看到他们个个惊讶,听到他们口口相传,将我的话散播出去,让这座城市在遥远的时光渡口上找得到那时的坐标、梦里人家,城市便深邃了。有了风韵,便可以有"灯火阑珊"的深景和"有着丁香花开的雨巷"的宽幅。这样的城市,才最叫人忆。

第一次讲,听者七八人。我讲得平静,心实喜悦,听的人一脸茫然。我以为选错了场合，我把讲历史变成了会前热身，却忘了他们累了。

第二次讲，是对农人。我讲得深远，景在心中。他们的眉毛瞬间上扬，望向不远处的城市，然后平复。多年后，他们中可能会有人想起我讲的这座城市吧，他们就生活在城市中。

第三次讲，是对几个年轻人，他们吃惊地看我，是年轻的兴奋，之后便埋头工作，他们应该知道了脚下就是驿站。将来，这是属于他们的专属青春记忆。

讲得多了，心便静了。在宁静中，天宽似屋宇，地阔若广床，脱下锦衣，挂在床头，天高地远，云淡风轻。

与朝霞在电话里谈天，说起了她最近用手机编辑的一段短视频，我讲了赞美的话，她却说这离她巅峰时的作品差太远。朝霞曾经是央视纪录片《走进非洲》的主创之一，后来她淡然地离开了电视媒体，淡然地生活在这座城市里。我讲兰干作为驿站和库尔勒这座城市的关联，她欣喜地听，语带欣喜地回我，她讲这是我来兰干的使命。我讲，没有使命，只是我来，幸运地与兰干相遇。

驿站里有一棵大树，在周围重建后便开始衰败，颓势渐不可挡，从枝端开始败亡，于是伐落一枝，又伐落一枝，再伐落一枝，伐落渐次多了，就开始伐大枝，再到更大枝，直到从主干生发的九枝大树一般的分干只剩其五，大树终于止住了衰败的势头。

我们做了很多努力，甚至为大树割去了很大一块地坪。慢慢地，大树剩余的部分开始复苏并在剩余的枝头绿意盎然，似在努力开启又一季生命。

老友赵浩源来看我，听我讲过驿站和大树后，在离开时又特意看了看大树以及周边，他讲，我来，改变了这棵树的风水。我说，不是改变，是恢复。

于是，凡有人来，在来人离开时，我都会送至树边——原本是树下的树边,告诉来人,这是一棵树龄二百一十九年的大树,这是一棵库尔勒这座城市里的老人都记得的一棵大树。曾经,这棵大树一树满庭,曾经,在这棵大树下,美国《国家地理》杂志的摄影记者在树下停留了三天,只为寻找最佳角度的树与天,树与地,树与人,树与远山,树与清风,树与白云,树与光阴的剪影。

我站在树旁,与天地同呼吸,极目四望:往东,是城市,再向东,稍偏北,是铁门关,孔雀河自关旁夺关而出,日夜不息;往南,只百米,是裂地而成的长河,原来,这里是孔雀河出山后停靠的第一站,然后又百载千年,奔涌而去;往西,是香梨树的部落,岁岁荣枯,亘古绵延;往北,是库鲁克山,无尽群山,群山静止,亿载剪影。

这样站着,对我们而言,大树是多么年长;这样站着,对驿站而言,大树是那样年轻;这样站着,驿站相比长河,却是如此稚嫩;这样站着,长河相比群山,又是那般年少。

天地俱在,我们,来与不来,只是刹那。

这个春夏,郭译庄在家中上网课,大学远在岳麓山下。

一日聊天,问道一周七天最喜欢哪一天,郭译庄脱口而出,星期五,他一脸青春的光芒,满载欣喜地从今天望向明天,有鸽子正从天空飞过。

该我回答了,我说,我们每天都是星期一。我淡定的语气,一如往常,似乎没有一丝波动,没有一丝会让人觉察的波动。他的神情十分地吃惊,怎么会?怎么会每一天都是星期一?! 大约星期一是灰色的,是又要绷紧神经的开始,而这样的开始如果有放松,如果有期待,就是可以望向星期五的心动,星期五之后是回家和修整的开始,也可以逍遥,而每一天都是星期一,便没了星期五,周日也就消遁了,消遁到天边,于是绷紧的神经始终绷紧。

从 2017 年开始,我常讲一句话:难过是一天,快乐也是一天,不如快乐。我讲给很多身边的人听,因为我看到了他们的不快乐。有一个乡音未改的河南籍同事,复述这句话复述得最有韵味,满满的中原风,像唱歌一样。复述时,他和他周围的人开心地笑,笑了很久。我在不远处,似乎忘记了这句话的出处,深为他们高兴。渐渐地,这句话成了大家的口头禅,这是对生活的开悟。

难过是一天,快乐也是一天,不如快乐;慌乱是一天,平静也是一天,不如平静。如果每一天都是星期一,不妨把这一天分成七份,第一份开始,第五份抬头,第六份安宁,第七份准备,准备下一天开始,可以又一天七份,有变化和美丽。

不回家时,妻子会来看我,每次她来,都似乎是精心准备的,像是在赴一场盛装晚宴。而这样的感觉,这样的状态,这样的表情,这样的姿容,恍惚就是当年恋爱时的模样。于是,我们像是又回到青春,只因每一天都是星期一,每一天都是星期一,原来可以这样美丽。

每一天都是星期一,妻子来看我,在精致的修饰下格外美丽,加上她的雅致和慵懒,生活便更诗意了。每一天都是星期一,近距离也可以小别,小别之后,妻子来的脚步声更令人期待,相逢之后,妻子归家,又有了"陌上花开,可缓缓归矣"的韵脚。

一天分成七份,第六份已是夜深,独处、读书、锻炼、冥想、打坐、听课,一个人的孤独对影成双,观照内省,谈笑鸿儒,生活、工作便安然了。一朵花在窗台绽放,又一朵绽放,渐次绽放,我于微默中终于听到花开的声音,有如天籁。

在第六份时间里,妻子发来美学大师蒋勋老师的讲座,开始听第一部,继而第二部,又听第三部,以至夜夜都听。

一日突省,我给郭译庄发学习心得:如果给讲话、讲座或者讲话的语气、声调、平和度等定一个中线,蒋勋老师这样的学者一般在中线以下,而我们的往往在中线以上。这是我们应当学习和自省的地方。这大约与国学的积淀和各地区之间的经济发展的不同阶段有关。中线以下,当是平静,平静于心,大约是我们的追求和关怀,关怀万物,关怀天地。

来兰干,一天可以分作七份,便不再有多余想法。

大树站在庭中,可有寂寞?

这曾经的驿站,又是否孤独?

近在咫尺的孔雀河,经年流淌着。

如剪影一般的巨山,在地老天荒面前,依然年轻。

在这样的氛围中,有一天,这一块地方,开始有了名字,人们叫它兰干。人们叫它兰干,因为它是驿站。这大约就是历史吧。

在驿站里,仔细听,可以听到鸽子飞过时愉快的振翅声,听到孔雀河水流过的变流声,听到风过山前的声音,听到满村的梨花一夜绽放的声音,听到一棵棉秆拔节的声音,最后,听到一朵龙吐珠花花瓣渐次分开,吐出红色珠蕊的声音。

仔细听,云淡风轻。

驿站里的小师傅

工作单位调整,生活圈子照例会发生一些不得不有的变化,理发师傅就是其中之一。

我原本是不找二十出头的理发师傅理发的,这是多年的习惯,大约是一种心理暗示在起作用,一般认为,从业时间越久的人手艺自然越精熟,这是不自觉的思维惯性,日久成习吧。

这一次的工作调整又是乡下,乡名兰干,是维吾尔语发音,实际意思是驿站,此"驿站"实乃一个沿孔雀河北岸,南北宽约三公里半,东西长约十六公里的近城乡。城市是库尔勒市,因香梨之故,以"梨城"闻名。

对库尔勒市,老一辈的尉犁县人因这里的历史而深感骄傲。所谓历史,在于渠犁国,渠犁位于现在尉犁县境内,史书记载,这里名列西域三十六城邦。这样的地位,是一定范围内的蔚为大观,是历史驼铃声中的高城墙和塞外人家,是长河边与落日孤烟,是非比寻常,是那时的发展与光阴里的成长。骄傲的缘由,是对比,与库尔勒市的对比——库尔勒曾经是渠犁国的驿站,是经由驿站发展起来的新城,并在原渠犁的疆界内一次次切分出去组成了现在的市域,渠犁,依旧在不远处。

于是,年长一些的尉犁人便骄傲于尉犁深厚的历史和文化渊源。但现在,尉犁是县,库尔勒是市,年轻的城市,并且,逐渐在周边崭露头角。

曾经,库尔勒只是驿站,而兰干,本意即是驿站,或许很久以前,那驿站就是此驿站。这样想着,望向历史的深处,那时的兰干应该就是驿站的所在,是今日库尔勒市的起点,是这城市出发的地方,是城市的童年和来处。

如果,没有尉犁人的骄傲,我们很难找到这样的出处。这是让人激动的出处,而今,我在这里,在兰干,在驿站。

日常生活,柴米油盐、衣食住行之外,打理个人形象是必要的环节,环节之中,理发当是顶要紧的事。一般十五到二十天,头顶必会"草木蔓发",无论再忙,必须"伐落"不可,不然便是异象,有失基本的体面。

理发师傅叫亚克甫,瘦高个,脖子显得较同龄人长,鼻梁笔挺,眼睛炯炯有神,许是眼窝深陷的缘故,两眼间距似乎比常人短,这些先天条件配合在一起,就让他有些与众不同的帅气,看一眼便令人印象深刻。

头一回见,在我关于他手艺娴熟与否的疑惑与无奈之中,他给了我四点惊奇。

惊奇一,他的自来熟,标准的普通话发音让我一下与他拉近了距离。

惊奇二,他讲到了他的女友,竟是大学在读。我问他学历,他说高中毕业就学习理发。

惊奇三,他给我选发式,他坚持当下流行的两鬓几近剃光、突出中间山一样存在的头发。我坚持三七分,他试图说服我,中心理念要"帅",我坚持的中心则是年纪,最后他妥协了,因为顾客是上帝。在发式基本成型后,我能体会到,两鬓比我的要求短了不少,头顶则长了些。我只能基本满意。没想到快结束时,他竟建议我在左边的短发和头顶的长发之间最好再剃几毫米,让左侧和顶部形成明显的对比,这样三七分就可以更分明,我慌忙摆手,说这个消受不了。还是因为年纪。

没想到回到单位,人人都说我年轻了,我对发型的基本满意度又朝上涨了涨。

惊奇四，他说他已带出来四个徒弟，且徒弟们都自立门户了。他表述时是回想的状态，是垂暮英雄回忆年轻时才有的神情，可他才二十一岁。

见的次数多了，在我一次次的努力下，两鬓的头发渐长到我要求的长度，头顶则稍短了，他接受了我年纪与发型相等的观点。这时，我方发觉自己之前的想法是偏见，理发的手艺不必非与年纪成正比。

至此，到亚克甫的发廊理发成了我在兰干这所驿站的新习惯，我也在心里给他封了一个新名号——驿站里的小师傅。驿站里的小师傅，还是脱不了年纪，也许脱不了年纪才是生活该有的特质。

又去理发，店里多了一人，是新收的徒弟吗？一问果然是。徒弟目测年龄大约十五六岁，稚嫩，稍有怯意，一问，是假期临时打工。有了徒弟，洗头的工作，小师傅不再亲自动手了。在单位上班的人，常互相调笑，问的人说，你又亲自加班了？答的人说，我还亲自吃饭呢！这样一问一答，是单位文化的笑点，是保持距离，又距离稍近的亲和。而这一次，小师傅是真的不再"亲自"了。我在心里想，这是小师傅的做派，是驿站里可观的风景，是需要特别留意才能可观的风景。

再去，小师傅不在，徒弟说，他生病了，去医院了，颈椎病。二十一岁得了颈椎病，这是师傅级的人才有的职业病。

隔天又去，小师傅在，徒弟由一人变成了三人。他在讲述颈椎病时又让我看到一道更大风景，是很精彩的风景。

他讲颈椎病，稍稍有些老气横秋的样子，是年轻人的老气横秋。他讲，理发，长期低头，对颈部压迫最大，理发师傅，没有不得的。尤其是像他这样干的时间长又生意好的。原来二十一岁的小师傅是干的时间长又生意好的那种理发师傅。

给顾客洗头，他自然无须再亲自上手，而不再亲自上手这样的做派，竟然被他拿捏到了每一个细节。

洗完头，我坐在镜前，小师傅却站得稍远，没有上手的意思。我有些担心，在心里盘算，一定要坚持让小师傅亲自理发，不能让徒弟上手。

只见小师傅只是骄傲地站着，徒弟已将我的衣领翻起，把纸带圈在我的脖子上，把理发专用前披风高高扬起，轻轻落在我的前胸。徒弟做的三个动作虽稚嫩，却颇有些小师傅的样子，看来他认真教过。这三个动作小师傅没有亲自上手，只站着，一副审视的表情。

我还没来得及提醒小师傅，他似乎看透了我的心思，两步并作一步带风地跨过来。电推和梳子竟然也是徒弟给他递到手中，他再一次简化了本该由他亲自上手的动作，这个小师傅！

小师傅理发的动作娴熟而快，有不经意的略带张扬的表现力。这时一幅图像生动起来：我坐镜前，小师傅主剪，三名徒弟围观，小师傅理发时是有动作变化的，身形或手臂不时会挡住一部分徒弟们的视线，三人便随小师傅的身形和动作随时转换方位或伸颈摆头，要确保目光一定能追随上小师傅手上的动作。

该吹落散发了，已有徒弟眼明手快捧上了吹风机。小师傅又少了一个"亲自"的动作。

该剃边缘了，另一个徒弟很有眼色地递上了剃刀。又一个原本该亲自上手的动作没了。

该结束了，最初系披风的徒弟无缝对接上手一气呵成完成了一连贯的取披风的动作。取披风的一连贯"亲自"动作小师傅也省略了。

小师傅只给自己留下亲自理发的最高阶段——修剪。

我不知道小师傅会在什么时候连亲自修剪也省略，我以为一般不会轻易省掉，因为他曾经度过一段徒弟出师离开自己自立门户的日子，那时我第一次见他，他稍显落寞。也可能是另一种情形，他更喜欢人来人往，喜欢桃李满街巷的感觉，那么省掉最高阶段的修剪就是境界了。我希望是后者，因为年轻总是让人赋予美好,年轻也本该美好。

在兰干,小师傅的做派是一道风景。这风景,一如夏树的挺拔,春草的稚嫩。

这做派,是生活的态度,是成熟的前导,是时光中可以慢慢积淀的格局。仿佛一棵树的成长,而这树,又是长在这样的驿站和历史里。

清运

兰干乡是抬头见树的地方。抬头见树,大约是每一个北方人都会有的情愫,是关于故乡的,朦胧记忆的背景,是老屋、母亲、高树,是走过的诗与眷恋。

抬头见树,真好。

在兰干,抬头见到的第一棵树,是一棵大树,叫巨树似乎也不为过。

大树在乡政府院中,树胸挂一铭牌,上写:圆冠榆,三级古树,树龄213年。落款2014年9月1日。我大略算了算,这棵树是1801年栽种的。1801年,是美国《独立宣言》起草人、美国开国三杰之一托马斯·杰斐逊当选美国第三任总统的年份。在这样的时光流转与对比下,大树便不一样了,再仰望它,是穿过历史的厚重。

大树的胸径巨大,需四人合抱,树皮脱落,树势苍劲。树高约四米,断枝赫然,断口粗壮,直对云天。单独看,断枝类树,每一枝未断前均是大树的规模,共六枝,集中在树南,用整齐的断口戛然而止,把过往的繁茂留在无限的天空和想象里。树北尚有五枝,仰天呈绿,用一群大树的态势带领北部向上而去,坚强地代表大树再度横现青天。短暂向上之后再一次戛然而止,在它又一次戛然而止的地方,再度把过往的繁茂留在想象里。

这是一棵有故事的树,故事不是简单的年轮。只是现在简单了,是走过历史的简单。

年长一些的工作人员告诉我，现在的乡政府，是曾经的兰干村村委会所在地，村委会与老乡政府互换后，在院中建了五层的政府办公楼，打地坪时，一些建筑垃圾被填在了大树周围的地下，大树便开始衰败，后经过采取挖走建筑垃圾、施肥、整理枯枝等措施，大树才恢复成了现在这样。

也有人说，没填建筑垃圾，是规划建设新政府大楼及院落后，对大树周围不科学换土、施肥导致的。总之，是原有的生长环境发生了变化，这人为的变化，让二百多年的自然生长不得不开始新一轮的选择和适应，是壮士断腕般的选择和适应，是放下和举起同时展开，是穿过历史的随遇而安。

有路过的专业人士给我建议，按这棵树的规模，树根应该很庞大，根系不但需要水肥，呼吸也很重要。她指给我看，断枝的一边，即南边，是混凝土地坪，不透气；而上部虽断，下部依然在生长的树的北侧是铁艺栅栏，栅栏外是人行道和柏油路，这些都是透气的。透气与不透气正好与树势相吻合。她的建议是把混凝土地坪换成透气的构造。

不久后，混凝土地坪按树从前的形态被恢复成了曾经的土地温润状态。这是我来到这里后能做的事，为这棵大树。

有一天，我突然想起，老友李养民多年前讲过，兰干村有一棵大树，树荫遮蔽了整个村委会大院，一棵树下就是一座院落，树体茂密，枝上出枝成树状，再出枝再成树状，层层叠叠，蔚为壮观。为了保护大树，村人们将粗大的方木立在撑开向四方伸展的粗壮枝条下，让成年树木一般壮硕的大树枝条可以尽情地生长，没有负担地让绿意纵横。那是何等的壮观呀！而今，只剩下残存的记忆和联想。

李养民有一句话是最好的注解，他说，库尔勒市的老人们都知道这棵树。老人们都知道，老人们的长辈们也都知道，这大约就是方向吧。

兰干，本意是驿站，库尔勒市曾经是西域三十六国之一渠犁国这个城邦的驿站,孔雀河边的这棵大树站在驿站里,一站就是二百一十九年。今天,我有幸站在树下,这是我的幸运。树下,抬头问天,绿意清远;蓝天下,举首相邀,悠然见树。

有人告诉我,曾经有美国《国家地理》杂志的摄影记者来过这里,在树下不停取位,整整三天,据说,这棵树当年就上了《国家地理》杂志。这位摄影师在树下,不知联想到了什么?但他应该因这棵树的悠久历史而惊叹,于是仰望。

于是,但凡有人来乡里,只要觉得这人有一些深度,可以交谈,我就会讲驿站,讲这棵树,与来人一起,抬头见树。

到乡里一年后,同事告诉我,这棵树比前两年茂盛了,是恢复生机的状态。我说,这是我们的幸运。

一年多,抬头见树,是这棵大树。大树的南边有两片半亩的小树林,我只是匆匆路过,却未曾进入。匆匆,是因诸事繁杂,路过,本以为是熟视无睹,直到进入,才明白是心绪无所着落。

每隔几天,照例是要值班的。我试了一年,在小小的值班室处理各种事务总感不便,不免烦躁,烦躁之下,心绪难平,生怕出错。

天渐热,到燥热的程度,每到值守,心更躁动难安。骄阳似火,无处躲藏,只能想象曾经大树下的清凉。遇见大树,却无遮挡。

一日,走进大树边的小树林,我突然开悟:这片树林不正是今夏的幸运吗?

小树林,可折叠的座椅兼躺椅,值守装备,一杯茶,几本书,坐卧其间,这个夏天的幸运来得如此及时,如此欢喜,如此沉静,如此安然,如此朴实。心,便落下了。

独坐小树林,阳光,在近处,在周遭,漏过叶间,斑驳于草丛,让静止的林间有了光的游走;几只雀儿,略小心地蹦跳着,寻找着,偶尔轻幽地鸣叫三两声,林中微风便更显韵致了。正是夏季,远处的瓜果香气穿过大树,流过小树,让舌尖为之悸动;有人端上两盘瓜果,齿颊的愉悦带动全身,自是陶醉,自是沉浸,夏天,就更好了。

午间,我平放椅背,在树下仰卧,这不正是重回少年吗?林中已似屋宇,青草铺地,灌木作几,绿叶当瓦,树干为柱,风吹书香,叶动茶影,漏光如絮,人树合一。闭上眼,清风满林,舒缓过头,过胸,过腰腹,过指尖,过腿际。正醉心于风的揉按提举,忽一声鸟鸣,风便躲开了,雀音从心头缓缓拂过,拂过之后,树叶的簌簌声仿佛漫动的溪流,让小树林有了山前的状态,如果风稍大,就是柔和的交响乐了。

睁开眼,阳光在树间跳舞,树叶层层叠叠,像承接露珠般承载着光的悦动,风也跟着配合,拨开一串树叶,又拨开一串树叶,调皮地让一粒被光照耀的露珠跳到眼睑之上,只一瞬,就随风而走,把短暂的明亮放到别处去。天的蓝,这时是林间绿的主基调外的和音,随风和树林挤在一起,你中有我,我中有你,偶尔的一丝白云便是花朵了。花朵的边上,是那棵大树,直上云霄。

小树林中,可独坐,可仰卧,可读书,可谈话,偶尔还能开个小范围的会议,工作成了清欢。这是大树和小树林带来的幸运。

站在楼上,看树,断枝再生的大树远远高于小树林,是树上之树,令人喟叹。

若有朝阳,小树林已够承载光芒,更何况大树,大树当日风光,想是不同。大树的今日,更不同,是当下的幸运。

最初不见小树林,是大树的遮蔽吗?应该不是。

来兰干工作有时是烦躁的,遇见大树,是抬头见树的敬慕,是人生与树生的对比。走进小树林,平躺在林中,正午的阳光在树外。遇见大树与小树林,让我有了难得的清欢与幸运,谓之"清运"。

想起苏轼的词:"细雨斜风作晓寒,淡烟疏柳媚晴滩。入淮清洛渐漫漫。雪沫乳花浮午盏,蓼茸蒿笋试春盘。人间有味是清欢。"清欢的前面当是幸运吧。

青李

我找文忠德聊秋季香梨采收的事。

文忠德讲行情是有底气的,他从事了二十多年的香梨采收工作,名下还有一个冷储近两万吨的工厂。

他讲了关键两点,一是收,即农户销售,到目前已有七位客商以他的冷储工厂为据点,分别从四川、广东、陕西等地而来,住在厂里,开始在各个梨园查验,后续还有十几个客商要来;二是采,香梨皮薄汁多,稍有破损便无商品价值,尤其要注意香梨果梗的交叉摆放,非熟练工来做不可,这可能是今秋的短板,人流量不足,熟练工难找。他讲完,我有了方向,是大局可定的方向。

我赞赏了他的专业。他指着一盘外观青涩的水果,要我尝尝。我说不客气,我的不客气是有潜台词的,一是每日走家串户,农人的热情难以拒绝,加之当季的各种水果,不但甜香可口,而且秀色悦人,于是一路走来身心俱蜜,到文忠德的厂里已是最后一站,腹中已是难以盛下更多的甜;二是如此专业的文忠德,拿出的当季水果却是青涩无相的青李,实在有负业界好评。

他热情坚持,我不忍拂老友情面,仔细从果盘中捏出一颗品相稍好的,在手中掂了掂,轻拭了两下,又拭了两下。

我努力做好这颗水果很酸的心理准备,是那种倒牙的酸。文忠德微笑着,没出声,他的笑容是极亲近的那种。我却开了小差,想起曹孟德的望梅止渴,孟德和将士们当年应该没见过这种青李,否则止渴的该是青李。

我小心翼翼把青李递到唇边,极小心地咬了一小口,本以为会是醋精一般的酸,也做好了充分的心理准备,有"慷慨赴酸"的气概。入口却迥然,无一丝一缕的酸,满嘴是异样的直达脏腑的甜,还有幽幽的香包裹着甜,有一种无以言说的美妙滋味。

我一连吃了五个青李。我从未在这样的季节一连吃下超过三个李子,这青李却不同,叫人回味无穷,浮想联翩,甚至到了除青李外,再难把思绪和话语集中到其他事物之上。青李青李,悠悠我心。

为了再次确信,试了一枚边上的惯见的红色甜李,红李与青李相比,滋味相去甚远,差距不可同日而语。

文忠德讲,这是他两年前引进的品种,当时是翻山越岭到了云南的山区,买上嫁接的枝条,极小心地收藏,极快地到机场,急速地归来,落地即嫁接,今年始成。

望着品相离极差不远的青李,我告诉文忠德,好看的未必好吃,好吃的未必好消化,适合自己的才最好,最好是既好看,又好吃,同时好消化并且适合身体,当然这是理想。这段话是我上大学时讲过的,当时的话题是关于青春,关于爱情。

这青李让我仿佛瞬间回到了三十年前,悠悠我心,起伏漫漾的又岂止是滋味。

这样的青李,很生活。

我们每日是要开讨论会的,固定的几个人,我居中,反馈昨日的工作,分析今天的短板、漏洞。每到讨论结束,我会让大家轻松一下,讲点与文化有关的事。

昨日,我讲鲁迅先生的《论"他妈的!"》,讲完大伙露出意外的笑,笑中还有诧异和思考,一天的劳累便轻松了一刻。轻松过后,再上路。再上路是因为"一件工作只安排不检查等于零",这是我们的考量与状态。

鲁迅先生大概的意思是讲,"他妈的"根源大约始于晋,原因是门阀制度,是太重门弟,重到过度了:华胄世业,子弟便易于得官,即使是一个酒囊饭袋,也还是不失为清品。除此,其他人是没有机会的。其实就是比祖宗,比出生,比不过就恨得牙痒痒,就憋屈,愤世嫉俗,就要发泄,骂人是最好的发泄方式,又不能太具体,于是恨恨一句"他妈的",因为毕竟是他妈让他有了那样的血统,而那样的血统就是门阀。门阀是无须看其他的,有姓就行,这是祖宗余荫。

今天我突发奇想,鲁迅先生所论"他妈的"和青李是有一定连贯性的,连贯性在于品相和实质,便觉得今天可以讲青李。

我简单布了一个局,在居中的茶几上放了一个果盘,青李、红李杂成一盘,并故意让青李居上。我想看看与会者中有没有一人会第一个拿青李。

原打算会后轻松一刻,江明远一进来便按捺不住,说有水果,话音刚落就伸手在盘中够出一个红李,吃了起来。

我顺势招呼大伙,并强调一人一个李。

大伙似乎没留意我的强调,更没留意我正关注他们手上的动作,每人挑了一个李子,顾自品尝起来。

果不其然,大伙全挑的红李,没有一个人选择青李,即使所有的红李都在青李之下。

我问甜吗?所有人的表情都写满了肯定。

我转头,邀请第一个吃李子的人品尝一下青李,他露出怕酸的表情,但在我的鼓励下,他还是吃下去了,随即因青李的甜而露出吃惊的表情。

然后,众人品尝青李,皆惊叹,是难以相信的惊叹。

一个青李,让两天的讨论连贯起来。

一个青李,让我回到了三十年前。
　　一个青李,个中的滋味已不只是滋味,是生活,是禅意,是人生,是道,道可道,非常道。

红柳如意

听蒋勋老师的讲座,谈美,深远而具象。他说到一个行动,也是理念,言"居所之美,美在乡村",他说的乡村的代表是池上,池上的稻田,是对乡土淳朴的固守,对蓝天白云的执着,对农耕传统的不舍,于是池上的稻田,保持成很久很久以前的样子,产出的稻米就有了现在的最高标准——有机稻。这样的池上,可以作为云门舞团的舞台现场和世界巡回演出的舞蹈背景,让见过这背景的世界各地的观众不由自主地起立鼓掌。这样的池上,是广山高云的背景之下大片大片的稻田,是无论四季都醉人的沉静。

乡村原来可以这样美。

而此刻,我的脚下,正是兰干乡。兰干是维吾尔语,意为驿站。一个地方是不会无缘无故被称作驿站的,这是兰干这乡村美之外的属于历史的厚重,是美丽之上的非同一般。兰干,春天,是大片大片雪白的梨花;夏季,若上枝头,你会有飞的冲动,因为脚下是连到天边的绿,绿之下是大地;而秋季,是丰收,这座城市专属的水果——库尔勒香梨,皮薄汁多;冬天,只要你愿意,随处都有苍茫之美,而这一切,高山白云正是背景。

蒋勋先生关于美的表述,具象而深远,兰干乡村的美,却在我脚下,有需要努力的空间,方向就是池上。突然心生感念:我来兰干。

茹可亚是个勇敢的姑娘。后来她说,她是做了好些天思想斗争,才鼓起勇气来找我,讲她和她全家面临的困惑。我现在还记得当时她来的情形,神情谦卑,坐在我的对面,双手抚膝,两肩收拢,忐忑异常。这是一个正在肩负全家重担的年轻女子。她的语调轻缓,表述清晰,略带哀愁,哀愁之上又隐约有几分坚强。

开展结亲时,我们都想到了对方。这一年的父亲节,她发短信给我,祝贺节日。

走动频繁之后,我便与茹可亚的爷爷、妈妈和弟弟妹妹熟悉了。

茹可亚是村里的扶贫干事,一年忙到头,奶奶上一年去世了,一家人总说一个话题,茹可亚已经到了结婚的年龄,该成家了,这是家人最大的心事。我说,不是一个人,而是两个人该成家,一个是茹可亚,另一个人是茹可亚的爷爷。我按维吾尔习惯称呼他阿康,阿康就是哥哥的意思。

吃过晚饭,我们在板床上围桌而坐。我问茹可亚:"你有没有发觉爷爷的话越来越少了?"她说是。我接着问:"爷爷什么时候才会开口说话?"茹可亚想了想,说:"大家都在家时。"我接着说:"每一天,你上班,弟弟妹妹上学,妈妈出门做事,这个空旷的院子,只有爷爷一个人,他连个说话的人都没有。每一天,大伙很晚才回来,大伙讲的事,爷爷基本不明白,他在你们当中,其实始终是一个人。"我最后讲到了茹可亚的婚事,告诉她一个道理:少年夫妻老来伴。爷爷的孤单不应该被遗忘。茹可亚从小是奶奶带大的,一时有些难以接受。

自从我讲过爷爷的孤单后,每次我到茹可亚家,爷爷一改往日,显得异常高兴,是眉开眼笑的慈祥,他称呼我富康,是弟弟的意思。

日子久了,一家人终于都明白了爷爷的孤单,从茹可亚开始,一个接一个慢慢地开始从心里接受,爷爷应该有个伴。一家人愉快地达成了共识:先把茹可亚嫁出去,再办爷爷的婚事。这样的安排很圆满,是充满人间烟火气息的圆满。

在这样圆满的时光里,赏玩一柄红柳根打磨件成了我的爱好。这柄红柳就躺在根雕艺人吐逊江的加工房里,直到我来兰干。

这是一柄红柳根的粗打磨件,大约五十厘米,粗超拇指,通体坚实,呈泛光的柳红色,顶端、颈部、腰际是花一般的根结,红黑双色,如一朵朵深藏宫廷的双色玉雕花,从坚硬的木质基底破茧而出,展瓣凝脂。顶端的根结尤为突出,体超一拳,如盛开的花朵,在开放的同时让花瓣张开伸向远方又快速复卷收回。根结一面是饱满的张扬,线条清晰,圆润光泽,盛放万端;一面是拉开的裂谷,两峡相对,凸凹婉转,天高地深。颈部是两朵并蒂花,如蝴蝶振翅般静静伏在木柄上,安守时光。腰际呢?三朵花次第微开,双色欲滴,在寂静中初沐朝阳,淡然承露。这柄红柳根,如此的古朴精巧,浑然天成,再加上古铜色的骨状木柄,让整柄红柳根宛如深藏宫中的玉器,今天,终于在兰干重新回到人间。

茹可亚一家人见到这柄红柳根,惊讶异常。茹可亚说真是好,她的妈妈讲太美了,妹妹玛丽亚难以相信这就是我们身边的常见的红柳,红柳的根真会长成这样!爷爷久久摩挲着,他的目光里有他年轻时曾经走过的广袤原野和那一群群羊儿,那时遍地红柳花开,花开的红柳边,有个姑娘,那时,他们正青春。

新村张标一家人见了这柄红柳根,同样惊异。张标讲,太像猴首了,他是指顶端根结。他们一家都赞同,并一致认为由于我经常抚摸,红柳愈发明亮,红皂分明。

妻子的感觉更好,她说像佛,而且有莲花。

不久,茹可亚结婚了,一家人的心事解决了一半。茹可亚不复忐忑,甜蜜如意,丰润美丽。爷爷笑得更持久,他的心事家里人明了。

这时再看这柄红柳根,分明是如意的造型。一柄红柳如意,在兰干美丽,在乡村静放。

一日,兰干,七人聚,以茶代酒,气氛愉悦和恰。饭足茶香,添茶的间隙,有些安静,我环顾众人,问了一句:"你们知道鸠摩罗什吗?"周围一片寂静,众人相互对视、错愕。终于,古丽齐曼说:"知道,知道一些。"她讲了几句,很小声。

我开始给大家讲我所知道的鸠摩罗什。

我告诉兰干六人,余秋雨先生有一句话,平常而美,且有深意:"佛学的中国化扩大了中华文明的体量。"

那么,鸠摩罗什是什么人?

鸠摩罗什是魏晋南北朝时期西域龟兹国的出家人,佛学大师,他的父亲是天竺国的王子,母亲是龟兹的公主。鸠摩罗什七岁随母亲出家。

曾经的龟兹国,是西域三十六国之一。当时的龟兹,更是佛国。

中国的佛教传入路径有两条,一条是海上的,达摩祖师即从海上而来;一条是从天竺到西域再到中原,鸠摩罗什一家走的是这条路。这就是现在的海上和陆上丝绸之路。

当时,鸠摩罗什在天竺、西域、中原的佛名极盛,无人能及,他前往长安译经的人生就是这一盛大传奇的最好注解。

前秦皇帝苻坚,就是那个留下草木皆兵、投鞭断流、风声鹤唳等成语典故的淝水之战的发动者,基于对信仰、对心灵救赎的追求,发动了一场针对龟兹的万里远征,目的只有一个:把鸠摩罗什请回来。大将吕光千里迢迢地完成了这一艰苦使命,回程行至甘肃凉州,前秦灭,后秦姚氏政权建立,吕光就地割据凉州,建立后凉政权,并为鸠摩罗什修建庙宇,鸠摩罗什开始了凉州近十七年的学习汉语和弘佛的人生。

后秦第二任弘始皇帝,又想起来鸠摩罗什和他难以安放的心,便发动了一场针对后凉割据政权的远征,目的也只有一个:把鸠摩罗什请回来。

遍观中外古今,为了一个男人,或者说缘于信仰而令当权者发动两场远征争夺的男人,恐怕只有鸠摩罗什。西方有特洛伊战争,那是为了海伦,一个异常美丽的女人。这可能也是东西方文明的一个差异吧。

于是,鸠摩罗什留在了长安。

鸠摩罗什带领弟子在长安翻译经律论九十四部,四百二十五卷。中国历史上的佛经翻译大家有四人:鸠摩罗什、玄奘、真谛、不空。鸠摩罗什是与玄奘齐名的人,现在世界上流传最广的《金刚经》是鸠摩罗什的译本。

我又问众人:"你们知道兰干吗?"

讲完兰干的意义,我说没有一个地方会无缘无故被称为驿站。在鸠摩罗什那个年代的新疆,驿站基本就是这附近方圆百里除了城邦和烽燧外唯一的人间烟火,鸠摩罗什的长安之行一定在这里停留过,玄奘也一定停留过,这就是兰干的历史和人文,能在这里工作,是我辈的荣幸。

晚上,再看红柳如意,我突有一念:鸠摩罗什可有如意?

答案是有的,也可以说无:应无所住而生其心。

又看红柳如意,有深藏的质,浅出的美。这样的美,在乡村,在驿站,在一片宁静之中,祥和。

我再一次心生感念:我来兰干。

驿站姑娘

古丽齐曼一如既往地平静、和缓。

第一次听到古丽齐曼的名字是刚到兰干乡时。我一到即有一件紧急难办的事,需要立刻解决。按要求,必须抽调一名乡里的干部顶上去,而且对选派的人选提出了很多限制条件,我到之前曾派过一名干部,现在我一到位就接到反馈:换人。问身边的同事,有人推荐了古丽齐曼,大伙一致同意。古丽齐曼到位后,这件事便过去了。

第一次见到古丽齐曼是我去看望外派干部,她的平静与和缓令人印象深刻。我问有没有困难,她简单回答没有,回答似草原上的流水,宁静蜿蜒于绿草之间,不见波动,只缓缓向前,一如她的人,沉静如水。

三个月后,古丽齐曼回到了乡里。她找我,语态和动作依旧和缓,只是不复平静,且略带忐忑。她想换个岗位,或者说重新回到妇联的工作中。当前的工作太靠前,靠前就是艰难。我想了想,说两边兼顾吧。实际是回绝了她,因为本就两边兼顾。我以为她可以多干一些的,或者说能多分担一些,毕竟今时不同往日。淡淡的回绝带来的是淡淡的失望,对我们彼此。她离开时不复从容,小心翼翼的,我初见她时感受到的草原的辽阔和静水的潺湲,消遁了。

时间久了,我便不再注意古丽齐曼这个人。

与我相熟的人偶尔会提到她。

从前的同事海日古丽只要见面就会提到古丽齐曼,总是讲她很能干很难得。终于她又一次讲后,我说,逃避艰难的工作,不好。她听懂了。再遇到古丽齐曼,她看我的眼神有躲避。

在基层工作是要常常写很多材料的,我无意中发现,有不少材料是出自古丽齐曼。

站所干部是要下村开展工作的,古丽齐曼所在村的第一书记经常提到她,是赞许的语气,她应是承担了很多工作并干得好才能得到这样的评价。我深知当下在村里工作的人是很难得到赞许的,于是才明白她当日找到我想脱开艰难的工作是人之常情,她只是讲讲,能成当然好,不成依旧会尽心尽力。常情,是一道坎,不必总是道德绑架,每一个人都是具体的,生动的,生命赋予我们的常情是一些简单的要求,想实现这简单的要求全因我们是凡人。

简单查了查古丽齐曼的简历,在一次下村和她讲完工作后,我不经意地问她:"齐曼,是河海大学毕业的,怎么在兰干干了二十多年?你毕业那会儿大学生还是少的。"话出口,我才意识到叫了她齐曼,把古丽省略了。齐曼说毕业分配叫她支援乡镇,一支援就是20多年。她讲时语气和缓而平静。

我喜欢在乡村讲文化,一日讲到兰干对于库尔勒这座城市的意义以及鸠摩罗什对中华文化的贡献时,齐曼是鼓了掌的。她也是兰干这驿站里我找到的唯一知道鸠摩罗什的人,我吃惊于她在夜校上给老百姓讲历史时讲过鸠摩罗什。她告诉我一件事,她本以为我是高中毕业,工作后提升的学历,没想到我的第一学历是大学,还是那时的重点大学。原来,她平静的眼眸里不只是简单的平静,齐曼用二十多年背山面水的梨乡岁月让自己始终甘于奉献,平凡如初。突然有了给齐曼画像的想法:山中雄关,关前流水,水向绿洲,驿站姑娘,背水面山。

一村里急需新派一名书记去开展工作,我思来想去,接受了同事们的建议:让齐曼去。路遇两人,一是齐曼的好友,一是建议齐曼去村里的首倡者。好友打趣首倡者,你害齐曼姐姐,给她挑重担。

从此,但凡遇到齐曼,我会停下脚步,认真告诉她,遇到任何困难都可以来找我。她总是平静而和缓地回我,没有困难。她平静的眼中有花开般的从容,有凝眸绿水、背依青山的安静,一如我用文字对她的描摹:铁门关,关前水,驿站里,随水居。

兰干,是出铁门关去往天竺的第一个驿站。我这样向齐曼解读兰干。她显然听进去了,望向远山的明眸中有了不一样的意味,天清水静。

不久,我离开了兰干,我曾经向齐曼表达过歉意,没能成全她凡人的平常心。她真诚地回复我,挺好的,能适应。她讲适应时是一如既往的平静和缓,如过了山前的流水,静水流深。

一次与朋友一起去铁门关,在复制的关楼前,有岑参的诗刻:"铁关天西涯,极目少行客。关门一小吏,终日对石壁。桥跨千仞危,路盘两崖窄。试登西楼望,一望头欲白。"朋友问,不知道铁门关有没有爱情故事?如果有,会是什么样?我脱口而出,一定有,不但有爱情故事,而且是大爱。因为铁门关的美是苍凉之美,雄奇之美,戍边之美,凿空之美,铁血之美;是青丝白发之美,丝绸之路之美,关山万里之美,文化传播之美;是历史之美,是大美,是壮美。如此壮美之下,一定有爱情,更有人世间的真爱,铁门关的真爱可以俯首拾取:千里寻夫,兄弟同心,父子相持,万里觅儿,关前小吏,驿站姑娘……关门一小吏,何以"一望头欲白"?天下又有几个关能比得上"铁门关"?

如果寻访此地的爱情,驿站姑娘应该更符合这样的山川、历史、人文。守关将士,驿里人家,边关月色,陌上炊烟,家园、驿站、雄关,在这样的背景下,驿站姑娘,可以在水一方。

兰干,是天下雄关——铁门关出山向西向天竺的第一个驿站,戍边的将士,驿站的姑娘,怎么可能没有交流?

在讲到驿站姑娘时,我突然想到了齐曼。在驿站坚守了二十多年的齐曼,是否已与驿站的历史与文化融为一体,成为真正的驿站姑娘?

木簪心事

自从更换了车内饰,妻子着实兴奋了些日子。

她的兴奋是有道理的,原来的车坐垫是另一辆车留下的,本不相配,勉强用了四年,加之她有了新的理念:本是真皮座椅,无端加一层布包上,再敷一层坐垫,岂不浪费!于是向往简约,又终于下决心更换,而且只是简单加一坐垫,与皮座椅相得益彰。同时她很是花了一些精力在上面,这样一路下来怎么能不积淀出好心境来!

她的好心境体现在她对我连续不断的讲诉中,这种好心情持续了很久。

妻子在地摊上淘了两支木质的簪子,红木的色泽,造型简约流畅,古朴而不失明丽。一支流线到底,另一支在流线的底端是些许的精致雕花。妻子很是喜爱,问我介不介意她一次买两支。

我以为,喜欢是可以双份的,一支流线到底,是极简的质朴,一支流线底端的些许精致雕花,却是宁静中的一丝跳跃,只在心头,这样的两支簪子,便是女子的双份心境。我还以为,在水一方的女子当是头插木簪的,绿草、白雾、流水与木簪相得益彰,才能传唱千年。这样的回答让妻子的欢快似静水远流,持久而从容。

与朋友结伴出行,午间,妻子发来图片,是车上的简约坐垫,她的手中拿着一支笔,指向坐垫,被指处有墨渍,图片下留言:"笔居然漏墨了,收拾车内部,弄车座上了,我得赶紧到洗车房去清洗。"若是别的什么物件染上了墨渍,妻子一定会自己及时清洗,却绝不会轻易给我发图片并留言,这次想来心情一定低落且急,我立刻回复:"辛苦了!"等了很长时间,没再见回答,便放下了手机。

晚上回到家,未及我开口讲当日见闻,妻子就开始倾诉,满带憾意,原来不光是坐垫,还关联木簪。

木簪丢了,底端有些许精致雕花的木簪丢了。

妻子去洗车,她想着第二天我要用车,提前彻底清理一下。天朗气清,她是愉快前行的,途中感觉头发松了,顺手取下木簪,顺手放下。专业洗车,车主是要下车的。洗好后,在停车区,她想起木簪,开始找,一遍遍找寻不得,一遍遍回想一路过程,过程时而清晰,时而模糊。妻子未带可以优惠洗车的银行卡,商量未果,微信支付。几件事下来,她微微出汗了。

回到家,她难以割舍,又下楼,打开车门,仔细清理每一个角落。清理到主副驾之间的储物盒,盒中一支笔,她随手拿起,放在车垫上,盒中有墨,原来是笔漏墨了,心中一惊,望向坐垫,墨渍已然浸染。情急之下,她上楼回家,拿上84消毒液及一些清洗工具到车中一顿操作,墨渍虽淡,却洇染得更大了,而且深入了坐垫纤维,她始后悔,当时应该及时解下坐垫,泡入清水,又想起我讲过的专业的事要专业的人办,决定去当时清理车内饰的那家店请他们清洗。店主的话让她确定了自己当时确实应该及时将坐垫泡入清水。

简约的车坐垫是妻子喜欢的,不小心染上墨渍,没完全清洗干净,为找寻木簪而墨染坐垫后,木簪依旧不见踪迹。

于是,她又回到洗车行,回想所有的过程,在可能掉落木簪的每个地方仔细找寻,木簪终究还是遗落了。

妻子的表述很长,很长的表述里有很多细节,而这些细节里又有多么不一样的心境呀!

在车上,妻子又讲起坐垫和木簪,用了一个词——纠结,这是她的心境。

我突然想起读过的先秦典籍,便开始讲楚王失弓的典故。

《吕氏春秋》里记载了一则楚王失弓的故事,说是楚王在云梦泽打猎,不小心丢失了弓,侍从要去原路上找回,楚王阻止了,说,楚王失弓,楚人得之。我告诉妻子,你丢失了木簪,终有人得到,就当是赠予吧。妻子笑了,重复我这句话,少了纠结。

春秋战国,诸子百家,百家争鸣。楚王说:"楚王失弓,楚人得之。"这表达了楚王的格局和胸襟。孔子听闻,说:"王失弓,人得之。"讲的是儒家以人为本,以天下为己任,仲尼的度量更大。老子听闻,说:"失弓,得之。"说的是道家的宽广,人与万物,都归于大道。当然,这个故事有后人补充的内容在里面,却小中见大,讲到了百家争鸣的"争"与区别。

我们不是圣贤,却可以向往圣贤,这也是一种心境。不是非要讲什么儒道的区别,我们这些凡人,可以先向往楚王,丢了就让它丢了吧,也许会是一个新缘分的开启,不妨格局大一点,在看似应该纠结的地方放大格局、敞开胸襟,纠结便没有了。因为宽广的心不屑于纠结,宽广是山青水明,清风徐来,快乐自生。

可以不必将生活中的每件事都上升到哲学层面,让心快乐一些,舒畅一些,如此,方为心境。

肆

人生幸运

读书是我遇到的人生幸运。我的人生何其有幸。

别一番心境

　　晨起,我与妻子商量,今日想乘公交车上班。这样的提议似乎突然,其实平常。在说这事时,我想起了儒释道关于做事的区别,儒家是无所为而为,道家是无为无不为,佛家则是无心而为。我今天的行为,大约是无心而为吧。

　　前些日子,我刚从乡下回来,骑共享单车,随走随停,随停随走,了无羁绊,自在无为,别是一番心境。突一日,单车数量骤减,我站在街头,茫然四顾,无码可扫,城市的角角落落瞬间模糊,终于找到一条清晰的巷道,清楚地望见两个妙龄女子为扫巷口一辆共享单车,刹那争执,几近动手,花颜顿失,不知是谁先看到这辆单车,也不知谁先扫码,更不知二女扫码的时间间距有多久,一女成功扫码、解锁、持车、顿足、收肩,肌肉感爆棚,另一女负气、怒喝、踹车、跺脚。两女子若是真打起架来,在今时今日的风气下,伤身不易,伤心不易,伤颜倒有可能,骤减的共享单车是无所谓颜面的,只是城市越发茫然了。

　　仅有的零星共享单车在偌大的城市是争不起的,不如开车。

　　许久没在城市开车,开车似乎更自由,似乎更快乐。封闭的自我空间,冬暖夏凉,音响随意,朋友关照办了停车位,出入门禁自动升起,仿佛敬礼,是很有层次的质感。

　　真开起车来,却是因久居乡村,习惯地广人稀,天高地远,突然置身于上下班的高峰车海里,莫名心慌,脚在刹车和油门间高频率地转换,心脏在万车千骑的寻缝、加塞与追赶中随车逐流,起停起伏,慌乱无着,躁动成了心境的主导,而且是被主导,自在顿失。

妻子这几日迷上了自酿醪糟,很是欢喜自得,在煮米、加曲、保温与时时关照里不能自已,晨起吃醪糟当然是锦上添花,别有一番滋味。锦上添花之后,我有些担心,醪糟是好,开车却有酒驾的顾虑和压力。

躁动与压力之下,我的心便更不自在,开车也茫然了。

于是,无心而为,乘公交车吧。

与妻子谈乘公交车,她笑我出不了门,问缘故,才明白,现在是信息时代,身上带现金的人很少,基本用手机支付。于是她教我下载云闪付,绑定建行卡,打开付款码就可以了。

离站台还有距离,我已然端起手机,付款码赫然满屏。车久久未来,我突然疑心,这一路车该不会用别的方式支付吧?问一等车男学生,他是公交月卡,我问乘车是否是用微信支付?把他问糊涂了,几句交流下来,方落脚在云闪付。

车来,靠站,门开,我排队上车,担心耽误后面的乘客,迅速对准扫码口,却无反应,再试,原是刚才动作过快,不禁自嘲:如何这般青涩?转念一想,就当重回少年吧,初涉世事。心情便自如了。

又晨起,步行至车站,一辆26路车刚驶过,我且看微信,且等。9路车过去了,28路车过去了,51路车过去了,又一辆9路车过去了,不见26路车。我决定下一辆如果还是9路就不等了,心下谋划,乘26路可直到单位跟前,而乘9路得在体育馆下车,虽不能直达,不过是走一段路,过一个地下通道,再走一段,总体大约也就十几分钟,不耽搁,且能乘车、步行兼有,身心两宜。开始等9路或26路,又一辆28路过去了,我偶一低头,闲来无事,便开始看公交站牌,渐次发现原来26路、9路、28路、51路从我站立的站台到体育馆站均是重合线路,然后才在附近各奔前程。我在闲适中等待一辆公交,等待中却错过了其他能到达同一站点的公交,因为闲适,反倒美丽,这真是重回少年,涉世不深!

一辆28路过来,上车,车内人少,不必站,有座,还可选,我一路舒畅自在,心底仿佛少年般的笑,笑自己成熟后的青涩。

晚间与妻子聊起白天乘车,笑得很长。她建议我开车或她开车送我,我讲到了重回少年,现在乘车不同于从前,尤其心境,是别有一番感觉。

我们对比从前或其他,找到了这别一番心境的源头:开过车,专乘过,体会得多了,再坐公交,不会有对驾乘的钦羡,对自我的独大;紧张过了,也付出了努力,心放下了,没了焦虑,也无躁怒,更无匆忙,压力亦少;公交,松或挤,我且上下,看人海茫茫,望潮起潮落,怀万种风情,行一路安然。

童年的风筝

长江提议回新农场看看。那里有我们的童年。他特别提到刘素，说一定要叫上她。他还说，应福也是这个意思。

一辆车，四人行。

偶尔用乳名称呼对方，感觉童年似乎就在不远的地方，正欣欣然向我们招手，心突然无邪，纯净若水。

长江说，距他上一次回新农场已过去了十三年。

刘素讲，她一直没回来过。

应福头一天告诉大伙他有工作离不开，晚上聚会一定参加。

同行的慧，是我们离开新农场后的同学。

刘素讲，有一年，在一个市场，突然有人叫她，回头，相望，她认出了对方，是应福，当时应福一脸兴奋。应福告诉她，应福只看了她一眼，就在人群中认出了她，脱口叫出了她的名字，是脱口大声叫出了她的名字，仿佛生怕一转眼又是茫茫人海。那是少年分别三十五年后的第一次遇见。

长江说，成年后，第一次遇见刘素，他也曾如此。

我们集体离开新农场竟然已过去了三十七年。三十七年，茫茫人海，三十七年，芸芸众生。

一连串曾经熟悉的名字再次在耳边清晰。那时，刘素的姑父是老师，杨立的母亲是老师，还是我们的班主任，刘素和杨立是班上最漂亮的女孩，也是最要好的朋友，成绩也好。有一次，班主任要在班上开展分组知识竞赛，二娃、代康和我被确定为种子选手,各带一组,各从班上点名挑两名队员,老师话音刚落,二娃抢先发言,他挑了杨立和刘素,本不该他先挑人,但他挑的却是我的心事。我挑了长江和另一名男生。竞赛结果,我带的组第一,二娃组第三,虽然总共三个组,我的第一名却在那个季节多少有些落寞。

我讲了两个细节,杨立家有三姐妹,杨父喜欢长女,杨母偏爱幼女杨立,杨家二女用现在的眼光看像极了关之琳。每到难得的下雨天,又正好到放学,我们会将书包顶在头上,在雨中笑闹着往家跑,每一次我都会遇到杨母背着杨立,母女甜笑着往家走,这时,我会停下笑闹,放慢脚步,默默跟从,直到她们到家,方不舍地放足朝家奔去。

杨家刚搬来时,本与我家一样住在连队的后面,我们两家住前后排,二哥是这一片的孩子王,那时不知为什么,也许是上天故意要让我这样的小小少年失落而成长吧,二哥总以大孩子的淘气带着一群男孩子轮番去敲杨家的门,敲门是迅疾的,敲过未待有人开门便急速躲去,如此一而再,再而三,无奈之下杨家搬离了这一片,搬去了离学校更近的连队前部。那是小小少年心中一段沮丧的时光,我改变不了长我两岁的二哥,于是沉默,于是承受,于是成长。二哥与杨家二女同班,他应该看到了她的美丽,于是他总想引起她的注意,用他不同于别人的方式成长,敲门就是一种,我以为。

终于到了,到了新农场,却怎么也找不到那时的模样。三十七年前离开,三十七年后,从中年的脸上依稀能辨别出十二三岁时的少年痕迹,甚至能在茫茫人海中一眼定格曾经的心情,但集体离开三十七年后,人已非,物不是。

敲开了一户人家,那人告诉我们,现在只有三户人家搞养殖,曾经有一口井,干涸后填上了。

我从记忆里极力搜寻,甚至找远山背景,努力想在零星断壁上复原曾经的过往,却只见天高云远、荒草萋萋。

这里曾经住过上百户人家,有完整的五年制小学和三年制初中,还有来自更远连队的上百名住校生。如今,三户人家已是全部。

一面长长的断墙依稀显出当年兵团连队连排住房的模样,我家就在东房头,杨家曾短暂地在后排西房头。

拍照,身后的残墙是三十七年前的连队在三十七年后的全景,残墙前的人在三十七年后回归这里,但再难续三十七年前的心境。

心,可曾荒芜?似乎没有荒芜,一眼便能在茫茫人海中定格三十七年前的心事便是明证,但又证得了什么?似乎无解。

现居住在那的人一句话仿佛解读:"来过好几拨人,大城市的,说在这里长大。"

那条河还在,旧桥只剩桥墩,新桥距离旧桥不远,河水在两桥间轻过,向远方,不知所终。

我说到歌曲《我的祖国》,词作者乔羽先生初创时,头一句是长江万里波浪宽,后改为一条大河波浪宽,因为每一个人的家乡都会有一条河流,都是他心中的一条大河,而长江虽长,受众却不及"一条大河"。脚下这条河虽小且无名,却是那时我们心中的一条大河。

晚上聚餐时,应福来了。

五十岁的中年人,终于可以讲出,刘素是长江和应福童年时的心动之人,说萌动似乎更合适,纯净如水、湛蓝若天的萌动。三十七年后的用语却是暗恋,似乎又远了。

三十七年前是无论如何都不会讲的,只远远看,静静听,默默在心底。三十七年前放风筝的小小少年,放飞高远的风筝,小小少年的心,在指尖、在线端闪烁、成长、欢畅、起伏、自如。

杨立是一定要讲的,三十七年前在小小少年的心底潜藏着纯真的情感,三十七年后,在知天命的年龄,讲心底潜藏的情感已不再难为情,真实的往昔,童话成了故事。

杨家刚搬来的一天傍晚,正在玩捉迷藏的我越过墙头,游戏的小小少年却立时顿住,有姐妹三人在做打沙包的游戏,小小少年的眼里只看见最小的那个女孩,欢乐、娇美,忘记了游戏里随时被捉的危险。开学,我们竟然同班,从那时起,在我的身上有了沉默的影子。

又一天晚上,游戏中的我是捉迷藏中的捉者,突然所有人一下散尽,周围安静极了,有虫鸣从不远处传来,睁开眼的小小少年猛然听到了自己心跳的声响,长长站定,浑然忘我,当时,朗月,晴空,大地仿佛密室,明月恰如见证,小小少年起心动念:长大了,一定要娶杨家三妹。

每到学期末,照例是要评优的,第一个环节是自愿举手的同学被老师点到起来推荐,极讨老师喜欢的杨立总是第一个举手,总是第一个被发现,第一个被叫起,而她推荐的第一个同学总是我。小小少年的心高飞,忽又落寞,本想也举手,本想也荐她,却只沉默。

终于小学毕业,终于初中开学,终于有更多的同学,终于一个年级可以有两个班,终于可以像歌中唱得那样:"什么时候才能像高年级的同学,有张成熟又长大的脸?"找遍年级,却不见杨立。不敢问,不会问,不知问,只沉默。很长时间后,才知她们全家在那个暑假搬走了。以为在每学期开学都会见到,从前总是这样,这一次的假期后的开学,没了杨立,小小少年的沉默里有了忧郁。初中二年级开学,我们集体离开了新农场,比杨立晚一年,去了与杨立不一样的地方。

我告诉正在吃晚餐中的童年伙伴,你们说我从前是学霸,有一个原因你们不知道,在杨立离开的一年后,我在初中二年级默默立誓:只要我好好学习,就一定能在某一天再见到杨立,一定能!于是少年的心中有了人生的第一个目标,在沉默中坚定。我笃定而坚决的少年时光就此开始,沉默是唯一的标志与表达。

三十七后,我是抱着感恩的心情讲这些的,感恩成长。

刘素给我看了一张我上大学时寄给她的明信片，落款是1992年12月18日，她保留得很完整。1992年的我在卡片上歪歪斜斜写下如诗的成长：代问杨立好！你们是我童年的风筝和记忆。

杨立的大姐1992年之前就已是刘素的表嫂。

1992年12月，在那之前的10月，杨立和她的二姐在我的大学短暂地停留并离开。

我努力望着明信片，回望那时的心境，眼眶突然有些湿润。

邓老师

五人相聚，无论是来去路上，还是童年旧居处，抑或是晚餐时，回望旧时光阴，刘素的姑父——邓老师，时不时会在回忆中成为谈论的主角。每一个人对他都有专属的视角，视角的背景渐次拉向广山、长天和通向远方的路。

邓老师没教过我们，我知道他全因刘素。那时诧异，文静纤弱的女孩有一个与众不同、独一无二的名字——素，简洁无染，像一幅画：素色的小姑娘，在素色的背景下，安静，手引素线，线端是天上彩色的风筝，无言是唯一的表情。这样一个女孩，住在姑父家，我们不知道她的父母与家人，说起她住的家，也只说她姑父，很少说姑姑。姑父是邓老师，他有一个女儿，取名却简单，叫作小妹，小妹是活泼的，生动的，见到她的每时每刻都有欢声笑语，如忘忧草般茁壮，似解忧公主一样时常令人感到欢畅。这样的小妹与刘素似乎截然相反，不在画里，却在生活中。我更诧异自己经常会不由自主颠倒了邓老师的身份，误以为，他是刘素的父亲。

近四十年后谈论这些，刘素解答了我的诧异，真如我那时想的那样，素这样的名字的确是出自邓老师，我以为，也只有邓老师的学问当得起，只是当初原本想突出中苏友好，可在起名后不多久，中苏断交，于是改苏作素，改出了恬静与不同。四十年后我笑刘素，我理解的名字中的"苏"只有白流苏，那是张爱玲的小说《倾城之恋》的女主角，"苏"是可以倾城的，而"素"当然是白素贞了,是西湖边的传奇。讲成长里的时光刘素必然讲到姑父,从她嘴里发出的姑父这两个字,是一如既往的崇敬和感念。

邓老师,从邓师母的角度讲,是邓师母众多兄弟的孩子们的姑父,而在邓老师家长大叫他姑父的这些人中,刘素不是唯一一个受到恩惠的人。

近四十年后,刘素讲了很多。在我们集体搬离童年旧居后,刘素与小妹两人发生了翻天覆地的变化:小妹变得不言不语,内向疏离,很有刘素从前的样子;而刘素,却外向起来,时不时会有欢声笑语,恰如从前的小妹。也正是这个时候,刘素每一步人生过程都听从了姑父的建议,小妹却偏离了邓老师的期望。到今天,刘素是一名人民教师,安静地工作,安静地生活。刘素讲到曾经一个成长的关键节点的细节,姑父穷尽一切办法终于为她争取到一个报考师范的名额,姑父骑着自行车载着她走了很长很长的路,只为办成这件事。小妹的生活却多有波折,难有平静。刘素总结,她和小妹,是听话与不听话的两个方向与结果,刘素省略了"听姑父的话",她把这句话放在了心里,印在了人生里。

应福讲邓老师,讲得更直接,邓老师是他童年的偶像,琴棋书画样样精通,而且总是一副和蔼可亲的形象,口才也极好,待人更诚恳。少年的应福很是迷过一阵邓老师,甚至在那时有意无意远远跟在邓老师身后模仿老师的言谈举止。应福的结语落在一句话上——邓老师那时是很多人的偶像,那是童年我们能看到并向往的高度。

长江最近常烦恼家庭的争吵,讲到邓老师,他忍不住插嘴,邓老师更是他成长时期的偶像,并延伸到今时今日,邓老师最让人仰望的是风度,言谈举止俱是风度,每一日每一种场合的邓老师都堪称表率,尤其是家庭和睦。邓老师的风度更在于家庭和教育,培养了那么多邓师母的娘家人,我们现在教育一个孩子都那么多争吵,甚至争论到逼近离婚。长江的最后一句评价最发自内心,邓老师教育了那么多孩子,又是在那样的物资匮乏年代,然而他却很好地处理了家庭与工作、家里与家外,在家里你看不见邓老师操心,但他处处都在,大事小事都在邓师母那里,邓老师始终在前面,那里是生活的路。长江是深切地想到了自己,在回望四十年前的目光里,在那时的物资匮乏与困顿里找到了四十年后精神的困顿与贫乏。

刘素说姑父是我们很多人的偶像。看远山,一如四十年前,我似乎读懂了刘素的语言,邓老师把爱给了像刘素一样的学生和他身边的人,把自己的付出放在了微笑后面,把汗水藏在了儒雅里面,让那时的贫乏有了富足的回响。比如在刘素这里,姑父骑着自行车,载着她,走了很长很长的土路,只为帮她争取到一个考师范的机会,一个关于明天的梦想,让素色的姑娘的彩色风筝有清风,有前景,是一束光的前景,持光的是一个把所有重担挑在肩上的中年男人,他是老师,他是姑父,他不知道他是我们的偶像。

在他们的讲诉里,我找到了四十年前的自己,每一次遇见邓老师,我都会用那时我能知道的问候方式问候邓老师好,我不在邓老师的身后而在他面前学习老师的风度,他也总是认真地问候我,他的神情和语态不像面对一个孩子,更像是对待同龄人,平等而温和。每一次相遇问候又走过之后,我都会觉得自己正在长大或已经长大,邓老师用平等与温和引领我们向前去,向前是大路。

印象最深的一次,是在高过兵团连队的国道上,我们的家和我们的学校就在国道下面的湖边,远处是村庄,更远处是荒滩,再远处是广山,蓝天下,国道极其醒目。我和邓老师相向而行,我步行,是周末放飞自我的小小少年;邓老师骑自行车,干净整齐,是去打鸡草了,夕阳就在他的肩头。相遇的时候,我问候老师好,邓老师十分优雅娴熟地把穿布鞋的右脚伸进自行车前轮侧,用鞋底轻轻抵住轮圈,止住车,原来车闸临时坏了。邓老师止住车,与我攀谈起来,平等而温和,就像两个老友。夕阳下,国道上,无名湖畔,广山长天,不远处学校操场上的红旗正飘扬,两个男子,一人挺身,一人扶车,相对而立。

刘素对我讲,那时姑父常说到我,说我长大后是能办成大事的人。她说姑父一直很肯定。

刘素讲,姑父是个有情怀的人,但在人生的每一次困境中都能适时调整,都能随遇而安,风度翩翩。我以为,邓老师是达观的人,他在观察生活、调适生命、风度人生。生活中的人们看到了他,并深深记住,没有刻意,这才是真风度吧!

子曰:"吾十有五而志于学,三十而立,四十而不惑……"子曰:"知者不惑,仁者不忧,勇者不惧。"四十年前,邓老师应该四十岁,是知者。

微言大义

读中国哲学,必从先秦开始。

在校读书时,每日看书是不必说的,工作后,依旧读书,日久成习,再久,从习惯成为爱好,到今时每日不读书便难以成眠。子曰:"吾十有五而志于学,三十而立,四十而不惑,五十而知天命,六十而耳顺,七十而从心所欲,不逾矩。"今年正好五十岁的我,读书的爱好有了分明的主线:哲学,尤其是中国哲学,每读必从先秦开始。

三十岁时读书,没特别关注"三十而立";四十岁读哲学书籍,经历了许多事,那一年是留心过"四十而不惑"的,一般字面理解是到了四十岁不再有疑惑。台湾师范大学曾仕强教授解读:人到四十,不是没有疑惑,而是知道什么可以做,什么不可做;什么可以想,什么不可想。曾先生讲出了那时我们体悟到的一种人生境界。

今年,我重读哲学,照例从先秦开始,读到《论语》,读不同时期不同大家的解读,突然欢喜。

四十而不惑,辜鸿铭先生讲,四十岁时,已经没有任何疑问。台湾学者傅佩荣借用孔子的话解读,子曰:"知者不惑,仁者不忧,勇者不惧。"子曰:"四十而不惑。"孔子说四十不惑,孔子又说知者不惑,四十当然就是知者。他的解读更接近曾仕强先生的解读,而辜鸿铭先生讲五十而知天命讲到了信仰,说五十岁已参透了信仰的真理,相较其他的解读,我更喜欢辜鸿铭先生把五十岁上升到信仰和真理的境界。

先秦时期,对中国,对中国哲学,对中国人,是意义非凡的,是宏大文明的奠基时期,也是思想的奠基时期。代表中国哲学高峰的先秦著作又是晦涩、难懂、高深莫测的,后来的人们往往用"微言大义"来概括它,于是有了很多想象的空间,就像中国画,寥寥几笔,无限生动,无边奥义,而西方哲学更像油画,笔触铺满了每一个角落,在无法穷尽中穷尽解释。这一切又是如此自然,如此符合因果,中国哲学延伸到美学产生了中国画,西方哲学渗透进艺术产生了油画。

复旦大学哲学系王德峰教授讲了一个生动的事例,20世纪存在主义哲学的创始人德国哲学家海德格尔非常痴迷老子的《道德经》,看了很多翻译版本均不满意,决定自己翻译,碰巧遇到一位来自中国的留学生,双方一拍即合,开始尝试把老子的《道德经》翻译成德文,历时三年之久,最后——以失败告终。失败的原因可能有文明的差异,有文化的区别,有概念的不对等,有表达上的无法相同或难以涵盖,有文明内容上的相互缺失,更有文明之间难以企及的想象空间,这一切到中国哲学也许可以用一个词大约概括——微言大义。

微言大义,即使是中国学者用中文翻译尚有巨大区别。

《论语·学而篇》,曾子曰:"吾日三省吾身,为人谋而不忠乎?与朋友交而不信乎?传不习乎?"对前三句的解读学者们大致相同。最后一句"传不习乎?"辜鸿铭先生解读:老师传授我的学业是不是复习了?傅佩荣教授依旧用孔子的话解读,子曰:"学而时习之,不亦说乎?"这里的"习"是学过之后实践,那么"传不习乎"当是老师传授我的大道我躬身实践了吗?

这大约是微言大义的志趣之一吧。

胡适先生在《中国哲学史大纲》中论及从先秦开始就不断有各个时期的学者校核、注解圣人之书,更有假托圣人之名编书、著书的。窃以为,凡此种种现象,既是中国哲学的幸事,如此方能一脉而宽流,终于浩浩汤汤,也是中国哲学微言大义之万千可能,如此方可千流而容纳,百川终到海。

掩卷而思的欢喜是因为望见微言大义的物质时空与精神留白。

先秦,文字的载体最广泛的只能是竹简,所谓"汗牛充栋"就是对文字与竹简最生动的写真,更不要说刻石铭金,当然也可以有绢帛,那太昂贵,于是要想把文字留在载体上就是一件奢华的支出,于是每一个字都昂贵,于是惜字如金,能用一个字表达的绝不会多用半个字。

先秦已有的文字当然远远少于后代,更不用说当代。这样的物质时光微言大义是必须的,必行的,必然的,也是唯一且唯美的。

芝诺说:"人的知识就好比一个圆圈,圆圈里面是已知的,圆圈外面是未知的。你知道的越多,圆圈就越大,你不知道的就越多。"这也许就是西方哲学支撑下的科学体系的结论。中国哲学似乎早已明白这个道理,道可道,非常道,老子的话人尽皆知。中国哲学似乎首先认识到宇宙的道理是无尽的,然后从无出发,留下无限的空白,又从始至终、周而复始以开放、广阔且无垠的空间,让世界归于道。

微言大义,应该是中国哲学的留白,是精神留白,权且称中国留白吧。

遇见李巧红

当妻子（张亚梅，我习惯叫她小梅）告诉我李巧红是河北来的援疆老师时，我从书中拔出目光，遥想了片刻。

遇见李巧红，缘于房屋出租。

原以为出租房屋是件顶麻烦的事，但经过小梅几年来的打理，顶麻烦的事被她梳理得井井有条，连续几位租客退房后都给予了最好房东的评价。

好的评价的背后是小梅辛苦的付出。首先是细节，租房合同是要用心的，而且得双方都满意，她在参考了很多样本后，先手写了一份，再三修改后，录入电脑成文，这份合同连房屋中介看了都表达了赞赏；合同有了，还有水、电、燃气和网络，不但要核对无误，还须在高层住宅迷宫一般的配电室和水表间找到自家的电表和水表，高层住宅往往每三层或五层才有一个配电室和水表间，上上下下寻找经常会迷失了方向。其次是在退房前及时厘清物业费，核算水费电费的超支或盈余，在退还押金时能让双方都有一个清晰的认知，当然，还有房内的物品清理及保持。然后才是最重要的环节，住房是必须干净整洁的，租户新到要带租户查看所有的细节并对原貌拍照留影，到租户离开前一并比对察看，当然无法做到百分百一致，房东的宽容这时就很重要了，小梅是做得极好的。如此宽容的结果，便是每一个租户离开后，她都要提着清扫用具辛苦上几天，而此时只要我在家，便会同去，于是到新的租户来时，房屋便总是干净整洁的。

好房东是需要宽容作底气和支撑来辛苦付出的，我以为，这样的付出背后是修养和对"家"这个字眼的深深眷恋和维护。

出租房屋惯例要打广告，这样的事小梅已是轻车熟路，基本能做到前后租户之间不让房屋空档的时间超过一周。但她希望做得更好，经过深入对比网上的租房广告，小梅有了新的发现。她说，好的房子以及干净整洁的环境是需要好的照片凸显的，好的照片包括拍照的视角、采光、对比度等因素。末了，她坚持要实物实景拍摄，摆脱时下盛行的美颜、滤镜，回归真实，并说我擅长。于是我们进行了一番操作。

李巧红之所以从已经租住的房子里搬出来新租我们的房屋，最初的冲动就来自于我们重新拍摄的照片，她说在无数的广告中只一眼便被打动了，她对自己说，必须租下这套房子。

在李巧红入住前，小梅又特意请水暖师傅入户检修室内供水管网，还真就检出了两个隐蔽漏水的部位，遂修好并更换了花洒，重装了网络。

小梅还专门找了一辆车，帮李巧红迅速搬了过来。很快两人熟络起来，开始分享彼此的感受，尤其是对于新疆，对于巴音郭楞蒙古自治州，对于库尔勒这座城市，但更多的还是女人间的亲密话。于是在我没见到李巧红之前，便能经常听小梅讲到她，小梅讲时总是欣赏的语气，似乎相见恨晚。

在住下来大约三天后，李巧红的老公在微信上回复李巧红，是一句简单的判断和嘉许：你遇到了好人啦！

说起援疆，李巧红是在单位里第一个报名的，很快被批准，期限是三年。到我们遇见，她在库尔勒市已援教两年半。对待援疆，李巧红是平静地奉献，她的话很简单：我就想来援疆。她的话也很直白：我来这里就是工作。她说的是心里话：我就是想来新疆看看，到库尔勒看看。

李巧红当过兵，女兵，这在一般人的生活圈子里是少见的。在小梅表述的李巧红的语态和行止里，我能清晰看到她当兵的影子,或者说是我们这些少见女兵的普通人想象的女兵该有的样子。这样的李巧红,在我未见到她时,已然印象"深刻"。

小梅说,李巧红老师长相甜美,一头长发,身材高挑,待人和气,自信从容,阳光率真。总之,都是赞美之词。

小梅说起李巧红在幼儿园的工作,用到了一个词:争取。作为老师的李巧红不能理解,早餐,每个孩子为什么是半个鸡蛋,怎么就不能是一个鸡蛋?她的理念的根源在于成长:一个鸡蛋如何一分为二?当然熟鸡蛋刀一切即可两半,但却有可能糊涂了孩子们对鸡蛋的认知,以为半个鸡蛋才是真正的鸡蛋,同时无法让孩子们在剥鸡蛋的过程中体会到动手的乐趣,体会到鸡蛋从坚硬的外壳到瓷白的圆润内里,以及带点酥的晕黄的核心,还有这当中整体的弧线之美。在孩子们眼里,这也许就是世间的神奇或者他们认知世界的开始。而且更重要的是,孩子们正在成长期,营养很关键,谁家会给孩子只吃半个鸡蛋?也许是园里疏忽了,又或许是具体的操作者从节约和搭配的角度考虑得多,但李巧红老师的争取有了好的结果,此后孩子们的早餐里不再只有半个鸡蛋,孩子们当然更喜欢李老师了,这是一定的。这是一定的,这句话应该是小梅和李巧红对这件事的结语,也许还有其他。

当然,李巧红给予幼儿园管理层的建议不止这一条,所以,小梅评价一个幼儿园老师用到了一个我想象不到的词——争取。我以为,只说李巧红是老师是不够的,简单地加一个"好"字似乎又普遍了,我想到了《易经》中的蒙卦,高山流水,启发蒙昧,好像有些接近。我有点想见到李巧红了。

我问小梅,李巧红是不是唯一会提类似"争取"一类建议的老师?问完我就发觉问得太绝对了,怎么能问唯一呢!然而小梅已做出了肯定的答复,她们是经常交流的。

小梅说,李巧红喜欢独立的空间,于是在幼儿园安排了合住住房后,她自己租房搬了出来,把合住空间让给了同事。我说这是我们遇见的机缘,如果说人生是一场修行,所有的遇见就都是修行的花朵，在路上陪我们等待、盛开，然后和风一起香飘远近。

李巧红是有遗憾的，关于库尔勒这座梨城。我明白小梅的意思，叫上李巧红，在这座城市的田园走一走。这也是我们作为本地人可以为这位援疆老师做的一件事。在小梅约李巧红的当口，我想，终于可以见到李巧红了，她会是一位怎样的女子？在我的观念里，老师——幼儿园的女老师，至少是舞姿或翩跹或婉约，可以让孩子们仰望的那种。

接上李巧红，是在路边，她和另一位援疆的女老师在约好的时间和地点，安静地坐在站台边的长椅上。小梅开车，我坐在副驾上，示意两位老师上车，互致问候罢，我们朝城市边的兰干乡驶去。

在车上，李巧红她们对于能有机会在香梨成熟的季节走进梨园表现出了极大的兴趣。我告诉她们，兰干是维吾尔语音译，本意是驿站，驿站里的桑葚很有名，有几棵古桑树，桑葚未熟时红艳异常，常常让人误以为桑葚已熟，等吃到嘴里立觉异常酸，超醋精般的酸，待到熟时，别的桑葚已尽数熟过几遍甚至过季，此时这桑葚不似别的桑葚熟就易落，摘取需用力，稍有不慎即会破损，鲜红的汁水瞬即溢满手掌，如血般，使人不忍轻动，食之极甜，这样的桑葚是古老驿站的遗存，只是现在过了季节。还有，兰干乡各类桃树的种植面积是库尔勒市属乡镇最大的，现在除了个别晚熟的品种，多数也已过季。但是，现在来，最当季的是香梨，应不虚此行，不仅仅因为香梨是圣果。

在香梨采收的季节进入梨园当是人生幸事之一。未及入园，已有果香远远近近地弥散，循香而行，只须过几间农舍，越一两道田埂，便已在园中，横竖成列的一棵棵梨树，从身旁向四周整齐地延伸开来，左一群右一群前一群后一群站成树的群像，接天连地，终至蔚为大观，仔细分辨，浓绿的是叶，碧绿的是果，叶果相扶，绿便满了。

李巧红问，可以摘吗？又问，梨园怎么看不到头？再问，在园里吃吗?

吃过之后,照例要拍照,拍完照,是一定要发朋友圈的。李巧红的朋友圈延伸到了河北省石家庄市,回复立时接二连三地闪现,所有的惊羡都集中到园中的现场,可以在梨园树下这样摘吃香梨呀!随手摘到的香梨一定格外甜香!能在香梨成熟的时节到梨园真幸福!

从李巧红的脸上、身上以及所有的语言和表情里,我们能清晰地看见,原来这里的香梨可以有三四十万亩之多,分明就是梨树的森林,森林中,有孔雀河从铁门关出山后蜿蜒流淌;原来这里的人们如此好客,农人们是不在意你随手摘走的三五个香梨的,客来就是最好的日子;原来这里的香梨真是如宣传般的多汁、醇香、皮薄。这样的村庄!极好的季节!如此的城市!

李巧红说,在石家庄每年都吃到香梨,跟园中的香梨完全是两码事。我回她,现在很多地方种香梨,都打着库尔勒香梨的牌子,但真正的原产地在这里,这里是真实的库尔勒。穿过城市,走进村庄,融入梨园的氛围,遇见朴实的农人,李巧红终于从库尔勒这座城市的一角进入梨城,从最初的略平常的感受开始用心留下关于库尔勒的印象。

这一天结束的时候,我执意要把农人们送给我们的核桃、红枣都给她们,她们坚持少拿一些,说吃不了会浪费的。我说,这是农家的快乐,农家的快乐在大方。李巧红重复了这句话,农家的快乐在大方。

这一天,李巧红的快乐深深感染着见过她的每一个人。她把在幼儿园"争取"的快乐带到了田园中,我以为,这就是最初的快乐,而我们多数人似乎离最初的快乐越来越远了。幼儿园老师,被李巧红老师做成了一份顶好的职业,始终有自然舞蹈的神韵和引人回归的感召力。

不久,小梅拿回一套护肤用品,很珍惜地打开,说,李巧红——李老师送的。当时我正看《诗经》,恰是《木瓜》篇,正在"投我以木桃,报之以琼瑶"一句上,遂停下,从书中拔出目光。

　　再见到李巧红已是2021年底,三年援疆期满,是她即将离开库尔勒的日子。小梅约她,她说每天都在送行,基本都是朋友间的。

　　我们约在中午,三个人,两瓶本地的香都解百纳。午间的时光,相识与离别,温语和酒香,在菜肴的热度里渐致醇厚。李巧红讲述人与事,依旧是有自然舞蹈的韵致,每每讲到租住的我们的房屋,她会用一句最质朴的话来表达——咱家。"咱家"在一般人眼里基本是农家的语言,在她说出来却有深入人心的自然的高贵,有着淡淡的渗入到肢体的恰当。突然想到一句老话——人以群分,如此遇见,真好!

　　还剩半瓶酒时,李巧红说,能不能不喝了,留下这半瓶红酒。她的意思是希望姐姐姐夫(指我们)到河北或河北附近省份一定要跟她联系,不要忘了朋友!还有一层意思,晚上她常去做美容的那家店主要给她送行。我们及时停下了酒杯,停下酒杯的时候,我想到了我们的相逢、相识到今天送别,李巧红是第一个退租前与我们坐在一起吃送行饭的租客,这是少有的机缘。她是援疆老师,她又不只是援疆老师这么简单,但她确实用她简单的方式赢得了我们的信任和喜爱,我们坐在一起,她已是我们的朋友。她从一个过路的租客变成了我们的朋友,整个过程如舞蹈般自然。

　　我们特意选了离她租住的"咱家"只隔了一条马路的酒店,想着方便她来去,也可以节省更多的时间留给她梳理属于她的梨城时光,这样的时光应当可以用"舞蹈"这样的词汇来描摹。在酒店门口,李巧红坚持不要送了,就此别过,她要求和小梅抱一抱,在她们相拥互致别意时,我看到了两个年龄相仿、体态风貌相似的女子,两个身体年龄明显年轻于实际年龄的女子让人钦羡的韵致。我突然明白,年轻是一种心境,心年轻了,生活就简单,生活简单了,身体便从容,相貌便轻丽,身形便无赘,这大约就是冻龄吧。

在两人相拥的时刻,在小梅的肩头,我分明看到了李巧红告别梨城的目光。李巧红转身离去,很快融入十字路口的人流,而她又是突出的,尤其是她戴的帽子上的两个卡通大耳朵,如舞蹈般在人群中起伏翩跹。

李巧红离开了库尔勒,她在"咱家"留下了一些物品,小梅一一收归停当,把一些可做家用的物件带了回来,除了实用外,应有珍惜的意味在里面,毕竟这样的遇见不多。在核对完水电之后,小梅把李巧红的两千元押金全额在微信中退给了她。李巧红回复,太多了。她的意思应该有一些水电扣款。小梅坚持,收了吧。隔了几个小时,李巧红收了款。

我与李巧红一共见过两面,小梅也不过是八九次与她面对面,说遇见是恰当的。然而遇见又是不一样的,这个世界上,不一样而又简单的遇见本已不多,况且是李巧红这样的女子。

李巧红,一个身材颀长的女子,一个经常带着笑意的女子,一个有时会戴着帽子,帽子上有两只卡通大耳朵的女子,带着自信的光芒,走过库尔勒这梨城。

餐厅里的旧报纸

兰干乡的职工餐厅不大,中餐吃的人多,早餐和晚餐相对人少。乡村工作,简舍高树,路长或短,水远或近,无论奔波,无论信步,总得吃饭,而回家常常是可望却难即。有餐厅,在忙碌之后,三餐饭点,心中便有了着落,不至于四顾茫然,虽不能像在家里,至少每日让肠胃有了托底的地方。

餐厅一般相似,但兰干餐厅有不同,在打饭的窗口下,整齐地叠放着一块块裁成巴掌大的旧报纸,而且是厚厚的一摞,这在别处是没有的。初到兰干餐厅,我认真地看了几眼这些旧报纸,纳闷它们的用途,虽然排在前面的人打好饭后都顺手取了一张巴掌大旧报纸,因为不知用途,又不好显得无知,轮到我时便只是取走了当日的饭菜,放下了也取一张的念头。

兰干餐厅不大也不小,在单独的一栋平房里,平房的西头是厨房,炊具一应俱全,紧邻厨房是一间有开放窗口的稍小房屋,窗内案上放置着双层不锈钢保温饭盆,窗外案上摆放着各类下饭佐食和一摞裁剪齐整的旧报纸,这些旧报纸作为前景反衬着宽大的饭厅,饭厅正中分两列排开可折叠相连的就餐桌椅,饭厅的南面是两间包厢,摆放着圆桌。只要是在兰干待的稍久的就餐者,一般打好饭,无论是在饭厅落座还是进入包厢,基本会随手带上一张裁剪成方形的旧报纸。

日子一天天地过去,我对新的地方渐渐熟悉,一草一木便平常起来,餐厅里被裁成方形并叠放整齐的旧报纸一张张被取走,在快要取完时,会有一摞新的及时补上。我也习惯了在每次打饭毕随手取上一张,找到可坐的地方后,放下碗筷,在碗边摊平手里的方形旧报纸,然后落座。

职工餐厅就餐不同于家中,最大的特点是人多,在最靠近饭点的时段,通常要排队。一番队伍排下来,饭厅的桌椅便渐次展开,有了声调不高的热闹,相熟的人一般会对坐或并排坐,也有独坐的,一般少。开饭后不久,就有人吃完离开,也零星有人进来,整个饭厅忙而不乱地进进出出。起身离座的人,会一手端着空碗,一手托着那张方形旧报纸,或者两手捧着饭碗,碗中是那张方形旧报纸,向饭厅东墙边的长条形铁质洗碗池走去。那张方形旧报纸上是吃剩的残渣,它们的去处是洗碗池边的垃圾桶。

于是,无论人来人往,无论人们是排队后依次坐下又在吃完后结伴离开,或是后续零星而来在饭后单独起身,饭厅的桌面便始终干净。这是兰干餐厅里的不一样景观,不同于其他我见过的餐厅,这是属于兰干餐厅的气质,如此气质的背景是一张张裁剪整齐的旧报纸,整齐叠放在窗下,等待就餐者一张张取走,然后一张张从餐桌带走所有就餐时产生的垃圾。报纸在兰干被读完后,派上了新用途,而这用途的背景是每一个就餐者来去这餐厅的干净身影,长长地映照在三餐的习惯里,融入在简单的乡村质朴里。

兰干餐厅的主厨是乌师傅,他是有厨师证的乡村大厨,带着一个女性副厨在厨房里忙碌,打理着我们的三餐。职工餐厅对外不营业,日子久了,就餐的人们往往会生出自己是餐厅主人的错觉,渐渐地对每周固定的菜谱和熟悉的味道开始有挑剔的情绪,更何况百人百味,在没有选择余地的餐厅里就会上升为挑剔。而乌师傅很有个性,对任何关于饭菜的质疑一般固执己见,便偶有争论。

女副厨性情平和,与乌师傅在一起,多沉默,手脚基本不停。乌师傅身量高过常人,又因是主厨,头上的白帽子也更高,而女副厨,身高本就低于一般女性,头上的白帽子却是副厨的矮帽子。他们两个站在一起,无论形象还是气质,乌师傅的强势显而易见,人们便常常忽视了女副厨的存在,如有争论,争论的对象就总是乌师傅。

一次我们回来晚了,女副厨在,我们建议她煮两个鸡蛋,把煮熟的鸡蛋剥壳后与大蒜分别捣碎,给大蒜淋上热油,加少许盐充分拌和,然后跟捣碎的鸡蛋搅拌在一起,我们要用这道菜与热气腾腾的新鲜馒头一起拯救饥肠辘辘的身体。只教了一次,她便学会了,在第二次我们又回来晚后,她不但端上了热馒头和黄灿灿的碎鸡蛋,还端上了一盘油炸鱼块,鱼块的味道超出了我们的预期,她也从我们的笑意里读到了我们的满意,浅浅地笑了。

后来,乌师傅离开了兰干餐厅,餐厅打饭的窗口前,一摞精心裁剪过的旧报纸整齐地叠放着,人来人往,餐厅依旧干净,没有人把残渣留在桌面上。

再后来,我们也离开了,我常常会想起兰干餐厅的与众不同,也遗憾在兰干时一直没想起问一声,那摞被精心裁剪过的旧报纸的功用最初是谁的起意?又是哪些人在坚持,大约用了多久才成为习惯?有时也会想起乌师傅,他还好吗,如今在哪里?他是否会有偶尔回头看兰干的时候?他回望的目光里是否有那摞整齐叠放的被裁剪过的旧报纸……

愿程多艰

三十三年前,好友陈亮说,一个朋友祝福他,愿程多艰。他细细品味,感觉"愿程多艰"是这一年他收到的最好祝福,因为这一年,他即将开始大学生涯。他说这话时,我想到了《孟子·告子下》的名言:"故天将降大任于是人也,必先苦其心志,劳其筋骨,饿其体肤,空乏其身,行拂乱其所为,所以动心忍性,曾益其所不能。"

我们当时站在无名湖边,现在叫相思湖。公路在身侧,公路的另一边是我们成长的地方,不远处是我们的学校,更远的天边,夕阳西下,在湖中洒下一片金光,微风起,吹动青春的发梢,刚刚告别少年时光的青年心中满是"愿程多艰"。我们站立的地方能看见校园的旗杆,旗杆上有红旗飘扬,旗杆下是操场,属于我们的少年时光曾经就在那里,而我们是这所学校在这里的最后一届高中毕业生,学校在新的学期就将搬离,西向去山那边最近的城市。

第二年,同样的季节,我站在公路的另一侧等车,独自离开,带着少年时的梦想去成都求学。车缓缓启动,回望。向右,是家的方向,母亲在老屋前;向左,是以远山为背景的湖边空地。上一年,告别少年时光的青年在湖边互相鼓励"愿程多艰"。

很多年后,陈亮从美国回来,我们相聚,在学校搬去的城市。学校沿用着从前的名字,已不是我们记忆中的留有我们身影的学校,属于我们的学校在山的东边的老地方,渐渐老去。聚会上所有的话题基本都停留在相思湖畔，那里有我们成长的足印，是少年到青年的分野，无法重来。我们激动地讲着，回忆着，但直到分别，没有一个人再说到当年的"愿程多艰"，是时我没有思量这当中的因果，只是感叹时光的流逝。

三十三年后的今天，我们曾经站立并看向远方祝愿"愿程多艰"的湖边，已是高速公路。当年我们说起，也许二三十年后，这里都不会有什么变化，我们说的变化是发展，因为当年多数人正在离开。三十三年后却发展了，发展的只是高速公路，盖住了我们站立的那块湖边空地。我们的学校，我们成长的老地方，没有新的变化，是已经老去的衰败，以至于找不到从前的老屋。虽然部分校舍还在，却不复往日，这里已经不复我们的记忆，我们再也找不到归途。

三十三年后的今天，郭译庄正是大学四年级，面临毕业季，他在大学三年级就与老师一起确定了去日本北海道大学继续深造的目标，他的老师正是在这所大学获得了博士学位。看到长大的郭译庄，我想起了自己的大学时光，清晰回忆起相思湖畔我与陈亮的互相勉励，还有那句"愿程多艰"。

在是否给孩子"愿程多艰"这样的祝愿上，我犹豫了。

在郭译庄即将上小学时，作为家长，我们做出了决定，在库尔勒市八小就读，理由简单，八小是离家最近的学校，每日走读不至于太辛苦，还有就是我们对于小学的认知，小学的作用是启蒙，这个时期最重要的是培养孩子好的习惯以及自信心。在考察了一些学校后，我们坚持了这一点，因为八小一个班级的人数是最少的，孩子们不必一直挤坐到后墙，这样的人数符合教育教学的基本要求和初衷。

在郭译庄六年级面临小升初选择时，他的意见和努力得到了我们的尊重，于是顺利考上了这座城市最好的华山中学，进入了学习改变人生的第一方阵，迎风朝阳，一路向前。

在高考的志愿填报上，郭译庄提出了一个专业方向：物理。

华山中学的时光，他是历任物理老师都看好的学生。我们把所有的985高校的物理专业进行了系统的排名，并延伸到跟物理相近的专业。最终他成功被中南大学物理与电子学院录取。在大学二年级的专业选择上，他独立思考并做出了决定，选择了光电专业。后来又听从负责实验室的老师的建议，他告诉我们决定去日本北海道大学深造。

一路选择，一路成长，郭译庄从少年走到青年，作为父亲更多的是欣喜，当然一定要祝愿，却又不想简单，甚至想面面俱到，有时就会想起当年的"愿程多艰"。在犹豫该不该祝孩子"愿程多艰"上，我突然找到了陈亮回国时我们忆往昔没再说起"愿程多艰"的原因。

愿程多艰，是属于少年和青年的，少年和青年，正是"鲜衣怒马"的年龄，正怀"春风得意马蹄疾，一日看尽长安花"的心态，正有"五花马，千金裘，呼儿将出换美酒"的豪情，又得"格物、致知、诚意、正心、修身、齐家、治国、平天下"的传承，更是会意"为天地立心，为生民立命，为往圣继绝学，为万世开太平"的时候，胸中不免"长风破浪会有时，直挂云帆济沧海"，怎能不"愿程多艰"？

而人到中年，历经世事，见闻如"雨中山果落，灯下虫草鸣"，思虑已"白发终难变，黄金不可成"，只能"独坐幽篁里，弹琴复长啸"，而终于"深林人不知，明月来相照"，于是起身，"行到水穷处，坐看云起时"，何谈"愿程多艰"？

还有就是作为父亲，我可能有了和苏轼一样的心态，"人皆养子望聪明，我被聪明误一生。惟愿孩儿愚且鲁，无灾无难到公卿。"

第一品牌

离开文联到党校工作,没想到党校的食堂不对教职工开放,只给学员提供餐食,如此便打乱了我的日常节奏。一般情况,早上班车,中午在单位午餐、小憩,下午快步步行回家,是我的一天日程,这样的规律性,既保证了每天的朝九晚五,也有快步步行的运动量加持,是"五十知天命"可以有的样子。初到党校,我认真考察了途经党校班车的情况,9路班车在党校有一站,正好可以从家里到党校,早上班车依旧可以保证我以往的规律性,党校离家的距离比文联远不少,为保证一天的运动量,可以在下午选择班车和快步步行相结合,有4路、5路和7路班车可供选择,然后在库尔勒这座城市4A级景区的核心——天鹅河边下车,沿河快步步行回家,运动时又有了公园水系景观相伴,那是不一般的好。剩下的就是午餐,只好在党校周边漫无目的地解决。

漫无目的不同于规律性,一般会有意想不到的相遇,意想不到的相遇对于日常生活可以是惊喜,可以是小确幸,可以是回味无穷,可以让平常的日子荡起心的涟漪。

又到中午,我突然想吃抓饭。出校门,我循着从前的记忆,沿路慢行,几天前突然的降雪给城市的管理带来了考验,路面的积雪清扫得还可以,人行道有些不尽如人意,基本没有清扫的痕迹,积雪经过一遍遍踩踏,已是脏兮兮的半冰状态,行走在上面,需要格外小心,以防摔倒。在记忆中曾经的位置,果然有一家抓饭店,门楣上是大大的四个字——民扬抓饭,我迟疑了一下,这不是记忆中的饭店名字，看看左右，只此一家。透过明亮的窗户，我看到整洁的布置和热气腾腾的人气，便打消了顾虑，抬脚走了进去，心想，就当是偶然相遇。

这家店铺只卖抓饭，食客却可以有多种选择，素抓饭是无肉的，却有肉的香气，可以让处于减肥阶段的女士既能满足口欲，又可避免长胖，其他价格不等的抓饭，区别只在于羊肉多寡，对于想省事的顾客也可以选择碎肉抓饭，最豪气的莫过于羊腱子抓饭，一般属于年轻男士的首选，似乎吃下去就会长力气似的。

有经验的食客一般会选择肥瘦相间的羊排抓饭，这些食客明白，经过食用油和胡萝卜调味的羊排，被稻米长时间浸润后，烂熟的羊排上的油脂部分会有特别的口感和香味，肥而不腻，基本接近入口即化的状态，这样的羊排吃下去会有陶醉的感觉。如果一男一女，女的选择了素抓饭，男的选择了羊腱子抓饭，他们大概率处于恋爱或准恋爱阶段，这既是肠胃的需要，也是对荷尔蒙最好的诠释，更有关于明天的朦胧期待和展示，仿佛欲语还休。

抓饭属于高热食品，为了消解油腻感，一般会佐以小菜。随着这些年的不断改善，小菜基本定型，不外乎短期腌制的辣椒块、莲花白泡菜、凉拌胡萝卜丝、凉拌洋葱，均用小小盘盛好，整整齐齐码放在长条盘中，食客可按自己的喜好随便挑选，不限数量。抓饭店的茶水是滚烫而浓酽的红茶，抓饭一般盛放在较大的盘中，配以筷子和汤匙，个别讲究的抓饭店还会给每一位食客配上一碗加了葱花的羊肉汤。每个食客点好餐后，水杯、茶壶先上桌，接着是一碗加了葱花的羊肉汤，然后是一盘盘小菜，最后到位的是一大盘色香味俱全的抓饭，所有这些环节只有抓饭需要食客买单。

这一天，我在记忆的位置没有找到曾经的抓饭店，这一天，在记忆的位置依旧是一家抓饭店，招牌换了，老板估计也换了，厨师、服务员应该是也换了，抓饭的感觉却依旧，我却已不是十年前的我了。在这样的感觉里,放慢吃饭的节奏同样是"五十知天命"可以有的样子。我放慢节奏,环顾四周,在大堂的墙壁上我找到了一个属于十年前该有的物件,一条长长的红布横幅整齐地挂着,一副开大会的模样。十年前的大会基本用长长的红布做横幅,上面的大字工工整整,不似现在基本都是长长的电子显示屏。我没想到类似十年前的会标会出现在一家抓饭店里,而且挂得中规中矩,是很严肃的状态,与抓饭店不搭,上面的内容却与任何会议都无关,很简单的一行字:做好新疆第二抓饭品牌。

我的第一个念头,为什么是新疆第二品牌?紧接着疑惑,什么部门或协会评定的?这些念头属于惯性思维,落在了品牌上面,一家抓饭店也可以有品牌;随之出现了第二个念头,或者说好奇,第一品牌是哪一家?这样的好奇落脚点在了第二,如此第二,可以是谦虚,因为还有第一在前面,也可以是骄傲,毕竟前面只有一个目标,或者说离第一不远了。

我迟疑了片刻,想想还是应该搞清楚,否则就浪费了今天的相遇。我小声叫一位服务员,正在忙碌的她没有听清我的声音。之所以小声是因为我不想打扰她的工作,毕竟这与吃饭无关。但忙碌的她没听见,于是我加大声,她依旧没听见,第三次终于她路过我的桌边,我叫住了她。她问我是否要加饭,我明白她是以惯常思维在看待我的招呼,我指着横幅问她,新疆抓饭第一品牌是什么?她没有像应对其他食客那样立刻回答我,而是弯下腰,赞许地笑着对我小声说,新疆第一抓饭品牌是妈妈做的抓饭。

她弯腰,出乎我的意料,她微笑着回复我,是耐人寻味的微笑;她的回答更出乎我的意料,她说第一品牌是妈妈做的抓饭,超出了我"五十知天命"原本可以有的样子,让我在庸常的日子里遇见了人性的光辉,在一瞬间触动了我对母亲的依恋。

我的母亲 2015 年患脑溢血;两年后不能走路,躺在了床上;又一年,基本糊涂了,母亲第一个认不出的人是我,母亲本不应该第一个认不出我的,因为我是家中最小的儿子,曾经伴在母亲身边的时间最长,母亲第一个认不出我也是有道理的,因为母亲病倒后,我依旧长年在基层,回不了家;又两年,母亲谁也认不出了;又两年,母亲基本失去了语言能力;现在,我有了时间,能为母亲做的仅只是每隔一两周和妻子去给母亲洗澡、剪剪指甲。

这一天,我在老地方遇见了一家抓饭店;这一天,抓饭的味道在唇齿间展开了我的"五十知天命";这一天,一间小店关于品牌的策划颠覆了我的惯性思维;这一天,那个女服务员温热地款款弯腰,告诉我这个世界母亲的含义有多么深远多么宽泛;这一天,我看到了母亲曾经的样子;这一天,我想回家;这一天,山高水长,人间福暖。

窗外，有番茄正安静生长

八十八岁的父亲越发消瘦。

越发消瘦的父亲在单元门口属于自家范围的楼面外伸构造处培了一些土，种上了番茄。父亲住在一楼，底层是车库，像父亲这样的高个子站在单元入口的楼梯最高一级台阶上，踮起脚，刚好能够上一楼底部外墙上突出的构造。他种下番茄，大约是想给基本没机会出门的自己增加一分生活的颜色吧。

母亲躺在床上，这是第八个年头了。在她突发脑溢血后，每一年都在变化，以肉眼可见的速度变化，从最初的可以自己少许下地，到有人搀扶着偶尔下地，到每日仅有的被架扶之下的三两次下地，到再也无法下地；母亲的辨别能力也随之下滑，从只能认出自家人，到混淆家人，到只记得二姐和父亲，到最后所有人都不认得；语言的功能更是急速滑坡，从能说出她自幼就耳熟能详的顺口溜，到能说半句话，到能说一两个字，到含糊不清，终于只剩下"啊""呀"之类。在这个过程中，父亲一年三百六十五天，一天二十四小时一直陪着母亲，本属于"有钱难买老来瘦"体质的父亲日渐消瘦了。

大姐在父母亲住房的客厅里添置了一张护理床，床上是母亲的空间，她总是安静地躺在床上。父亲或是坐在床边的沙发上，或是活动在与客厅同一个大空间的餐厅及相邻的厨房里，这些地方基本是父亲的空间。父亲种的番茄就在客厅窗外的构造上，安静生长。

一日，我们几个说到母亲，父亲是微笑着听完的。我讲到母亲的智慧，那还是母亲患脑溢血前的日子，一次家人团聚，母亲讲了一个特别的故事。特别是因为故事里有她和父亲走过的岁月，有属于他们的幽默，我们一起为故事的特别而笑出了声，正从厨房走过来的身高一米八的父亲笑着对母亲说，羊群里啥时间进来一头骆驼？父亲本意是想表达母亲的与众不同，他"牵"了一头骆驼并"拴"在了母亲身上，未承想身高一米六的母亲脱口就回了一句，属你个子大！就这样，骆驼轻飘飘就回到了父亲这里。众人哄堂大笑，只为母亲的反应和智慧。讲到这一段时，我说母亲当时的应对堪称绝妙，是国家级的，有大国外交的风范。父亲说，母亲是我们这个家里最聪明的人。

我们说这些时，母亲一脸茫然。在我们停下的笑声里，她的右手开始无端上扬，似乎想翻身，似乎又不是。

躺在床上的母亲，始终是安静的。

父亲讲到他们后面楼里也有一个躺在床上不能动的女人，她每一天的叫声都能传过来，那一家人，全家几个人都忙不过来，一家人情绪极端地差。我说到一个同事，他的父亲糊涂了，身板基本正常，他的家庭最大的压力来自于每天都必须有一个人二十四小时专职看着他的父亲，包括睡觉，否则父亲一出门就会走丢，寻找父亲已成为他们家最大的困境。父亲看着母亲感叹，现在我们的日子好了，她却动不了了，她最可怜。父亲说的可怜应该有可敬的含义，偏重于怜惜。我说，母亲知道自己不能动了，于是明智地选择了糊涂，这是她的人生智慧，也是她的工作，关于这个家，她所挑选的力所能及的最后一岗工作。

父亲一般会在母亲睡着的空当里，走出门去，站在单元门口最高一级台阶上，努力踮起双脚，认真打理长在墙边的番茄。阳光洒在父亲的脸上，也落在父亲脚下的台阶里。

大姐说，父亲辛苦。又说，多亏父亲身体好。她总结，父母亲身体好是儿女们最大的福气。大姐二姐在思考怎样才能劝得动父亲,让父亲接受我们分摊出钱给家里请一个保姆的建议。父亲为这事发过几次火。我说,再等等,父亲母亲的人生有过吃不饱肚子的经历,他们曾经走过了大半个中国,他们参加过那个年代新疆最大的铁门关水电站会战,对今时的我们来说,那不是一般的重体力活,请保姆对父亲来讲难以接受,不能勉强,而且他从心底不愿把照顾老伴的责任交给外人,这是他们的日子,是执子之手,与子偕老。

母亲安静地躺在床上,照顾不能自理的九十一岁的老伴,已成为八十八岁的父亲每天最大的责任和工作,是父亲的分内事,是他每一天的方向,是他的老年人生支柱,更是他老年人生的一份工作。母亲躺在客厅的床上,她陪着照顾她的老伴,她躺在床上不言不语,已是一份她的日常工作,工作在人生的夕阳里。父亲陪在母亲身边,有老伴在,这个家才完整。

父亲母亲的窗外,有番茄正安静生长。

人生幸运

晓棠结婚后我们就见得少了。她是二姐的大女儿,这个春节她要带着她三岁的儿子来库尔勒市,给姥爷姥姥拜年。这是超出平常日子的家庭大团圆,让人不由得产生不一样的期许——那个曾经哭泣的姑娘现今怎么样了?

我们兄弟姐妹五个,大哥比大姐大九岁,接下来我们四个都是相隔两岁,而晓棠他们这一辈有六人,二姐有两个女儿,我们四个都是一个孩子,晓棠是二姐的大女儿。大哥的女儿自然年龄最大,超出下面五个弟弟妹妹很多,几近两代人,年龄排在第二的晓棠在弟弟妹妹们面前便有了大姐的"意思"。

一大家子四代人,在酒店订下最大的包间,包间可放两张桌子,按长幼秩序分别落座,这是开始的状态。年近九十的父亲沉静且喜,没有多少言语,他如果开口,不外乎招呼孙辈们多吃一些,岁月在父亲身上烙下的曾经的物资匮乏印迹,在今天仍不自觉呈现,在"多吃一些"的字句里化作了感恩和慈爱。年事已高的父亲必须中途离席,这之中只有少部分原因在年事已高,绝大多数因素在母亲,母亲正躺在家中。父亲说,他不在家里,母亲就会从床上半撑起头来,四处看,其实是在找人。我们心知母亲确实会半撑起头寻找,找父亲,虽然她已认不出父亲,但她潜意识里明白父亲是依靠,不可以不在。父亲离席,换二姐入席,父亲不在母亲身边的时段里二姐在陪母亲,我们能做的最佳选择是订离家最近的酒店,以缩短母亲寻找的时间,方便父亲回家。

大家庭聚会慢慢进入第二个阶段,二姐到下一桌照看外孙,下一代中的男孩子们到了上一桌。家庭团圆,又是新年伊始,祝福便一波波荡漾开来,祝福是外向的,情绪是内向的,每一个人都有经历,都有期许,更希望以后都能心想事成,于是推己及人,由人向己,春天的气息就在桌间的脚步中徐徐展开,在椅上的起落里慢慢萌发,慢慢汇聚成可以带动生活和明天的美好旋律。

　　晓棠站在主桌旁,身边是弟弟妹妹们,面前是长辈,她讲了一段有些长的话,话里不仅仅是祝福,还有关于对过去经历的总结,她总结的核心是句简单的话——我很幸运。她讲"我很幸运"时,我似乎看到了一束阳光正一层层穿透酒店所有的楼板,端端正正洒在这个满怀感恩的姑娘身上。

　　其实,晓棠的"我很幸运"深深震撼了我。我原本以为她是这个家族里最没有可能说出"我很幸运"这样的人生阶段感悟的孩子。这种想法也是站得住脚的:晓棠还在小学阶段,她的父母亲离婚了;从小到大,她不是家族中长得好看的那个孩子,她的肤色甚至接近小麦色;她的学习成绩很一般,在学业上基本没有被表扬过,高中毕业,她勉强上了一所很一般的学校;她没有找到自己喜欢的专业,毕业后开始了找工作的历程,不经意进入美克公司,努力工作着。

　　然而,就是这样的晓棠,说出了"我很幸运"的话。从一般人的眼光来看,她并不是一个运气好的人,她平常而又简单,甚至有些不起眼,一路接受着父母离异、长得不好看、学习不好、找工作难等等这样的境遇,却少有抱怨,反而体会到了幸运,并感恩遇见。我突然就想到了父亲,想到了他的曾经,对他来说,能"多吃一点"的当下就代表着幸福,这幸福像一束温暖的阳光,也许正是这样的光束穿透了晓棠头顶的层层楼板,这大约就是幸福的传承吧!

　　晓棠似乎重新定义了幸运,当下的幸运,深想,又不是,她说的幸运依旧是普罗大众都明白的幸运,她的表达应该是一种格局,关于感恩过往和珍惜当下并期许未来的格局,因为一般有过类似她过往经历的人是很难说出"我很幸运"这样的话的。晓棠是由衷说出的,她的由衷彻底打动了我。

过完年,与老友的孩子云舟见面。云舟谈到他刚结束的婚姻,对簿公堂的无奈,妻舅的紧逼,尤其是对女儿抚养权的争夺令他心痛,一场姻缘就此结束。

我们见面的地点在一座高层商业楼的顶层,巨大的落地窗容纳着城市,所有的人流车潮在如山的楼宇间恍如蝼蚁。有几刻,我有些走神,我在想,这脚下的城市,这如潮的人流,到底有几多愁苦,几多欢笑?

面对云舟,我想到了我跟他父亲的情谊,也想到了我的外甥女——晓棠。我问云舟,你的同学或同事当中,有没有没结婚的?他说有。我又问,有没有已经离婚的?他迟疑了一下说,好像没有。我接着问,恨你的妻舅吗?他说有些恨。我问,想女儿吗?他说当然。

我示意云舟,咖啡有些凉了,趁热喝。他端起咖啡,一饮而尽,擦嘴时笑了笑,笑容年轻且阳光,把落地窗外的蓝天白云笑成了背景板。

我告诉云舟,在你的同龄人当中还有人未婚时,你已有过一次婚姻,你的人生何其有幸;在你的已婚的同龄人正在一日三餐地机械生活时,你又有了一次重新迎接生活的机会,你的人生何其有幸;如果没有离异,你对女儿的爱恐怕不会有现在这般深切,你的人生何其有幸;你的婚礼我参加过,你当时的新娘很美丽,你应该是打败了一众追求者才抱得美人归的,你的人生何其有幸;你的妻舅这次的表现让你尝到了很多人生滋味,这是一次难得的成长,你的人生何其有幸;你有一个好父亲,他在这座小城里曾经努力地奋斗过,他和你的母亲始终会在等你回家,你的人生何其有幸;你现在有房有车,有一份自己喜欢的工作,你不需要从租住地下室从头开始,你的人生何其有幸;你现在有目标有方向,年轻且阳光,你的人生何其有幸;如果你能意识到正是你的妻舅在让你成长,并能立下志愿,再见面时能相逢一笑,你的人生将更加何其有幸!

最后,我向云舟讲到了我的外甥女晓棠的人生幸运。

从此,我常把"我很幸运"这句话挂在嘴上,融开在心里。熟知我的人们多不理解,我通常用一句话让他们沉静,我说,如果2013年我得到了常人眼中的那份好运,又或是在后来的一次次境遇中又碰到了其他机遇,这样的志得意满之下,我读书的时间就一定会少,可能这些年也就读了七八本书,而没有实现这种世俗如果的我,却有了大段大段的时间,读了不下几千本书,我的人生从此就不一样了。

读书是我遇到的人生幸运之事。我的人生何其有幸。

落叶不扫

看到一则杭州的消息，不知怎么就想到了小吴。

我和小吴在同一辆车里坐，差一个月就是两年，那时正是我在兰干乡的日子，小吴是司机，他坐在驾驶座上，我坐在后排，那些时日，我们不分白天黑夜奔走在乡间。2021年3月我先离开，之后在当年8月，他经我介绍也离开了兰干乡。

想到小吴，大约是因为他讲过的一句话，这一句话，无论是当时还是后来，都是会引发笑声的，笑声的时间都会有些长，之后也许会落入沉默。

在百度的词条里，定义乡村，一般是指从事农业活动的农业人口为主的聚落。聚落这个词用在这里特别贴切，给人如落叶般聚集的触感，动作是舒缓的，目标是偶发的，路径是随意的，有引人向往的自由，指向的是人类。又定义，乡村一般风景宜人，空气清新，较适合人群居住。如此表述，是在讲乡村之美，美的温润，美的怡然，美的自在，美的不同于城市，指向的是环境。而人与环境是不可分的，这样便构成了完整的乡村。

一次在路上，正是初冬。

小吴说："道路扫得真干净，连片树叶都没有。"

我说："大伙很辛苦。"

小吴说："果园里连根草都没有。"

我说："基层干部大多甘于奉献。"

正当我以为小吴会说出诸如"在田地里贴瓷砖"之类的话

时,他却笑着悠悠地说出了一句:"羊出门都会哭的。"

在小吴说出这句话的当口,我愣了一下,随即想明白,随即笑出了声,随即他也笑。这里农家的羊是圈养和散养相结合,如果不是养殖大户,一般羊不多,基本为十只左右,供家庭食用,每日会不定时地被家里的老人或孩子带着放出庭院,在乡间缓缓散行。散行的羊走得很慢,边走边啃食鼻子底下的草和落叶,羊群后边的老人或孩子不远不近、不紧不慢地跟着,丰富着乡村的人间烟火。

我们笑了一阵,便沉默了,沿途还有很多事在等着我们。"羊出门都会哭的"是小吴的幽默,慢慢地变成了脑海中的一幅画。

杭州的消息简短,2023 年 11 月 17 日至 12 月 31 日,杭州将对二十三条道路(街巷)、十三条河道园路开启"落叶不扫"活动。上网百度,杭州的"落叶不扫"始于 2011 年,当时一位网友拍了一组杭州北山街的落叶照片,并提出了一个"落叶不扫"的建议。杭州顺应了民意,采纳了这条建议,于是杭州有了一份秋日的小确幸,让这里的人们在家门口就找得到诗与远方。"凭栏要取西湖尽,落叶尤宜朔吹寒"是宋人陈藻过杭州的心境,他走过白堤,走过苏堤,脚踩的是落叶,看到的是理学中国。

杭州的"落叶不扫"不是简单的不扫落叶,从最初的一两条路街到现在的二十三条道路(街巷),探索出了落叶"白天不扫、晚上普扫,霜冻天气及时扫"的成熟管理方式。落叶是自然的更替,可以带给人无限遐思,不但符合现代人的审美需求,古人也不例外,唐人戴叔伦诗云:"禅心如落叶,不逐晓风颠。"宋人吴潜讲得更直接:"为谙世上空花景,最喜山中落叶秋。"

如此想,小吴的幽默是有来处的,属于笑过之后的沉思。

西仁古丽发给我一个短视频,视频由一幅幅照片组成,照片以多样化的方式一帧帧出场,看得出,配乐很用心,照片选取也花了很多心思。照片中我是主角,背景是普惠乡普惠村,库尔勒市最远的乡村,所有场景均指向属于我们的脱贫攻坚。照片是西仁古丽用手机拍摄的,后期的编辑估计也是手机,而普惠的时光距现在已是五年前了。

五年前,我在村里,走家入户、到田边园里,几乎是每日必备的功课。农户多数以维吾尔语交流,我有时便把西仁古丽叫上一起,方便精准了解每一户的情况。

有一次,大约是初冬,落叶的季节,我们走完离村庄最远的几户人家,路过一条两侧俱是高大白杨的乡间土路,西仁古丽突然发出一声惊呼,并迅即放飞自我,张开双臂融入到乡间初冬的美丽之中。我们脚下的土路,不,严格意义讲,已没有土路,我们脚下的河流,落叶的河流,以路边的棉田为界,在两排高大白杨组成的河岸的束缚下,缓缓流过农家,流过田园,本以为要流向远山,却一拐弯,悄悄流向了那不知谁家的方向,只把一河落叶铺满我们的心间,让人不禁满心欢喜,满腹童真,满怀陶醉,这里是我们的乡村。

这里是我们的村庄。西仁古丽张开双臂的样子很美,她张开双臂的时候正是村小下午放学的时间,三个男孩女孩也发现了属于他们的美丽乡村,同样张开双臂,以荡起双桨的姿态把自己化作三条小船,驱动密密匝匝的落叶起飞、旋转、环绕,在他们的舷边荡作浪花,伴着笑声洒满乡村。

这一天下午,我站在满是落叶的河中,收获乡村的美丽与童真;这一天下午,西仁古丽没有用手机给我拍照,她张开的双臂定格在乡村的美丽和童真里;这一天下午,乡村容得下所有的乡愁与思绪;这一天下午,乡村如此美丽;这一天下午,乡村如此让我动容。

西仁古丽发给我的短视频里没有落叶的河流,却似乎让我看到了落叶的河流。我们的村庄可以一如杭州的"落叶不扫"般美丽,我们的城市也可以。

那个美丽的女子

三人走在河边。一女子从河对岸的步道上轻盈跑过,头顶的束发在无风的景观里飘出了水波的感觉。这样的女子一般都能引起评论,刚好我们三人才品评过景区的细节,兴味正浓。

一人说,锻炼的女人,一定不同于一般女子,而且是这个时间段。他说到时间段是有道理的,常人的观念里,锻炼一般是早晨或傍晚,可现在却是临近正午,无风的正午。

一人说,也许今天的她,有不一般的重逢也说不定。他说不一般的重逢时,大伙有了片刻的沉思,这样的沉思是属于对过往的回忆,哪怕这片刻很短,也足以让人忘记当下的自己,走回曾经有过的那片时光。

我说,她正在成为我们眼中的美丽风景。我本想讲卞之琳的《断章》:"你站在桥上看风景,看风景的人在楼上看你。明月装饰了你的窗子,你装饰了别人的梦。"想想不是很对题,因为这女子还有"不一般的重逢"这样的话作背景,这样的背景让大伙想起了从前的某段时光或记忆,在那时光和记忆里有关于美丽的心动,是超越柴米油盐的心动。

一人说,不知跟她在一个屋檐下的男子是何许人?竟有这般福气。

一人戏谑道,我想起来了,这女子像极了市场上卖鱼的那对夫妇中的女人。

我说,卖鱼的,怎么中午跑步?景区不捕鱼的。

一人说，卖鱼的从前不一定是卖鱼的，卖鱼的也可以有重逢。

一人说，用确定的语气说，就是市场上卖鱼的那个女人。他还用到了"现在是远看"和"好白菜一般都让猪拱了"这样的俗语，笑着让我们回到柴米油盐。"卖鱼的"女子在远处的景观里渐渐变成一个小黑点，只一转弯，便如尘土般遁去，无风的中午再次无风。

说到这里，所有人都莫名住了声，似乎也没了心劲再在景区里逗留，没有人提议，三人便不约而同朝停车场走去。一路无语。

车往我们的城市库尔勒疾驶。一车无语，远山近水寂寞地向后延伸。沉默中，我想起曾经在书中看到过的一段文字：什么是寂寞？洗了个澡，换上干净的衣服，走下楼去，却不知该到哪里去，该去找谁？这大约就是寂寞。

在车上，我想起了大约三十年前的相遇。

大约三十年前，我刚大学毕业，在一个汽车站，遇到了一个人，这个人对我有些印象。我们在同一所学校读过书，当时他上初中，是住校生，我上小学，是走读生，我对他有印象是因为他当时学习成绩好，我以为他不记得我了，毕竟这么多年过去了。正不知该如何招呼时，他叫出了我的名字，我很吃惊，有点他乡遇故知的感觉。只聊了两句，他便问起了我的二姐，他的初中时光里我的二姐是他的同学，是同桌的那个漂亮女生。那时没有手机，不可能互相留个电话号码方便以后联系，相逢就是人和人遇到了便又分开，回头时遇到的人已不知在何方。他问到我的二姐，说姐姐的眼睛很大。我说姐姐结婚了。过后我们什么也没说，等车来，他上了一辆车，我上了一辆车，从此再也没有遇见过。

从此再也没有遇见过的男青年记得我的二姐的大眼睛。其实，我的二姐从小到大一直是我们那里那个漂亮的女子。

车到库尔勒时,我又想起刚才景区里正午跑步的那个"卖鱼的"女子。我们每一个人都应该问一问自己,我们有没有想过,也许,我们的身边人,正是别人眼中那个美丽的女子。不,不应当是也许,而是必定,因为这个世界上的每一个女子都必然曾经有过一段美丽的时光。

　　又想起上大学时,一个高年级女生说过的一段话:其实,这个世界上每一个女子都美丽,关键看她在谁眼中。

路境

　　站在杭州的街边，等大学同学王淑英夫妇，想起上次与他们见面的情境，竟是相同的：到杭州后，与他们电话联系，约好见面的时间和地点，我在街边等待他们共进晚餐，短暂的相聚后又匆匆告别。这一别就是十三年，而上一次见面还是大学毕业十五后的第一次见面，十五年又十三年，是二十八年，我们已是人到中年。

　　二十八年，我们有各自的道路，我走我的，她行她的，彼此无法看到，只能从过去的记忆里拿出一些场景判读今日。十三年前，我们似乎还算年轻，短暂的一餐聚会，挥手告别在杭州的夜色里。夜色回收了杭城的美丽细节，只把轮廓隐约放大开来，放大开来的又岂止是一座城市。在这样的夜色里，我在手机上编出了一段文字，借着城市的朦胧灯光发了出去：四年成都，一生青春；女生东北，而今江南。王淑英很快回复：你还是那么有才。我们的大学在成都，"四年成都"是回不去的时空，"女生东北"是旧时光里的人物，"一生青春"是远高于时空的概叹，"而今江南"却不只是烟雨空蒙。现在呢，再一次来江南与"而今江南"又隔了十三载光阴，如此叠加的二十八年，一路走来，路边的风景已不可数，不好述，只好用"路境"一词概述。其实，多数时候，能概述已是幸运。

　　这次聚餐，是在街边小店，王淑英夫妇有些歉意地说："请你吃吃街边店，有些拿不出手。"其实是我联系得晚，他们到时已过了饭点,为方便我,就在我住的宾馆附近找饭店,原以为偌大的杭州,随便一个街角就会有不俗的餐厅符合我们的心境,走过一个红绿灯路口,又转过两个街角,几家大的餐厅不是歇业就是有活动,大家走得有些累了,在我的建议下,选定了一家当地特色的街边店。等菜品上来,果然是当地特色。我说,这家店,是今晚最好的选择。今晚最好的选择,也是我们转过的这些街角的最好注释,是属于杭城和我们共同的注释。

吃饭的时候,我们坐在桌边合影,我和王淑英是主角,背景是这家杭城街边小店的内景。我们有大学班级微信群,照片是要进群的,无须如十三年前,用文字表达。照片取代了概述。

餐后在往我住的宾馆旁边的停车场走时,下起了小雨,几日来的燥热顿时消解,在红绿灯的路口,红灯即将结束,王淑英问我:"大学毕业时你选择离开成都回新疆,后悔吗?"她问完绿灯亮起,我们一起迈步朝前走,雨下得似乎大了些,却又大不到让人奔走的地步。走在雨中我告诉她:"一个人在人生的某个路口会做出什么选择,跟这个人的出身、学养、经历、性格等一大堆因素相关,在这样的前提下,选择几乎是唯一的,再来一遍依旧如此,所以人生没有后悔,也无须后悔,因为人生就是一场道路唯一的修行,只不过上一个路口会给下一个路口积累经验,让这场修行更唯一。我们遇到刚才那个小店就是今晚同学相见最好的唯一选择,是属于我们的路境,旁人不会懂,也无须懂。"

告别他们时,雨下得更大了,他们车头的雨刮器开始拼命工作。他们在车上,我在车外,美丽的杭城雨声盖过了周遭其他声音,现在的我们,俱是当下最好的自己吧。

照片进了同学群,我仔细端详,全景的街边小店流光溢彩,如果我不是景中人,如果我不是刚在小店坐过近两个小时,我会疑心这小店的规模至少能容纳百人,可我刚才明明在店里坐过,在店里坐过的近两个小时已是我的过往。照片在微信群里,是过往也是现在,我们,在各自的路上,看见或无视沿路的风景,不自觉地成为别人的风景也未可知。

王淑英私下给我在微信里重发了一遍照片并留言：不小心撞衫了。她发了偷笑的表情。我从照片背景转到人物，才发现，在桌上的特色菜肴和小店背景之间，我们两人都穿着条纹衫。我回复：还真是，用范伟的话说——缘分呐！她没再继续。

不知班级群里是否有人会发现撞衫这个细节，回复是有的，基本都在讲同学聚会。撞衫大概率是两个人的事，在杭城的雨夜定格，渐行渐远，灯火阑珊。

坐在宾馆房间里，父亲的电话从遥远的新疆打来。父亲只是问了问我的近况，问了问郭译庄的学习情况，便挂了电话。放下电话，我猛然想起父亲曾经对自己的过去人生有过片段概述，1953年，他告别妻儿——我的母亲和大哥，只身一人离开河南老家，走遍了大半个中国，最艰难的时候讨过饭，最后在1956年落脚在新疆生产建设兵团，后来把妻儿接来，接着有了大姐、二姐、二哥和我，一直到现在，现在守着瘫在床上九十岁的糊涂了的我的母亲。父亲是极简地概述，几乎没有情绪流露，然而这极简的概述却有大半个中国在为其做注释。如果人生是一条路，那么每一段时光，每一份遇见，每一次选择，就是人生旅途的一段段路境，而这路境也必然人人唯一。

王淑英问我是否后悔当年的选择，其实有关于我过往人生路境是否幸福，她在她唯一的人生路境中，依据她看到的曾经的我和她的路境想象过我以后的人生路境。她在杭州，我在新疆。其实每个人的幸与不幸都有两种，自己眼中的和别人眼中的，我们每一个人都有唯一的人生，走在路上，倘使我们每一个阶段都能平静于心，就最接近善，最接近幸福。我突然有些明白父亲的概述了，那是一种大背景下的大情绪，平静于心。

坐在窗前，窗外的杭州正烟雨蒙蒙。于我，这些都是背景。望着房间里的两张床，我突然失笑，失笑二十多年前，第一次住旅馆的标准间，疑惑了半晚上，我睡一张床，另一张床宾馆会安排什么样的客人？第二天我方明白，昨夜标准间的两张床的使用权我都已买下，不会有人来干扰我。时光就这样在我们的路境上悄悄流走，有很多甚至没有概述，也没有情绪。

远山

你见过完全被绿草覆盖的巍巍山峦吗？漫山都是如绒毯般的草甸，一山又一山，一坡又一坡，峰谷相随，空山静碧，芳草连天，但见天上人间，绿透峰峦，只在遥远的属于山麓阴坡的更高处有雪岭云杉静静展露。而这样的群山，绿皮火车几乎要在其中穿行半天。

这群山是天山，是世界上最大的独立纬向山系，将新疆分为南疆和北疆，一条铁路在山中如丝线般曲折起伏，连接着南北的铁路在名称上直接无视了北方，被冠以南疆铁路之名，也许是中国人对于南方的向往心态在起作用也说不定。天山还是世界上距离海洋最远的山系和全球干旱地区最大的山系，如此山系，山中却有芳草擎天，甚至远超出南方，多么神奇的存在！

1988年，十七岁的我第一次独自坐火车离家远行。火车行至山中，我惊呆了，世界上竟有这样的山！碧草怎么也望不到头，山的尽头是天，天的边上是山，山与天之间，萋萋芳草几乎是唯一的风景，用蔚为大观都无法完全表达我当时的震惊。少年的心随火车上下，望山起伏，抚草轻飔，于是我暗许心愿，有一天我一定要行走于青山间，与芳草争高。

两年后，我去蜀中求学，同行的女生去陕西读书，我们同学四年，第一次同行，行完南疆铁路就将各自远行，正有下一个四年的大学时光在不同的城市等着我们。火车在进入满是绿草的山峦之前，高高的铁路两侧是成片的庄稼。我说，火车是城市之路。我省略了"通往"这个动词,省略意味着年少的美丽与朦胧,是诗;更有在远处等着我们的青春和城市,是歌。女生赞同了我的说法。火车很快进入青碧山谷,我说,将来有一天,一定要到山上走一走。我省略了主语。正凝神窗外的女生回我,一定要到山上走一走。她也省略了主语。

及至工作很多年后到了巴音布鲁克草原,我方明白,天山山脉的高山草甸是中国最大的高山草原。而南疆铁路那一段却始终只是坐火车路过,没有一次亲临,慢慢地,年少时看到的绵绵群山成了远山。

只是,我心中始终有一股执念,总有一天,一定要找机会到那被草甸完全覆盖着的巍巍山峦中的某一段,来一次绿中漫步。最好,山脚有牧家,山腰有铁路,长长的望不到尽头的铁道边有一个小站,站台上,放着当年的旧皮箱……

2011年2月,我来到库尔勒市的城中乡铁克其工作,知晓了一个概念——统筹城乡,原来库尔勒市是新疆统筹城乡综合配套改革试点的城市,这项试点工作主要在铁克其开展,我参与到其中,走在队伍里,行进在路上,这是城市发展之路。之后,我便开始在各级党校介绍统筹城乡,直到2016年3月离开铁克其,我接着又换了三个单位。2023年2月,我来到巴州党校工作,跟我谈话的人说起我曾经多次到州党校的课堂上讲课。蓦然回首,离初到城中乡已过去十二年了,十二年按生肖计刚好为一轮,这样的一轮,如今回望,似乎都是必然,仔细挑出一些细节,却能看到偶然的力量,如蒲公英的种子一般随风起伏,落地,生根,长出新的植株,等待再一次随风飞起。

到党校没多久,我接到一份现场教学的任务,跑了很多个现场。一日,同行的张老师建议我可以走一趟和静县的阿拉沟乡,说那里的现场好。他说了一些理由,分解下来似乎是一组不相关的关键词:牧区,远山,草原,蘑菇,三线建设,宁静村落,南疆铁路。

去往阿拉沟乡要进山,刚进山谷,便开始与一柱柱在建的望不见尽头的高速公路桥墩伴行,山高谷深,天朗气清,一峡之间,公路与铁路如影随形,一涧之中,溪流浮梁桥随波上涌。大约一个多小时的车程后,山势豁然开朗,山谷似乎不见了,取而代之的是如高原般的山峦,草甸不但覆盖了山的每一寸肌肤,也没有放过山与山之间的每一寸土地,零星分布在周围的牧居,恰如淹没在绿色海洋之中的一叶扁舟,牧民的羊群散落在坡地上,变成了一朵朵小白花,在绿丛中摇曳。

阿拉沟乡到了。迎接我们的是阿拉沟乡的海涛书记,海涛有三个细节给我留下了深刻的印象:一是他的肤色,有向古铜色发展的趋势,在广山的背景下特别突出,但不突兀,这是属于居住在高山上的人的特质。二是在一处停车点,他从车上拿出一个塑料袋,开始捡拾过路者随手丢弃的垃圾,捡拾完毕,扎上塑料袋口,放入汽车后备厢。三是他对我们行程的建议,他建议先徒步走一走南疆铁路上最大的铁路桥,说站在上面,能唤起很多人的记忆,能让人瞬间安静下来;再去看一看长度居世界第一的高速公路隧道——天山胜利隧道,然后去奎先达坂,那里有山有水,牧草丰美,可以近距离仰望雪山;最后去鱼儿沟,那里有三线建设遗址,曾经有十几万人生活在那里。

爬上南疆铁路第一大桥——卡特拉大桥,我已然气喘吁吁,山的宁静超出了我们的想象,桥的静谧让人心惊。正好无风,偶尔拾起的原本属于铁轨的配件,只轻放落地便有轰然之响,多么宁静的山谷,多么宁静的铁路,多么宁静的大桥。我们五个人各怀属于南疆铁路的心事,渐渐拉开了距离,望着前方渐小的背影,让人难以想象曾有一列火车在山边驶过,而这样的曾经已是十年之前,多么寂寞的山谷,多么寂寞的铁路,多么寂寞的大桥,连风似乎也失去了踪影。而属于我们的铁路与火车、城市与青春,已然是三十年前的了。时光不再,青山依旧,澎湃往事,如今寂寥。

海涛说，十年前高铁建成，南疆铁路便废弃了。我们在他这一句话里站立了很久。

我们在天山胜利隧道施工入口的展示馆里见到了这条隧道的"真面目"，这条全长22.1公里的隧道超出了我们以往的认知。在盾构机模型前，我突然明白了一件事：也许只有这样的机械这样的隧道，才配得上这莽莽青山吧！也只有如此辽阔高远的碧透群山，才放得下一段几百公里的无车铁道。

三线建设的旧址离鱼儿沟尚有距离，这里有当年的工厂名很有时代特征，如胜利、曙光、跃进，等等，站在断墙残屋前，你无法想象这里曾经生产过大量国家急需的战略及生活物资。海涛说，这里生产的自行车曾经发往全国各地，十几年前，这里的人们陆续离开，有去山东的，有去乌鲁木齐的，去全国各地的都有。在一栋八角楼前，我回望三四十年前，这栋三层的八角楼是当年的电视台。而在我的印象中，四十年前我刚知道有一个非常神奇的机器叫电视机，电视机中的主持人宛若天人，当年就有一群主持人随着八角楼的楼梯旋转上下，带动山谷的风，拂向千家万户，吹动十几万人生产生活的各个厂区。如今，仅剩的生活区是阿拉沟乡的一个村。

离开八角楼时，不远的村道上出现了一辆越野车，两个上了年纪的妇女站在车前，四处张望。驻村干部告诉我们，她们是上午来的，年轻时在这里工作过，现在回来看看。我突然想到了一个词——青春。

1988年，我第一次坐火车独自远行及至后来坐火车到四川读书，都要路过鱼儿沟站，那时的鱼儿沟是一个大站，一般要停二十分钟，火车每次停靠鱼儿沟站基本都是晚上，由于停车时间长，旅客大多要下车走一走，活动活动因久坐而僵硬的身板。那时映入我眼帘的是鱼儿沟车站下方的万家灯火，而那时的万家灯火对我们大多数人来说代表着这里是城市。

晚上的食宿点让我们收获了惊喜，这是一处被命名为"中国房车露营基地"的地方,就在山脚的坡地上,在如茵的绿草上有几十顶蒙古包,紧邻蒙古包的是沿坡而建的两排平房,高处的平房被布置成了餐厅、大堂和包厢,低处的平房是简单的标准间。沿着平房和蒙古包间的台阶拾级而上,正低头努力间,豁然已是一处平台,同行的人发出一声惊呼"火车站台"。

真是一处站台。一栋不大的红砖平房,正面的马赛克装饰与斑驳的铁门仿佛穿过岁月而来。房前的站台上竖着当年标准水泥制式小站站牌,站牌上的字有些模糊,仔细辨别能分清"哈尔格"三个字,这三个字有两次刷写的痕迹。站台下三条铁轨在铁道路基上并行排开,逐渐汇成两条,驶向远方,消失在青山与蓝天交融的地方,虽然不再有火车驶过,但仍倔强地铺展开来,寻找着诗与远方。

饭后,我提议到青山中走一走。我没有用爬山这样的惯常词汇,因为到青山中走一走是年轻时的梦想。站在铁轨上,我们从所在的青山缓坡处的山脚,望向似乎不远处大山陡然上行的山脚,定下了一个目标,开始前行。大约一个小时后,我们气喘吁吁地到达了第一个目标,没有人再提及是否再定第二个目标。我想是因为刚才的这一个小时青山之行,坡度大约不超过十度,已然让人气喘不止,再往前就是四十五度、六十度甚至更陡的山峦,是令人望而生畏的坡度,山却依旧是青山,与天相连。

我们久久地坐在草地上,望向大约一个小时前出发的山脚。那里有一条铁道,铁道边有一个小站,站台上空无一人,思绪里站台上却有一人独立,年轻的脸庞,年轻的身形,年轻的手脚,这独立的一人身边放着一只旧皮箱,正等待一列火车。不久,蒙蒙的小雨开始从山顶一路下行,追绿而来,轻动我们的肩背,然后覆盖下去,笼罩住小站,让青山中的铁轨显现出忧郁的气质。这里到底是诗与远方,还是让诗与远方出发的地方,已然模糊。

十七岁时许下心愿,本以为很快会实现,会到青山中走一走,谁承想,真到青山中走一走时,我已是五十二岁。

两个果冻橙

　　逢着周末,可以不必朝九晚五,又临近正午,读书、喝茶、听听音乐,当是最好的选择。恰好晴天,冬日的暖阳与客厅的落地窗正是上佳组合。在这样的氛围下,缓缓流动的音乐声,若有若无的翻书声,偶尔的茶水声,如惠风般轻拂,诠释着今天的安然与宁静。

　　放下书,踱至落地窗前,十六楼的窗外有豁然开朗的前景,城市就在脚下。窗下,原以为是不变的城市,每一次静立窗前,却找不到上一次的心境,只有楼宇依旧。这次呢？或许是多次窗前静立的积累,又或是如佛学所言的因缘际会,本是固定的楼宇,突然有了河流的况味。我叫来妻子,告诉她我的新发现。窗外,脚下,左右两侧基本是高层住宅,有如高出水面的堤岸,左右之间是一片完全由六层条楼组成的连片区域,恰似河底,那么广阔楼间的风就是河水了,偶尔飞过的鸽群不正是那水中欢快的鱼儿吗？这样的组合不只在我们住的小区,还越过了一条城市主干道,继续以同样的模式在大约四五个连续的城市小区里展开,直到又一条城市主干道边,才一拐弯,消失在高楼的丛林里。

　　妻子说,一直是这样的模式,只是今天才有了河流的感觉。

　　我说,是城市之河流,流向天边。

　　妻子看了一眼便走开了,她去厨房,问我吃不吃果冻橙,是她在团购群里买的可以用吸管吸的果冻橙刚到。

　　我却没由来地想起了四十多年前。那时是在新疆生产建设兵团的连队里,连队的建筑简单,一排排土坯房,每一排都由七户组成,每一个户门有并排的两间房,两间房中的一间被隔墙分成前后两室,隔墙上有室内门,一进户门是一间较小前室,前室里有灶台,算是简易厨房,基本是只可供一人操作的空间,后室是小卧室;厨房的左边墙上也有室内门,连着另一间房,于是小小的厨房间便有一个户门两个室内门,一共三道门,都是极简的设计。那时没有客厅的概念,与厨房侧面相连的另一间房功能较完整,既是客厅又是大卧室。更有意思的是,在并排的两间房之间的隔墙上,不但有一个通向厨房的室内门在隔墙的最前面,在隔墙的最后面也有一个室内门,连通被分成前后两室的那间房的稍大后室,也就是小卧室,还可兼做储物间,小卧室就有了两个室内门,一个通向大房间,一个连着厨房。那时的每户人家连大人带孩子一般五至七人,好在那时物资匮乏,家中最大的物件一般是床、桌、箱这三样,便不显得拥挤。

　　一排排平房整齐排列,形成了简单的住户区,学校在离住户区不远的地方,也是几排平房,只是开间大些,远处就是天边,天边有远山。多年后在大学校园里,我告诉一个四川乐山的姑娘新疆是什么地方,新疆是一个只要一推开窗就能望见远山的地方。

　　四十多年前的一个早晨,我飞快地吃完早饭,背上书包,兴冲冲地走在上学的路上。我知道拐过刘老师家的房头,就是一条笔直的通往校园的土路,土路的那一头,就是我们的学校,我们的班级。刘老师的女儿杨立与我同班。而没有路的远方,据说是苇湖,长大后我才明白那是中国最大的内陆淡水湖——博斯腾湖的小湖区,小湖区长满连片的高高芦苇,是属于"蒹葭苍苍,白露为霜,所谓伊人,在水一方"的画境,画境的背景是远山。还是小小少年的我,以惯常的心境拐过刘老师家的房头,没有看见杨立,连接学校的土路上走着三三两两的学生,学校在晨辉映衬下有一种不一样的光芒,我正诧异如何会有不一样的光芒时,突然就被前面的城市惊住了。我现在似乎都能看见当年的自己,小小少年怔在了原地,足足有十几秒钟,连因走动而前扬的左臂和踢出的右腿包括整个前倾的身体似乎都瞬间定住了。

上课铃声响起之前,定在教室前凝望山前的大约半个小时里,我第一次见到了城市的光芒,而这光芒点燃了少年的心并延续到他之后的岁月里,久久未曾熄灭。初冬,远山在晴朗的晨间显得无比清晰,每一道山的皱褶都如铅笔画般自然写实,地平线不似往日平直,有了隐隐流淌的况味,似乎有水汽正从地底上涌,如波状起伏,天青极了,仿佛具备了摄人心魄的能力,就在这样的氛围里,一幢幢高楼突然林立,如魔方般构成了一座城市,在晴朗的早晨的极青的天宇下,小小少年的心燃烧不止。

那时的我,关于城市的想象主要在于楼房,身处平房的我从电影中看到了城市的楼房和台阶,一步步踏上,一级级登高,房顶之上还有房屋。除了楼房,还有柏油路和夜晚的明亮路灯,城市是多么令人向往的地方。

当天,有很多人看到了天边的城市,从老师们的议论里我知晓了一个新词——海市蜃楼,原来当日当时被怔在原地的不止我一个。上大学后我专门查了一下海市蜃楼的成因,由于空气密度不同,光线会在气温梯度分界处产生折射现象,人的大脑认为光线总是沿直线传播,但是当光线通过下方温度低、密度大的气体时,就会向下折射,所以大脑中显现出的远处的物体会比实际高。

那时的博斯腾湖小湖区,每年冬季都会有人割芦苇,割下的芦苇被打成包,码成整齐的豆腐块,堆放在湖边,等待被运走。那个初冬的早晨,小湖上升的水汽,空气中的温差,整齐摆放的芦苇垛,以及刚好的阳光,因缘际会,在远山的背景下升起了一座城市,一座从天边飞来的城市。

脚下,窗外,城市如河流般展开,有时看起来似乎已经漫过了远山。收回四十多年前燃烧的少年心事,我终于明白,能够曾经走在建设这座城市的洪流中,原来是很早以前就有梦想的牵引。我也再次想起,长江商学院的老师说起过,库尔勒市是一座从天边飞来的城市。

妻子又讲果冻橙,我问:"真的可以用吸管吸吗?"并做好了去取吸管的准备。妻子回答我:"可以用吸管吸的果冻橙,是商家的宣传用语,意在表达好吃,难道还真要用吸管吸呀!"

说到果冻橙,妻子讲了两个细节。团购的货品由群中买家在群主发的货品清单里下单并支付,之后群主和买家约定货品由群主送到小区的一个药店,买家在得闲时去药店取回自己的货品,这样才算完成了一次商品交易。未承想,一日药店经理来店里检查工作,看见了堆积在药柜旁边地上的货品,认为有碍观瞻,于是妻子和她的同伴们失去了药店的阵地,购物的一个关键环节丧失了。妻子说以后再也不去那家药店买药了,即使走远一些,也要选择别家药店。我理解她的心情,这是网购时代属于城市的烦恼。办法总比困难多,不久她们找到一家干洗店弥补了团购群人为缺失的一环,一切又恢复正常。城市的店铺多,可以解决烦恼的选择似乎也多一些。

妻子对果冻橙的甜蜜程度大加赞赏,一再重复本属于商家的那句宣传语——可以用吸管吸的果冻橙。在群中下单支付,群主实际相当于卖家组织者,把货品送到小区干洗店,群成员实际是买家,这样的买卖关系要维系下去需要几个基本条件:价格公道,货品质量好,送货有保障。在往冰箱保鲜盒摆放果冻橙时,妻子发现了两个坏了的果冻橙,但这两个坏的果冻橙并没有影响妻子的好心情。妻子想到了一种可能,这样品质的果冻橙一定会有很多人购买,因此必须得保证好品质,不是每一个人都不介意一箱果冻橙中有两个坏的。她认为应该提醒一下商家,她的出发点应是对她们团购群的维护。妻子拍了照片,连同她的分析一道发给了群主。

两天后,群主打电话通知妻子,说又补发了两个果冻橙,已送到干洗店。妻子一再说不用补。她多少有些难为情且对群主的服务能力略感吃惊。我说这个可以为群主的处理方式点赞,这样的群是有生命力的。这是属于城市的温馨的细节。

这样的城市细节,从某种意义上讲,是生活中的小确幸。你如何对待城市,城市也将如何回馈你。妻子关于团购群是有理想化的自我构想的,虽然她只是参与者。其实我们每一个人对于一件具体的事务,都会有自己理想的构想,这样的一件件关于具体事物的理想构想汇聚起来,就组成了我们对于生活的理想,这样的理想与我从小望见海市蜃楼般天边城市而萌发出的城市理想,都是我们对于生命价值和意义的追求,其实就是我们的一生,如河流般流淌的一生。

桌上,摆着两个果冻橙,散发着世间微弱理想辉光的果冻橙;窗外,如一条大河般的城市在波峰浪谷间起伏,远山就在前方;茶几上,茶水温热,汤色浓郁,打开的书页在边上,似乎有了微微的颤动;空气中,音乐缓缓流动,是能连接过去和现在的旋律,在音乐播放器的乐曲序列里被标记为红心。这不正是当年那个小小少年关于城市阳光的理想情境吗!桌旁,妻子正安坐,五十岁就退休的她经常被人估小了年龄,并被羡慕这么年轻如何就退休了。卧室里,已是中南大学本科毕业生的儿子刚刚锻炼完,正在读书,准备向自己的理想奋斗。这不正是我年轻时关于家庭生活的理想吗!

再看这两个果冻橙,我突然想问,我们的一生当中会有多少的理想细节或是小小心愿,虽然不是所有的心愿都能实现,也不是所有的理想都能照进现实,但一定会有一些细节和心愿是曾经实现了的,只是实现的时候我们往往已经忘了当年的心声,而是把这些实现了的细节或心愿当成了生活本该如此。少了欣喜,难得平静,不断传出新的欲望覆盖了从前的心愿。人生如果不是生逢乱世,只要我们用心梳理,当下的生活基本会有一部分从前理想的影子,生活常常是可以如两个果冻橙般小确幸的。